古典詩歌研究彙刊

第六輯

龔鵬程 主編

第4冊

六朝山水詩畫美學研究（上）

施筱雲 著

國家圖書館出版品預行編目資料

六朝山水詩畫美學研究（上）／施筱雲 著 — 初版 — 台北縣永和市：花木蘭文化出版社，2009〔民 98〕

目 6+220 面；17×24 公分

（古典詩歌研究彙刊 第六輯；第 4 冊）

ISBN 978-986-6449-55-0（精裝）

1. 山水詩 2. 山水畫 3. 詩評 4. 畫論 5. 美學

6. 六朝文學

820.9103 98013864

ISBN - 978-986-6449-55-0

9 789866 449550

古典詩歌研究彙刊

第六輯 第 四 冊 ISBN：978-986-6449-55-0

六朝山水詩畫美學研究（上）

作 者 施筱雲

主 編 龔鵬程

總編輯 杜潔祥

出 版 花木蘭文化出版社

發行所 花木蘭文化出版社

發行人 高小娟

聯絡地址 台北縣永和市中正路五九五號七樓之三

電話：02-2923-1455 ／傳眞：02-2923-1452

網 址 http://www.huamulan.tw 信箱 sut81518@ms59.hinet.net

印 刷 普羅文化出版廣告事業

初 版 2009 年 9 月

定 價 第六輯 25 冊（精裝）新台幣 35,000 元

六朝山水詩畫美學研究（上）

施筱雲 著

作者簡介

施筱雲，國立台灣師範大學、玄奘大學碩士班、博士班畢業。任教於台師大、玄奘大學等校。

甫自學生時代，好書法藝文，優游書藝多年，曾參與比賽獲獎多次，並時常與同道書友聯展，包括國內知名的磐石書會、十秀雅集等展出。

為深耕藝術美學核心，遂以文心雕龍為研究美學理論之起點，在沈謙教授指導下完成《文心雕龍・辨騷研究》碩士論文，進而探討詩畫美學，又在羅宗濤教授指導下完成《六朝山水詩畫美學研究》博士論文。美學研究與書藝創作，乃生平耕耘重心。

提　　要

六朝是個很特別的時代，如果大唐是文藝氣象日正當中的時代，六朝就是旭日初昇階段，有極大的開創性和可能性。

六朝文士愛美，愛人物面貌之美、風姿之美，一切美的景物也都受到賞愛，文士由品人物而至品景物，由談玄理而至觀山水，所謂「莊老告退，山水方滋」，山水美學遂發展開來，山水詩、山水畫、文論、畫論均肇始於此時代。

山水不但烘托了人物的美，也投射了創作者的心靈，在模山範水的山水詩創作過程中，詩人將自己的愛悅憤懣都藉山水象徵或隱喻出來，山水實則是人化了的山水，而「巧構形似」、「窮形盡象」的描繪技巧也空前發展起來，對唐詩的發展大有蘊育之功。

山水畫卻未能有如山水詩等質量的創作，六朝山水畫只是作為人物陪襯或界格。但是，山水畫論卻極具高度、深度，如顧愷之的「遷想妙得」、「傳神寫照」、宗炳的「澄懷味象」、謝赫的「氣韻生動」等，不但是畫論，也是美學史、藝術史的重要論題，甚至是所有文藝創作的最高指標。

山水詩畫在創作觀念上是互滲融通的，山水詩把模山範水的技巧發揮精致，而山水畫論開創了美學評論的新眼界——山水與道同體，其他有關意象關聯的探討、形神理論的辨證等，對山水詩畫的創作觀影響深遠。可以說，六朝山水畫論為文藝創作確立了一個軌道，後世的山水詩畫發展都在此基礎上向前進行。

唐宋以後，山水文學和山水畫成為文藝主流，如能把握到六朝山水詩畫開始發展的主軸面向，則六朝山水詩畫在整個美學史上的位標就很明確了。

綱要：

第一章 緒論

敘述論文大旨、研究動機、文獻考察、研究範圍、研究方法。

第二章 六朝山水美學的開展

六朝山水美學的開展有縱向的時代背景，也有橫向的時空因素，而山水與文人交會時，美感心靈變化極大。

第三章 詩歌創作中之山水

詩歌中的山水，把六朝的寓目美學發揮得淋漓盡致，文論中所提出的「神與物遊」、「巧構形似」等都在山水詩中呈現。而在模山範水中，詩人心靈得以安放、情志得以寄託，而窮力追新之表現手法，把六朝山水描摩得多彩多姿。

第四章 藝術理論中之山水

畫論中的論題不但指導了山水畫的創作，也引導了其他藝術門類的追求方向，甚至成為整個中國文藝創作的指標。畫論家所論不僅是繪畫，甚至是哲學、是道範。

第五章 山水詩畫之情理會通與激盪

詩與畫在多方面有所會通，情志內容、技巧理念等都有融通轉化之處，而許多因載體不同而形成藝術本質不同之處，亦能互相激盪，形成美學上令人驚詫的表現。

第六章 結論

論敘本論文研究結果。山林皋壤乃文思奧府，不僅文學藝術受其沾溉，得其形摩其神而有空前的美的表現，就連理論都得山水氣而辭豐意贍。而六朝山水美學在文藝史上也開啟了新局。

目次

上冊

下　冊

第一章　緒　論

第一節　研究動機

在世界各文化系統中，中國文化較之其他文化更能表現出自然和人的親和關係。中國對山水的描寫，早在周初即已有之，如《詩經・節南山》:「彼南山節，維石巖巖」、《詩經・閟宮》「泰山岩岩，齊魯所瞻」、〈碩人〉「河水洋洋，北流活活」，而且《詩經》篇章愈到晚期，草木鳥獸愈成爲人悲歡離合的感情象徵，此即《詩經》六義中的比興。然而這些筆墨都不是以描繪山水爲主旨，山水只是作比興之用，並無自身獨立存在的價值，而是本體的外在工具。《詩經・節南山》詩序以爲刺幽王之詩，而余師培林以爲「家父責尹氏之詩」，〔註 1〕不論刺幽王或責尹氏，皆以山景起興，與詩旨的關連並不直接。《詩經》中的景物其實只有簡筆描寫作爲引發。後人讀「蒹葭蒼蒼，白露爲霜」(《詩經・秦風・蒹葭》) 直接引發「所謂伊人，在水一方」的聯想，是因此處山水景物的描寫，對後世讀者而言已爲象徵之用。

〔註 1〕 余培林《詩經正詁・小雅・節南山》台北：三民書局 1993 年 10 月初版，頁 127。

蔡英俊《比興、物色與情景交融・情景交融的理論基礎》云：

> 「詩」「騷」中所歌詠的自然景物，雖然具引發情感的作用，但是自然景物與作品中的情感卻表現出若即若離的關係：大半只有消極的引發情感，沒有積極選擇物色來增強詩中情感的力量。〔註2〕

戰國時代，《楚辭》中描繪山水美絕淒絕，如《九歌・湘夫人》「帝子降兮北渚，目渺渺兮愁予。嫋嫋兮秋風，洞庭波兮木葉下」、《九章・涉江》的「山峻高以蔽日兮，下幽晦以多雨。霰雪紛其無垠兮，雲霏霏而承宇」，堪稱文學史上令人驚豔之筆。無論所寫對象抑或主體情思，較之於《詩經》都更具深度和廣度。然而「它只是發揮抒情效應，或作爲背景存在，所起的是藝術媒介功能，不是嚴格規範意義的山水文學，沒有成爲一種獨立的美學現象和文學品種，就主體精神而言，還沒有形成獨立結構的山水自然意識。」〔註3〕其時描繪山水的目的，乃以外在之景，烘托主體情意，或將山水取作宗教儀式劇的演出場景，造成瑰麗詭異氣氛而已。以文學技巧而言，較進步的是將蘭、蕙、芷、蘅等令人愉悅的香草名，和屈原（公元前 340～277）的志行融合契應，山水自然物本身並非文學作品的描繪對象。

降至兩漢，山水成爲文人直接鋪陳描述的對象，漢賦中堆砌著大量描述自然山水風光的雕辭麗句，但因其狹隘功利主義色彩過濃，山水自然的審美品格反而被淹沒。如司馬相如（公元前 179～117）之〈上林賦〉：

> 頫杳眇而無見，仰攀橑而捫天，奔星更於閨闥，宛虹拖於楯軒，青龍蚴蟉於東箱，象輿婉僤於西清，靈圉燕於閒館，偓佺之倫暴於南榮。〔註4〕

〔註 2〕蔡英俊《比興、物色與情景交融・情景交融的理論基礎》台北：大安出版社 1990 年 8 月一版二刷，頁 176。

〔註 3〕吳功正《中國文學美學・美學生成論》江蘇教育出版社 2001 年 9 月一版一刷，頁 138。

〔註 4〕司馬相如〈上林賦〉載《漢賦名家選集・司馬相如》頁 64，台北：漢湘文化事業公司 2001 年 11 月初版一刷。

詞采絢麗，鋪張揚勵，但如費振剛所言：「從整體來看，卻像一件百納衣，五光十色，斑駁陸離，失去了和諧的自然之美」，〔註 5〕後人所有的賦家創作，不出〈子虛〉〈上林〉的藩籬，如：

> 樹中天之華闕，豐冠山之朱堂。因瓌材而究奇，抗應龍之虹梁。列棼橑以布翼，荷棟桴而高驤。雕玉瑱以居楹，裁金壁以飾璫。發五色之渥彩，光焰朗以景彰。（班固〈西都賦〉）〔註 6〕

> 木則樅栝椶柟，梓棫楩楓。嘉卉灌叢，蔚若鄧林。鬱爽櫹槮。吐葩颺榮，布葉垂陰。草則葴莎菅蒯，薇蕨荔苀。王芻莔臺，戎葵懷羊。苯蓴蓬茸，彌皋被岡。篠簜敷衍，編町成篁。山谷原隰，泱漭無彊。（張衡〈西京賦〉）〔註 7〕

在追求雄偉、華麗之美的時風中，爲迎合上意，即使文豪大家也失去了創造力，故枚乘（公元前？～140）之子枚皐有自悔類倡的感嘆，〔註 8〕揚雄（公元前 53～18）晚年也有雕蟲篆刻的自嘲。〔註 9〕這些現象隱約可見當時文學進入宮廷後的墮落，文人成爲御用作家的可悲，以及統治者熱心文藝的眞正用意。所以，漢賦中對山水的描寫實則與山水之美了不相及，也未引發眞正的感動。

對山水的描寫能引人感動，使山水文學自成一文學格局，而且形成一種山水審美觀的轉折時代是在六朝。六朝人們對於山水自然景觀

〔註 5〕費振剛〈漢賦的形成和發展〉，載自《中國文學史百題．上》台北：萬卷樓圖書公司 1994 年 4 月初版，頁 125。

〔註 6〕班固（32～92）〈西都賦〉載《漢賦名家選集．班固》台北：漢湘文化事業公司 2001 年 11 月初版一刷，頁 21。

〔註 7〕張衡（78～139）〈西京賦〉載《漢賦名家選集．張衡》台北：漢湘文化事業公司 2001 年 11 月初版一刷，頁 69。

〔註 8〕《前漢書．枚乘傳》云：「（皐）言爲賦，迺俳見視如倡，自悔類倡也。」見《二十五史精華．元集．枚乘傳》台北：讀者書店 1978 年 1 月，頁 94。

〔註 9〕揚雄《法言．吾子卷第二》：「或問：吾子少而好賦？日：然。童子雕蟲篆刻。俄而曰：壯夫不爲也。或曰：賦可以諷乎？曰：諷乎！諷則已；不已，吾恐不免於勸也。」載韓敬《法言注》北京：中華書局 1992 年 12 月一版一刷，頁 25。

的態度，已經從社會性的功利走向較為單純的審美欣賞。

六朝是個「人的覺醒」的時代，而體現「人的覺醒」的新哲學就是玄學。其中最熱門議題之一就是如何實踐嵇康所云「越名教而任自然」，「自然」可解作與「禮教」對立的抽象理念，也可以解作物質性的山水風雲自然景物。山水文學藝術的崛起，體現了「越名教而任自然」玄學課題，是一個鮮活的時代現象。除了文學方面，有山水詩、寫景文、山水文論，藝術方面，也有山水畫及山水畫論的產生。

六朝因歷史、地理因素，造成人文環境極大的變動，山水文藝之萌動發軔與此中關係密切，然而若僅是歷史地理因素，士族由北南遷，文人受江南風物薰染，就能產生這麼多的山水詩畫嗎？其實此中的原因錯綜複雜，包括了縱向的承續關係，如漢朝人物品鑑風氣、清議風氣的延續，橫面的環境因素、不同領域之間的相互牽動，如文學與藝術、文論與藝論、玄學與文藝間的互動關係。此外，新興的佛教與傳統儒家、道家的結合，造成新的審美趨向，也都造就了一代山水美學之興。

在山水詩興起成熟之際，山水畫何以未能同步萌動發展？在文論詩論蓬勃開展之際，山水畫論又如何與文學理論或文學創作交互融通？詩人與畫家、詩情與畫意是否互相激盪或轉化？更深一層，圖象與文字之間關聯性，是否在六朝時已有初步的滲透轉化的現象？六朝詩與畫雖未以同樣步履發展，然而交互融通的結果必可能對後世產生深切影響，此為本文所關切的論題，故為之論作。

第二節　文獻檢討

關於山水文藝，前人論者甚多。而研究山水文藝，必先瞭解六朝思想概況，除了中國哲學史論著外，有專論六朝思想者，如容肇祖、袁行霈、湯用彤等合著之《魏晉思想》，〔註 10〕分析精闢，對進行文

〔註 10〕容肇祖、袁行霈、湯用彤等著《魏晉思想》台北：里仁書局，1995 年 8 月初版。

藝解析前可先奠定一個環境背景認知的概念。

以研究山水文學知名之著論，如王國瓔《中國山水詩研究》、〔註11〕、韋鳳娟《靈境詩心——中國古代山水詩史》，〔註12〕不但縱向把山水詩自詩騷以來的發展流變作詳細研考，橫向也把山水詩的美學、修辭都作了精闢的理論分析，是山水文學中極重要的論著，啓佑後學甚多。

至若六朝，山水文藝之興與江南風物之美、人文自覺之起、佛道玄學之盛，互相牽動形成有機的環境，使得六朝審美眼光大不同於以往，這種美學的研究鄭毓瑜稱爲「情境美學」，在其《六朝情境美學》〔註13〕之著論中有相當豐富之論述。

六朝文人對山水情有獨鍾，除了上述因素外，尚有官制的因素。六朝官制使得作爲幕僚的文人，隨主府游宦機會增加，不必日理萬機，即有閒情可飽覽山水，王文進《仕隱與中國文學》〔註14〕以獨特的歷史官制考據，而看出此一現象，亦爲可貴之見解。

六朝文士對於自然景觀的態度，從功利走向單純的審美欣賞，又從審美欣賞跨向聲色的追求，山水詩在其中正是一個轉關，上承玄言的思辯，下啓外緣感官的識鑒，陳昌明《六朝文學之感官辯證》〔註15〕有精闢見解，發前人之所未發，對筆者啓發甚多。

圖象與文字之間滲透轉化的關聯性，是一比較新近的研究題材，鄭文惠《文學與圖像的文化美學——想像同體的樂園論述》〔註16〕一書有創新的見解，本文即受其觀念啓發，扣住六朝山水詩畫間的關聯

〔註11〕王國瓔《中國山水詩研究》台北：聯經出版社 1996 年 7 月初版四刷。

〔註12〕韋鳳娟《靈境詩心——中國古代山水詩史》江蘇：鳳凰出版社，2004 年 4 月一版。

〔註13〕鄭毓瑜《六朝情境美學》台北：里仁書局 1997 年 12 月初版。

〔註14〕王文進《仕隱與中國文學》台北：臺灣書店 1999 年 2 月初版。

〔註15〕陳昌明《六朝文學之感官辯證》台北：里仁書局 2005 年 11 月。

〔註16〕鄭文惠《文學與圖像的文學美學——想像共同體的樂園論述》台北：里仁書局，2005 年 9 月初版。

融通作研討。

至若畫論，中國畫論研究者眾，陳傳席《六朝畫論研究》〔註 17〕針對六朝論家顧愷之、宗炳、王微、謝赫、姚最等人之論，一一詳考校注，實爲研究六朝畫論重要文獻。其外陳傳席《中國繪畫理論史》〔註 18〕、葉朗《中國美學史》〔註 19〕二書均以畫論或美學命題爲單元，詳述六朝畫論對美學史的影響，析論精詳。

而各種文藝領域間的會通研究形諸專論者雖有不多，何師淑貞〈嘯傲東軒・詩畫本一律——談中國山水詩與山水畫的異形同神〉〔註 20〕一文，內中提及整個中國山水詩畫美學的轉化融通，認爲從審美意識來看，山水美學出自一個自覺迷惘，必須自營丘壑、復歸自然來安頓生命的時代，即六朝，因而對六朝著墨甚多。至若藝術領域間如何轉化會通，羅麗容〈魏晉六朝文藝理論中之「情」「理」觀研究〉〔註 21〕有比較明確的陳述，限於單篇論文，題目廣度雖大，能承載的研究深度卻不易呈現，恐非專書不能見其功。

然，在專書文獻中，較未見繪畫與文學在創作上、理論上相與會通之論，尤其是六朝山水畫尚未有與山水詩均衡等量之成就，欲從先期文獻尋找資料，則有所不可。幸而許多基礎美學之著論，雖不特別針對六朝發論，但對中國藝術、美學的觀念，都奠定相當深厚基礎，足可照應各類文藝論題，給予後學研究時極大的提升。如徐復觀《中國藝術精神》〔註 22〕、宗白華的美學論文集、李澤厚的美學論叢，甚

〔註 17〕陳傳席《六朝畫論研究》台北：台灣學生書局 1999 年 9 月一版二刷。

〔註 18〕陳傳席《中國繪畫理論史》台北：三民書局 2004 年 7 月二版一刷。

〔註 19〕葉朗《中國美學史》台北：文津出版社 1996 年 1 月一版一刷。

〔註 20〕何淑貞〈嘯傲東軒・詩畫本一律——談中國山水詩與山水畫的異形同神〉載《玄奘人文學報》第一期，2003 年 4 月。

〔註 21〕羅麗容〈魏晉六朝文藝理論中之「情」「理」觀研究〉載《魏晉六朝學術研討會論文初稿》東吳大學中文系 2005 年 4 月。

〔註 22〕徐復觀《中國藝術精神》台北：台灣學生書局 1998 年 5 月初版十二刷。

至更早的朱光潛《文藝心理學》〔註 23〕等，不論研究那一時期的文學、美學、藝術，都可從中獲取滋養。

執筆作六朝之山水詩畫研究，基礎資料並不缺少，前人的研究已奠定極深厚基礎，唯研究詩與畫的融通，則多爲唐宋以後，六朝因未見山水畫作之留跡，只能針對畫論著筆研究，則文藝心埋學、文學與圖像的文化美學、情境美學都可以作爲旁敲廁繫，多元入門的研究資料，前人的貢獻不謂不豐。

第三節　研究範圍

所謂「山水」，包含自然界、山川、禽鳥蟲魚之物，山水文學初以作爲寄情的背景與興感的對象，而寄情的背景與興感的對象固不以山水爲起始，故範圍涵蘊自然萬物。

在審美意識還沒有萌發之前，山水之美對人是沒有意義的。審美意識建立之後，人們才能體認和感知山水之美。劉勰認爲屈原的辭賦成就得「江山之助」，但，江山的存在並不意味江山審美的生成，屈原淒美的山水描繪，亦未能開啓他個人的山水審美意識，遑論時代性的山水美學。因此山水之美只能出現在審美意識層面上，而不可能產生在自然山水意識的發生開端。〔註 24〕故本文研究六朝的山水美學，以自然山水爲一貫題材，必先探討山水美的發現、發展和接受的歷程，但不以之作爲判斷作品美的價值。因爲美的評斷常因時代不同而異，例如六朝的時代風尚以綺麗爲競，陸機以下，認爲綺靡是詩的審美要件，如此則陶詩之美被摒除於外。中唐興起古文運動，以爲文以明道，不當以「炳炳烺烺」爲務，〔註 25〕宋人以爲綺靡不足珍，平淡

〔註 23〕朱光潛《文藝心理學》台北：台灣開明書店 1974 年 12 月。

〔註 24〕參吳功正《中國文學美學・審美生成論》江蘇教育出版社 2001 年 9 月一版一刷，頁 139。

〔註 25〕柳宗元（773～819）〈答韋中立論師道書〉：「文者以明道，是固不苟爲炳炳烺烺，務采色，夸聲音，而以爲能也。」載周祖譔編《隋唐五代文論選》北京：人民文學出版社 1990 年 5 月一版 1999 年 1 月

才是詩的美學特徵，陶詩才見重於世，這是對詩歌美的原素看法不同所致，「美」的研究應先於山水詩畫的研究，有了美的意識，山水之美方能入詩入畫。故本文研究第一重點在於山水美學，而後才是山水詩與山水畫的研究。

對山水的美，詩與畫態度亦有所不同，故詩與畫當分別探討，而後才論其共象。此外也著力於發掘山水作爲「美感對象」（客觀存在）以及「美感經驗」（主觀反應）的研究，並探討山水文學山水藝術的記述性，評價美的標準和趣味的規範性。

唯，六朝山水詩先有創作後有文論，山水畫則畫論先出而創作闕如，及至今日尚未有完整的山水畫作品被發現，故本論文研究範圍以山水詩、文論和山水畫論爲主。

其次，山水詩的範圍是否涵蓋謝靈運之前的詩作？鄭毓瑜《六朝情境美學・觀看與存有》云：「空間形構在靈運之前，一直不及時間的推移，來得驚心動魄，悲慨係之。」〔註26〕引魏晉間寫景記遊詩爲例，認爲雖有時空之景，但生死久暫的憂思模糊了景物形姿，故不列爲山水詩。而羅師宗濤《山水之歌》云：「中國詩學中的山水詩，就是指以山水以及山水密切聯繫的其他自然和人文景觀爲主要描寫對象的詩歌，其內容不限於山與水。」〔註27〕本文探討山水描寫的技巧推衍，魏晉時期的寫景記遊詩仍涵蓋在內。只要與自然相感互應者都包含在探討範圍，故亦包括田園詩。王夢鷗〈魏晉南北朝文學之發展〉云：「田園詩的流亞，只算是山水詩之一種，而山水詩又不過是玄言詩之一分枝。」〔註28〕山水田園均歌詠自然

一刷，頁252。

〔註26〕鄭毓瑜《六朝情境美學綜論・觀看與存有》台灣學生書局1996年3月初版，頁146。

〔註27〕羅宗濤《山水之歌・引言》台北：文化建設基金管理委員會1996年10月，頁12。

〔註28〕王夢鷗〈魏晉南北朝文學之發展〉載《中國文學史論文選續編》台灣學生書局，1985年2月初版，頁221。

林野，基本精神相同。

總之，本文研究範圍以六朝山水美學爲的，研究其背景、發軔及文人創作的狀況。所例舉詩人畫家雖涵蓋六朝，但時間或地域上有所偏重，乃因山水作品在部分時期部分地區特多之故。

第四節　研究方法

美學是西方學術名詞，屬思辨性極強的學科。中國古典文學中並非沒有美學研究，但是中國美學由於不重邏輯分析而重直觀感悟，在理論形態上，往往採取隨筆、偶感、漫談的形式，或以形象譬喻的方式，將藝術情趣傳達給讀者。所以在研究美學時，往往不得不借用於西方的研究方法。

本論文在研究上需會統時代現象，觀照創作主體，除了基本的文獻考察外，也以社會歷史研究法探討六朝品藻人物風氣盛行的起因，魏晉風度形成的歷史成因。山水詩的形成，必得文人閱歷過許多名山勝水，而這麼多文人得以行萬里路，一定有其歷史因素，與六朝官制、時代變遷有關，第二章六朝美學之興即以此方法探討。

現象方法學、審美心理學、美學研究法、歷史研究法用以統攝山水詩與山水畫的起因、流變。又因詩畫載體不同，雖曰詩畫一律，卻各有藝術表現，和不同功能呈現，二者或互爲同構，或互文滲透，故也以歸納方式尋出二者藝術表現的特質，以比較法觀察詩畫之間互相融通之處。而對文學作品作細處分析時，必然運用到許多文藝學美學方法，如象徵研究法、符號研究法、形式研究法、結構研究法等。

六朝是一個最混亂的時代，也是最美、最有開創性、批判性的時代，大帝國的崩落卻造就了玄學、美學的發展，文學理論成熟於此，畫論發軔於此，美的品鑑蓬勃於此，文學中慷慨之氣、玄理內容、山水清音、宮體詠物均在這三百多年間相繼產生，較諸往昔三百多年的漢帝國中的文藝思潮是動盪飛躍得多，這其中有政治因素、地理變遷因素、文化生活因素、宗教……等的影響，這些由歷史研究法考察其承轉關係。

現象方法學研究外緣社會環境的變遷，如何與文人內在心靈結構成對山水美的認識，第二章論山水美學的開展、審美心靈的改變，以及第三章論及寓目美學時，均以此法觀照文人在變動的環境中，如何與山水的對話。

審美心理學、美學研究法用以研究文人山水審美的心理結構現象，和對山水美的體驗感受，第三章談及美感經驗的開拓、人與自然的相擬，觀察山水與心靈同構的現象，都運用審美心理學來研析文人在創作時神思與景物的對應關聯。

又，文人在山水自然的交觸中，各有不同情態的文學表現，而人們對作品的接受又因時代不同而有不同評價。如謝靈運與陶淵明在當世與後世的看法大有歧異，畫論家謝赫所提的「氣韻生動」何以成爲所有文論中極高標準，這又牽涉到接受美學及其理論基礎的現象美學和解釋美學；〔註 29〕文學作品中，同一物件在不同作者中呈現的是不同的象徵意義，例如嵇康、阮籍、陶淵明、謝靈運詩中的鳥，都各有其不同旨義，與作品中其他物件配合起來，就形成不同意涵，此又運用到符號文藝學方法或象徵主義研究法等。本論文並不特別套用這些西方的術語或刻意運用其思維方式，但在審析中與這些方法均有所呼應。

推理中最基本的歸納法固是本文重要研究方法之一，六朝文人在山水創作中，往往寄憂、遣懷，或情隨物遷，或心物徘徊，各有懷抱，本文視詩人各類不同創作心態，而歸納出審美觀照的共象，對畫論中的各個命題，有闡發山水神理、畫作、創作主體間的對應關係，亦以歸納法析繹得之。

〔註 29〕接受美學爲德國美學家姚斯（Hans Robert Jauss，1921～）所提出，認爲文學的出路在於重建歷史與美學之間的裂痕。參胡經之、王岳川主編《文藝美學方法論》北京大學出版社，2005 年 12 月一版六刷，頁 333～354。

六朝山水詩與山水畫均以文字表達，山水畫雖是圖象，但因尚未成熟而不多見，於是山水畫論中的核心思想論題，與山水詩或文論間有許多可互相融通，其審美觀也有互相激盪處，本文第五章即以比較法對照觀察詩文與畫論中審美心靈的異同。如文字本以宣物，圖畫本以存形，但六朝畫論卻提出要以畫宣物弘道，以爲山水畫可含道暎物，可澄懷觀道，其用乃聖賢行徑；而山水詩卻在模山範水中，特重巧構形似的描摩，在山水畫未盛之時，取代了繪畫的存形之功。此正是以比較對照所觀察得出。

總之，本論文所採研究方法是傳統直觀式與西方條分縷析式並用，但求其不落名相，如此，得以下綱要分論於後：

第一章　緒論

第二章　六朝山水美學的開展

第三章　詩歌創作中之山水

第四章　藝術理論中之山水

第五章　山水詩畫之情理會通與激盪

第六章　結論

第二章　六朝山水美學的開展

魏晉南北朝（220～589）是一個政治、社會均飄搖不定的時代，哲學、文藝思想亦隨之動盪衝激。以外緣而論，受到政治、社會、經濟、宗教等諸方面影響，以內緣而論，則受到儒家、道家、佛教、玄學等影響。歸結而言，六朝文藝思潮呈現出的，是人們自覺意識和審美意識的崛起。

儀平策《中國審美文化史・魏晉之際的自我超越》云：

> 魏晉之際正是這一「大轉折的關鍵」的「關鍵」，是這一大轉折的全面啓動期。……即審美文化由内而外、由倫理而性情、由名教而自然的變折，變成了一種歷史的自覺，一種時代的主潮，……另一方面，則是個體對倫常、名教、禮法、俗規、節操、功業等等外在價值目標的疏淡和超越，而且這種疏淡和超越並不是一種自然的過程，而是有意識的、理性自覺的文化選擇。……「自我超越」可以視爲魏晉之際一種主流性的社會意識、文化姿態、哲學觀念和審美風尚。……使得一個時代文化眞正走向了藝術，走向了美！〔註1〕

在自覺意識和美學意識崛起之際，山水文學與山水畫論，開始活躍於

〔註1〕儀平策《中國審美文化史・秦漢魏晉南北朝・魏晉之際的自我超越》頁215，山東畫報出版社2003年1月1版3刷。

中國文藝舞台。當文人在政治失落時，找到了這麼一個新的寄情棲遊的方式，而迸發出新的文藝風貌，或主觀縱情山水，或客觀描摩逞才，均使六朝山水美學開出一新的文藝局面。

本章探討六朝的新興美學如何從漢朝「三綱五常」中突圍而出，文人如何在山河破碎及生命無常的時代中建立起山水美學來。

第一節　六朝美學開展的時代背景

山水文藝的創作與品賞，與傳統文人的創作環境、審美趣味有密切關係。宗白華認爲六朝是中國政治上最混亂、社會上最苦痛的時代，然而卻是精神史上極自由、極解放，最富於智慧、最濃於熱情的時代。宗白華在〈論世說新語和晉人的美〉云：

> 這個時代以前——漢代，在藝術上過於質樸，在思想上定於一尊，統治於儒教；這個時代以後——唐代，在藝術上過於成熟，在思想上又入於儒、佛、道三教的支配。只有這幾百年間是精神上的大解放，人格上、思考上的大自由。人心裡面的美與醜、高貴與殘忍、聖潔與惡魔，同樣發揮到了極致。〔註 2〕

漢代自罷黜百家、獨尊儒術以來，個體意識就不斷被壓抑，六朝個人意識雖然崛起，但漢朝的「三綱五常」並未完全消泯，它在新的美學觀開始活躍發展之際仍不時顯現它的影響力，於是文人在新舊交替中不斷尋找新的人生出路，遂見儒學的寖衰、玄學的興起、老莊思想的被推崇，美學理論空前的發展。茲以前代政風遺緒、當代佛老思想的啓沃、以及文士們人文自覺和批判精神的興起，分述如下。

一、前代遺緒

六朝的美學特點最早呈現出的是對人物的品評，而這一特點和漢

〔註 2〕《宗白華全集·卷二·論世説新語和晉人的美》安徽教育出版社 1996 年 9 月一版二刷，頁 267。

朝的道德清議有極密切的關聯。

大漢帝國從風雲崛起，到如日中天，到日薄西山而沒落，由幾首詩歌可約略觀其氣象：「大風起兮雲飛揚，威加海內兮歸故鄉，安得猛士兮守四方？」高祖的〈大風歌〉吟詠自然風物中，漢家雄渾的氣象噴薄而出；「秋風起兮白雲飛，草木黃兮雁南歸」〔註3〕武帝的〈秋風辭〉〔註4〕已見蒼勁中的極限；古詩十九首的「四顧何茫茫，東風搖百草」則見其淒涼沒落。

帝國由雄渾到沒落，固有其複雜的原因，但政治的昏暗和經學的墮落是主要因素。

（一）政治的昏暗

1. 外戚宦官之禍

東漢帝王多不永年，導致幼主即位，權歸女主或外戚。班固《漢書》云「國統三絕」，范曄（398～445）《後漢書．皇后紀序》云「皇統屢絕」，均緣於幼主即位，計東漢幼主即位者有下：

	即位年（西元）		在位年	出 身	臨朝者	
和帝	10 歲	88～105	27	章帝子	竇太后	
殤帝	百餘日	105～105	8 個月	秘養民間者	鄧太后稱制 16 年	為外藩立位之始，前期政局尚穩
安帝	13 歲	106～125	20 年	外藩清孝王子		
劉懿		125～125	7 個月	安帝堂帝北鄉侯	閻皇后	
順帝	11 歲	125～144	19 年	安帝宮人子	外戚宦官	
沖帝	2 歲	144～145	5 個月	順帝美人子	梁太后三	

〔註3〕《全漢三國晉南北朝詩．全漢詩．卷一》清．丁福保編（1874～1952清末民初），台北：台北：世界書局 1962 年 4 月初版，頁 1。

〔註4〕漢武帝〈秋風辭〉：「秋風起兮白雲飛，草木黃落兮鴈南歸。蘭有秀兮菊有芳，懷佳人兮不能忘。汎樓船兮濟汾河，橫中流兮揚素波。簫鼓鳴兮發棹歌，歡樂極兮哀情多，少壯幾時兮奈老何。」載《全漢三國晉南北朝詩．全漢詩．卷一》清．丁福保編，台北：世界書局 1962 年 4 月初版，頁 1。

質帝	8 歲	145～146	1 年半	外藩渤海王子	年立三幼主，動搖國本最劇	質帝被鴆殺
桓帝	15 歲	146～167	21 年	外藩蠡吾侯		宦官勢力起
靈帝	12 歲	167～189	22 年	外藩解瀆亭侯	竇太后	黨錮之禍起
少帝	17 歲	189～189	5 個月	章帝孫	閻太后	被董卓廢爲弘農王，後與太后並被殺
獻帝	9 歲	189～220	31 年	少帝之弟	東漢名存實亡	

表中安帝在位雖久，但二十年中有十六年是母后攬政。鄧太后駕崩時政歸其兄大將軍梁冀，血腥屠殺，塗炭朝政，將外戚勢力發展到極致。桓靈二帝在位時政治頹敗，外戚與宦官之爭、黨錮之禍動搖整個社會風氣，知識份子忠而被謗，眼見國事灰暗而無可著力，遂使朝野崩離，綱紀文章蕩然。其因肇於女主稱制，外戚當權。

中國歷史不乏垂簾聽政的情況，但東漢卻如此密集，外戚亂政也十分嚴重。楚漢相爭時，跟隨劉邦打天下的多爲匹夫，至西漢末葉，士族已附隨了整個宗族，光武打天下就是這些士族大姓而得到政權。臨朝六后都出身士族大姓，貪權貪政而立幼主，在位較久的桓靈，忍無可忍，乃密謀宦官剪除外戚，然後輪到宦官惑主亂政，歛聚貪殘，宦官與外戚相繼傾軋，嚴重動搖國本。

2. 漢德之魂——知識份子

和帝以後，漢世政權岌岌可危，之所以還能維繫百年之久，乃賴漢德未衰。知識份子眼見外戚與宦官兩股勢力，把國器凌遲至元氣大傷，乃肩荷起澄清天下的責任。茲略舉重要清議之士作爲如下：

		事蹟	評介或影響
和帝	袁安	朝會進見，與公卿言國家事，未嘗不噫嗚流涕，自天子及大臣皆恃賴之。	華嶠評：引義雅正，可謂王臣之烈。
安帝	楊震	四上疏斥帝乳母、閹宦、外戚，被閹宦讒害，詔遣還鄉，飲鴆死，昭雪日遠近畢至。	諸儒稱：關西孔子楊伯起。

順帝	張綱	彈劾梁冀宦官親屬，謂：豺狼當道，安問狐狸！京師震動。	被排擠去數萬人造反之地，亂平累斃。
桓帝	李固	諫帝去阿母之寵，削梁氏之權，裁宦官之重。鋒芒畢露，毫不留情。被梁冀誣害。	喚醒士人自覺意識，後常以群體形式奮起與惡勢力抗爭。
	杜喬	上疏斥梁氏一門，並直指斥皇帝。態度空前激烈。被梁冀誣害，暴屍城北。	
	朱穆	批寵閹越制僭越行爲，引帝不滿，貶作工徒。	太學生數千名指闕上書，君臣義質變。
	范滂	非訐朝政，公卿折節下之，太學生慕之。	漢書：海內塗炭二十餘年。諸所蔓衍，皆天下善士。其死徙廢禁者，六七百人。
	李膺	非宦官，引發一次黨禍，牽連二百多人，宦官亦懼引涉，乃以天災請赫，方得免難。	
	楊秉	上疏切諫帝私幸梁府，帝不納，托病求退。	
靈帝	張儉	宦官收捕張儉黨人一百多人，下獄處死，受牽連而死徙廢禁，六七百人，並牽動太學生千餘人。	

由上表可見東漢清議之風由個人而至群體，規模愈來愈大，行動也愈來愈烈，終而形成一代崇尚名節和自相標榜之風。臨大節而不懼犧牲的精神，雖悲壯地喚醒世人良知，但整個社會沉浸在悲憤之中。兩次黨禁，對於士人來說是悲劇。殺害了政權賴以生存的一批中堅優秀分子後，政治反去依靠一批社會渣滓。士人明知朝政腐敗到無可爲的地步，而又無可奈何，清議政治，換得的卻是血泊淒涼。從東漢到魏晉，士人都披上瀟灑風流之榮名，卻未脫儒生迂腐之氣，東漢士人的矛盾苦悶，隨著時代轉移，也形成魏晉士人的悲哀。

士人熱心冷眼議論世事，謹慎地選擇人生道路，如楊秉時進時隱，與其父楊震殺身成仁的剛烈相去極大，可見士人已由戮力上國的熱心，轉爲一種自我的醒覺，政治由剛健雄渾，經歷了長期腐化而至沒落，士人的英烈幾經摧殘，已逐漸冷卻爲抽身遁世的傾向。陳寔四隱四仕於安、順、桓、靈四朝，是極具代表性的。而郭林宗身處黨人核心，終能免禍，而又獲極高評價，實緣於一種清醒冷靜的自覺意識。這種熱心冷眼也正是六朝士人應對時代的態度。

陳洪《詩化人生——魏晉風度的魅力．大樹將顛》云：

> 如果說第一次自覺（東漢）是以担荷道義爲其人生準則的話，那麼第二次自覺（六朝）則是以完善獨立人格爲其理想的。東漢以往，儒家所謂「達則兼濟天下，窮則獨善其身」的處世哲學，主要呈個體性的實現；而東漢以降，則呈群體性實現。〔註5〕

這是追求獨立人格形成群體意識的現象，甚至在士林以外的「芸夫牧豎」也對汲汲利祿者表現出不屑之意，范曄《後漢書．陳寔傳論》有云：

> 漢自中世以下，閹豎擅恣，故俗遂以遁身矯洁放言爲高，士有不談此者，則芸夫牧豎已叫呼之矣。故時政彌惛，而其風愈往。

「芸夫牧豎」譏笑不能「放言遁身」之士，可見希逸風氣之盛。而這種風氣延至六朝，士人本身也以「放言遁身」爲能，以尋求個人的自由與逍遙爲生命終極價值。東漢自和帝以降的黑暗政治，影響六朝風氣者，可歸納爲三：

其一、清議之風：對時政的清議，影響六朝對人物的品藻之風

其二、自覺意識：道德良知的自覺，影響六朝自我主義的興起

其三、希逸之風：不與當權者同流合污，寧可避世的生存態度，影響六朝對隱逸山林的嚮往

這三種風氣思想的發展，是隨政治長河的流動依序而來，可以讓人看到漢朝中葉士人以天下爲己任的精神，如何漸漸變成了漢末六朝個人主義的演變歷程。

（二）經學之寖衰

漢和帝至安帝前期，政治還稱得上平穩，其原因之一是提倡經

〔註5〕陳洪《詩化人生——魏晉風度的魅力．大樹將顛》河北大學出版社，2001年9月一版，頁33。

學，鄧太后兩項根本的措施：一是在政治上採取了尊禮官僚、抑制外戚、兼用宦官的政策，使三種勢力達到了良好的協調和平衡，這一期間，堪稱「以經治國」的典範時期。〔註6〕其餘稱制者則毫無政績，貪殘腐敗，使儒家標榜的君臣大義、倫理綱常爲之崩潰，治國平天下的儒家夢想已無可施爲。

漢朝自武帝實施「罷黜百家，獨尊儒術」的政策以來，人才選拔則不用儒家以外的人，但此帝制逐步走向崩解之際，學術思想的大一統亦同樣崩解。例如《三國志·魏志》記曹操在獻帝初平十五年下求才詔，用詞令人詫異：

> ……若必廉士而後可用，則齊桓其何以霸世？今天下得無被褐懷玉，而釣於渭濱者乎？又得無盜嫂受金，而未遇無知者乎？二三子，其佐我明揚仄陋，唯才是舉，吾得而用之。〔註7〕

用才不必清不必廉，一時間，不仁不孝之徒只要有治軍理國之才，都可被肯定。《晉書·傅玄傳》曰：「魏武好法術而天下貴刑名，魏文慕通達而天下賤守節；其後綱維不攝，而虛無放誕之論盈於朝野。」〔註8〕壓抑了數百年的非儒家的思想重新抬頭，「多元複合型」的思想文化現象出現，不但內有傳統非屬儒家的其他思想活絡起來，外更有印度的佛教思想輸入，並且沒有所謂「主流」或者「邊緣」的分別，無論是佛教、道教、儒家、道家或新道家，同樣受到肯定，甚至包括語言、文字、藝術、思想整個文化的開展都呈現多樣性的發展。

總之，從政治上看漢魏六朝雖是一片混亂，權力的爭戰，外族的

〔註6〕參陳洪《詩化人生——魏晉風度的魅力·大樹將顛》河北大學出版社，2001年9月一版，頁24。

〔註7〕《二十五史精華·元·三國志·魏志·帝紀》台北：讀者書店 1978年1月，頁10。

〔註8〕《二十五史精華·亨·晉書·傅玄傳》台北：讀者書店 1978年1月，頁76。

侵擾，民族的大遷徙，面對這樣殘酷慘淡的人生，如何保持內心安寧成爲士人關注的焦點。爲此，士人飲酒作樂韜晦、沈湎，修服石、採藥石。他們對生命留戀，卻只能渴求一時逃避，遊山玩水成爲寄託，這種不得已的慰藉卻令他們發現了自然山水之美，從而萌發自然山水的審美意識，也引發「遊」文化的自覺發展和繁榮。〔註 9〕

若從深層的文化結構來看魏晉南北朝，可以說是一個天才的時代。也可以說漢代經學的崩解，成全了各種學術思想及文學藝術的活躍，造就了文化生命力無限發展的生機。士人爲尋安身立命之道，發展出玄學；漢代儒家所謂「天命之謂性，率性之謂道，修道之謂教」的觀念也被突破。正因此，我們看到魏晉文士任情肆志的行爲，那種瀟灑、放達、浪漫甚至怪異的生活情趣，正是一種哲學的理解和徹悟。〔註 10〕

二、思想宗教之啓沃

魏晉時代是長期政治動搖，而人民生活最痛苦的時代，這樣的時代最有利於宗教的發展。

漢代奉祀黃老，到了魏晉，老莊哲學獨立發展起來，與道教徒假託的黃老分道而行。黃老形成民間信仰的宗教，而老莊則成爲學術思想界的正統。文人一面悲情地去承接儒家傳統，表現理性精神，一面又激昂熱烈地以藝術才情從肅殺之氣的氛圍中尋找精神出路，道家甚至道教就提供了這樣的出路。

佛教在六朝時與老莊相輔而行，遁世超俗之風日盛，出家之僧日多，而僧人加入清談，文士研究佛理，佛道儒相融相滲，由簡文帝門下出入之僧無不是談客之況，就可見佛理之盛行。佛理的思辨方式，佛教故事的題材給思想界、文藝界注入了新的影響。

〔註 9〕鍾仕倫《魏晉南北朝美育思想研究．魏晉南北朝的旅游美育思想》北京：中國社會科學出版社 2006 年 11 月一版一刷，頁 251。

〔註 10〕鍾仕倫《魏晉南北朝美育思想研究．魏晉南北朝的旅游美育思想》，北京：中國社會科學出版社 2006 年 11 月一版一刷，頁 249。

此外，六朝學術思想最重要的玄學，對美學影響頗大，美學的蓬勃發展與佛道思想盛行有密切關係，分論如下。

（一）老莊思想的影響

中國思想眞正以道家爲主流的時代是魏晉。漢末魏晉之際，在政治高壓之下，有骨氣的人說話不易，做事也難，於是談玄說妙，崇尚老莊，爲精神尋找出路。老莊玄學不但是對兩漢哲學的革命，就本身發展而言更是一種新義，所以又被稱作新道家。當時學術界瀰漫著懷疑的精神和辯論的風氣，辯有無、儒道的同異、老子是不是大聖、聖人有情或無情等等，或口辯舌戰，或論著筆戰，使學術界生氣蓬勃，反映了紊亂時代中文士們研究學問懷疑開放的態度，如葛洪擊破儒家「德本文末」及「貴古賤今」說兩個最堅固的堡壘，而得出「德行粗淺文藝精深」及「今勝於古」的新理論，充滿了浪漫精神。〔註 11〕

浪漫精神祖述老莊，老莊思想本無心於藝術，但是老莊之道卻是藝術得以成立的根據。尤其是莊子，他所追求的逍遙無待境界，正是許多魏晉文士所嚮慕的，《莊子．達生》所述黏蟬老人心意不雜以致通神，梓慶順理以合自然而無人工斧鑿之痕，〈田子方〉所述寬衣解帶旁若無人的畫師正是宋元君所要的畫師，都說明藝術的完成須「用志不分」，〔註 12〕脫略名枷利鎖，與藝術創作原理息息相關，這也正是許多六朝文士藝匠所追求的境界，因而歌詠人生，抒發情感的文藝作品大量出現，而美學理論也開始扮演歸納整理和指導創作的角色。

浪漫之風影響所及，使任誕之行大盛，竹林七賢之蔑視禮教，或因逃避王權，如阮籍（210～263）避親而大醉，或因追求放浪形骸之快，如劉伶（221～301）嗜酒、王羲之（321～379）袒腹東床等，都形成一種令人側目的特殊風致。所以六朝是眞正把老莊思想落實於生

〔註 11〕參賀昌群、劉大杰、袁行霈等著《魏晉思想．甲種三編．魏晉時代的文藝思潮》台北：里仁書局，1995 年 8 月初版，頁 155。

〔註 12〕黃錦鋐《新譯莊子讀本》台北：三民書局 2001 年 5 月初版十六刷，頁 242。

活，並及於文藝界、思想界的時代。

此外，魏晉時代政治現實的殘酷，使貴族和地主們感到生命時時受到威脅，因而形成及時享樂、不惜頹廢的生活，享樂和頹廢的共同特點就是反對人為法度，追求自由。這種人生態度與儒家傳統是互相矛盾的，於是老莊思想的清淨無為和養生之道，就成了他們的法寶，也形成這個時代文藝發展的重要基礎。〔註 13〕

（二）佛教思想的影響

佛教輸入中國，最早是在東漢之時，起先被混同於神仙思想學說中，六朝時由莊學的接引，與玄學結合，逐漸深入到士人生活中，而對文藝創作、思想形成深刻的影響。其要有下：

佛教對六朝文藝的影響，首先表現在詩歌方面。佛教進入詩歌領域的初期，宗教的意蘊比較外露，玄言詩生硬地帶入禪意，連山水詩也加著「禪悟」的尾巴。如謝靈運（385～433）〈過瞿溪山僧〉：

迎旭凌絕嶝，映泫歸溆浦。鑽燧斷山木，掩岸墐石户。
結架非丹甍，藉田資宿莽。同遊息心客，曖然若可睹。
清霄颺浮煙，空林響法鼓。忘懷狎鷗鯈，攝生馴兕虎。
望嶺眷靈鷲，延心念淨土。若乘四等觀，永拔三界苦。〔註 14〕

前六聯的寫景，經末二聯的過渡，轉而寫出最後兩句自己對佛教的信念，而且寫得很直露。又如〈石壁立招提精舍詩〉：

四城有頓躓，三世無極已。浮歡昧眼前，沉照貫終始。
壯齡緩前期，頹年追暮齒。揮霍夢幻頃，飄忽風電起。
良緣迨未謝，時逝不可俟。敬擬靈鷲山，尚想祇洹軌。
絕溜飛庭前，高林映窗裏。禪室栖空觀，講宇析妙理。〔註 15〕

〔註 13〕參張光福《中國美術史・魏晉南北朝時期的美術》台北：華正書局有限公司 1986 年 5 月初版，頁 182。

〔註 14〕清・丁福保編《全漢三國晉南北朝詩・全宋詩・卷三》台北：世界書局 1962 年 4 月初版，頁 652。

〔註 15〕清・丁福保編《全漢三國晉南北朝詩・全宋詩・卷三》台北：世界書局 1962 年 4 月初版，頁 651。

感嘆人生苦短，欲向佛教尋求解脫，雖不能情理交融，但以禪入詩的現象明顯可徵。此其一。

佛教思想對六朝繪畫技法而言，並無必然的影響，印度所傳見於敦煌的壁畫，顏色重，喜平塗，傳至中原則逐漸「漢化」，大片平塗色彩之法被細線勾描所取代，所以佛教對六朝繪畫技法並無直接影響，眞正影響的是題材和對形象的新看法。佛教故事的繪畫與孝子故事、道家隱士故事、道教神仙故事並行發展，成爲重要內容，最早畫佛像並接受西域佛畫影響的畫家是三國東吳曹不興，東晉顧愷之（345～406）所畫維摩詰像的壁畫，與戴逵（325？～396？）所塑佛像及獅子國玉像，被稱作「瓦棺寺三絕」。〔註 16〕此後劉宋的陸探微（？～485）、蕭梁的張僧繇（生年不可考）一系列形成南朝秀骨清像的南朝畫風，也顯然可見佛教對畫壇的影響。此其二。

佛教義理的思辨方式，修養身心的方法，與洞燭心性的哲理，激發了中國佛學的產生。在思維方法上，佛教禪宗闡發了中國哲學的具體性、直覺性，尤其將言語道斷的參悟方式靈活運用，成爲佛學中國化的特殊宗風。這對美學思想尤有重大影響。此其三。

佛教傳入中國後，翻譯經典時，爲對應聲韻的運用，梵音研究之風漸盛，字音的子母複合現象引起注意，聲韻研究興起，進而影響詩歌聲律的講究，梁朝沈約將聲韻研究運用到詩歌上，提出四聲八病之說，創造了永明體，促成格律的繁榮，對詩歌美文有直接重大的影響。此其四。

此外，佛家的一些用語使文藝美學的術語甚至內涵或直引或化合成新的體質，如佛教「境」的概念，指做爲心的感知對象，與傳統「物」的概念對應起來，形成六朝「感物興情」的創作觀點，〔註 17〕顯現於

〔註 16〕鄧喬彬《古代文藝的文化觀照·佛教與文藝》上海教育出版社 2003 年 2 月一版一刷，頁 216。

〔註 17〕參黃景進《意境的形成論——唐代意境論研究·境與創作觀念的結合：六朝至初唐的三教融合》台北：台灣學生書局 2004 年 9 月初版，頁 73～76。

文章的形式技巧，如散體單行，質樸明道，名相辨析技巧，及設想奇特，譬喻連類，富於誇飾，及大量新鮮的語彙等等，都使六朝文藝美學耳目一新。

（三）道教信仰的影響

道教起源於先秦時代的神仙思想信仰，經過長期的發展，與道家思想及古代的巫術相結合，在東漢末年形成爲道教。創立之初，巧遇佛教也剛傳入中國，吸取佛教神靈不滅及輪迴報應之說，形成一個倡導「養生成仙」的宗教，爲士庶人所普遍接受。文人名士寄情山水，非老莊之書不讀，但一般平民既無能力讀老莊書，又無財力寄情酒色，自然容易走上宗教的慰藉。張陵的天師道、張角的太平道正好上承漢代神仙遺說，與養生觀念滙合爲新思潮，應時流行。李豐楙《魏晉南北朝文士與道教之關係・魏晉北朝文士養生思想與神仙道教之關係》云：

> 爰溯其源流及其發展經絡，以嵇康爲魏晉時期之代表，葛洪爲神仙道教派養生說之理論奠基者，影響南北朝道教鍊養術至鉅；其餘波及於顏延之、顏之推等，其影響亦可謂深遠矣。〔註 18〕

道教影響六朝美學有三：

1. 道教鍊丹影響了六朝人物審美觀。

何宴（190～249）體形憔悴，精神委頓，得五石散禁方以爲「非惟治病，亦覺神明開朗」，初見神效，穿著容止，益見風流，寖漸成習，京師翕然，士庶雲從。不但爲養生術，亦衍成風姿美的標準之一。

2. 道教影響了六朝的聖賢觀。

嵇康（224～263）針對向秀（227？～272）〈難養生論〉所提「聖人窮理盡性，宜享遐齡」與事實不符之論，〔註 19〕云：「聖人有損己

〔註 18〕李豐楙《魏晉南北朝文士與道教之關係・魏晉北朝文士養生思想與神仙道教之關係》政治大學 67 年博士論文，頁 129。

〔註 19〕《嵇中散集》晉・嵇康撰，崔富章譯，台北：三民書局 1998 年 5 月，頁 193。

爲世，表行顯功」，或「菲飲勤躬，經營四方，心勞形困，趣步失節」，或「口倦談議，身疲磬折」，焉得長壽？若能「內視反聽，愛氣嗇精；明白四達，而無執無爲；遺世坐忘，以寶性全眞」，〔註 20〕固得享其遐齡。李豐楙《魏晉南北朝文士與道教之關係．魏晉北朝文士養生思想與神仙道教之關係》以爲嵇康此說「發展爲神仙是否可學可成說，乃可獨立於成聖成佛之論，而爲過江三大名理之一也」。〔註 21〕故學仙之風不僅在宗教界流行，也在文士間形成一普遍的向慕之風，例如《世說新語》讚美人的容止時常以神仙之想喻之，〔註 22〕可窺見受道教信仰的影響。

3. 道教影響了六朝文藝創作的方向。

嵇康〈與山巨源絕交書〉寫道自己不能爲官的理由，乃因性好山林之樂：「又聞道士遺言，餌朮、黃精，令人久壽，意甚信之。游山澤，觀魚鳥，心甚樂之。」〔註 23〕游山澤、觀魚鳥成爲文士學養生之術的生活意態或表徵。陶弘景（452～536）自幼得葛洪《神仙傳》，便有養生之志，謂人曰：「仰青雲，覩白日，不覺爲遠矣。」〔註 24〕編撰草木藥方，往往「徧歷名山，尋訪仙藥。每經澗谷，必坐臥其間，吟詠盤桓，不能已已」。曾辭齊高帝詔而作〈詔問山中何所有賦詩以答〉云：「山中何所有，嶺上多白雲，只可自怡悅，不堪持贈君。」〔註 25〕只居山鍊丹，不問俗事，「高祖既早與之遊，及即位後，恩禮逾篤，書

〔註 20〕《嵇中散集》晉．嵇康撰，崔富章譯，台北：三民書局 1998 年 5 月，頁 212。

〔註 21〕李豐楙《魏晉南北朝文士與道教之關係．魏晉北朝文士養生思想與神仙道教之關係》政治大學 67 年博士論文，頁 147。

〔註 22〕如〈容止〉篇廿六王羲之形容杜弘治「面如凝脂，眼如點漆，此神仙中人」，三十則謂時人目王羲之「飄若遊雲，矯若驚龍」等。

〔註 23〕《嵇中散集》晉．嵇康撰，崔富章譯，台北：三民書局 1998 年 5 月，頁 141。

〔註 24〕《二十五史精華．亨．梁書．處士傳》台北：讀者書店 1978 年 1 月，頁 59。

〔註 25〕清．沈德潛《古詩源．卷十三》台北：世界書局，1999 年 1 月二版二刷，頁 204。

問不絕」，人稱山中宰相。黃永川〈道教與中國早期山水繪畫的創建〉云：「當時山水畫壇能逐漸開展，內容求高求雅，與陶弘景關係至為密切」。〔註 26〕

此外，繪畫創作不以形似為滿足，是進而從事精神內涵之追求。山水畫論中所謂「媚道」、「容勢」旨在默契自然，迎合天道，以山水畫達到「應會感神，神超理得」〔註 27〕的境界，此正與《老子河上公注》「使吾無有身體，得道自然，輕舉昇雲，出入無間，與道通神，當有何患」之旨趣相合。

（四）玄學清談的影響

玄學之所以產生於六朝，始自東漢末葉政治無出路，激起個人主義的抬頭。從建安到永嘉一百多年，政治極為動蕩，文士們對現實文物制度不滿意，意識上雖反抗批判，行動上卻是消極逃避。前代知識分子清議的文化，到了六朝形成清談的生活，既不激烈積極抗爭，也不消極妥協，只在思想上玄思尋找人生出路，而生活中因清談而「雅」了起來，雖無益於民生經濟，卻安頓解救了個人的精神。李春青《魏晉清玄・釋清》云：

> 從清議到清談的轉化，「清」這一概念的公正平允的含義被淡化，而「雅」的意味增加了，清議可視為公正的議論，而清談則可視為雅談、高人雅士之談。〔註 28〕

這種清雅的生活方式，與玄學的發展形成了內外互為因果、相應相成的文化現象，都是六朝特殊政治下的特殊產物。錢穆〈魏晉玄學與南

〔註 26〕黃永川〈道教與中國早期山水繪畫的創建〉載《道教與文化學術研討會論文》台北：國立歷史博物館 2000 年 12 月，頁 234。

〔註 27〕宗炳〈畫山水序〉云：「山水以形媚道而仁者樂。」王微〈敍畫〉云：「夫言繪畫者，竟求容勢而已。」宗炳〈畫山水序〉：「夫以應目會心為理者，類之成巧，則目亦同應，心亦俱會。應會感神，神超理得，雖復虛求幽岩，何以加焉？」載潘運告編《漢魏六朝書畫論》，湖南美術出版社 1997 年 4 月一版，頁 288、294。

〔註 28〕李春青《魏晉清玄・釋清》台北：雲龍出版社 1995 年 3 月初版，頁 43。

渡清談〉云：

> 兩晉法家思想整個支配了政治的上層，但政治儘管尚法治，在野知識分子仍是各行其道。道家思想，則支配了整個文化界。曹操司馬懿兩家，以權術詐謀取天下，在上者既不能光明磊落，大服人心。愈講法治，愈足以激起在下者之消極與放蕩。從此玄學大盛。〔註29〕

消極放蕩使文人走向了法治的另一個極端，文士不再向外尋找例如建功立業或恪遵名教的價値，而是向內省視，把人的內在神明看作是對精神本體的自我回歸，竹林七賢志趣相投，到清幽竹林飲酒清談，討論周易老莊玄理，影響所及，玄學家的風儀也一併爲人所景慕，如嵇康〈酒會〉七首：

> 婉彼鴛鴦，戢翼而遊。俯唼綠藻，託身洪流。朝翔素瀨，夕棲靈洲。搖蕩清波，與之浮沉。(之二)
>
> 斂絃散思，遊釣九淵。重流千仞，或餌者懸。猗與莊老，棲遲永年。寔惟龍化，蕩志浩然。(之四)〔註30〕

玄學家所標榜的以及其自身所呈現的朝夕搖蕩、蕩志浩然的浪漫清趣，爲天下所向慕。南渡之後，清談之風仍未衰息，甚至連不識稻麥的簡文帝（即蕭綱503～551）都是一位道地的名士、風雅的清談家。《世說新語・言語》記：

> 簡文入華林園，顧謂左右曰：「會心處不必在遠：翳然林水，便自有濠濮間想也。不覺鳥獸禽魚，自來親人。」〔註31〕

劉大杰《魏晉思想・魏晉時代的清談》評其「做一個隱逸詩人，自然是極合格的，叫他做皇帝，倒有點不相宜」，〔註32〕在那樣一個重精

〔註29〕錢穆〈魏晉玄學與南渡清談〉載羅聯添編《國學論文精選》幼獅文化事業公司1987年11月，頁385。

〔註30〕清・丁福保編《全漢三國晉南北朝詩・全三國詩・卷四》台北：世界書局1962年4月初版，頁207。

〔註31〕梁・劉義慶撰，劉正浩等注釋《世說新語・言語》第六一則，台北：三民書局，2005年5月初版六刷，頁88。

〔註32〕賀昌群、劉大杰、袁行霈等著《魏晉思想・甲種三編・魏晉時代的清談》台北：里仁書局，1995年8月初版，頁224。

神本體的風氣下，文壇不在乎他這個皇帝是否稱職，卻記錄了會心飄逸的一面，可知六朝清談使人格才性之美被提臻於極高的層次，超越了事功德性。這種觀念促成了「傳神寫照」審美觀念的誕生，這是玄學對美學影響，側重在美姿神韻。

袁濟喜云：

> 六朝美學與先秦兩漢以及唐宋之後的美學相比，一個顯著特點就是具有自己內在的邏輯體系。〔註33〕

此內在邏輯與玄學關聯極大，玄學是在人物品鑑的「才性之辨」基礎上形成，而非純粹思辨，玄學本體論的論題如「得意忘象」、「得意忘形」，都不是純粹思辨的論題，而是士人直接從人生感受體驗中得來的，影響所及六朝美學也不是一種純粹思辨的美學，袁濟喜云：

> 六朝美學不是純思辨的美學，恰恰相反，它充滿了時代與人生的悲劇色彩。可以說，時代的苦難與人生的沉重，從反面刺激了六朝士人言行和文化風彩的瀟灑清暢，然而其深層底蘊都是悲劇性的。因此，六朝美學具備了濃重的與文化內涵，揭示士人悲劇人生以及他們的審美超越活動，是探討六朝美學特徵的首要環節。〔註34〕

玄學清談原就是帶著悲劇性質的底蘊，陳洪《詩化人生——魏晉風度的魅力・金谷貴遊》云：

> 西晉政權從那方面說，都是怪誕、畸形的。司馬氏雖然標榜儒學，但因爲有弒君的「前科」，遂成爲掛羊頭賣狗肉的笑柄。……西晉士人始終處在理想精神與社會實踐相分裂的深淵中。他們一邊在奢靡中俗了下去，一邊又在清談中雅了起來。〔註35〕

〔註33〕袁濟嘉《六朝美學・緒論》北京大學出版社1999年1月二版一刷，頁18。

〔註34〕袁濟嘉《六朝美學・緒論》北京大學出版社1999年1月二版一刷，頁19。

〔註35〕陳洪《詩化人生——魏晉風度的魅力・金谷貴遊》河北大學出版社，2001年9月一版，頁218。

六朝士人擔荷不了天下，只能在動盪局面中傷情，在政治壓力下喘息；另一面又放不下貴遊身分，而在花間竹林頹靡，是以清談玄理成了文人最好的出路。蓋玄學論題對美學所造成的影響有五：〔註36〕

1. 有無之辨。(即有限與無限）魏晉玄學對無限的追求在美學上的表現，使可見可聞的有限聲音形色可以被漠視，卻突出強調美具無限超感性深邃的精神內容。
2. 意象之辨。玄學家以美爲無限的表現，把握無限的方法是「得意忘言」、「得意忘象」，強調美是通過有限的形去充分表現無限的主體感受，突破了語言形象的局限性，而直接訴諸內心體驗和領悟。
3. 有情與無情之辨。六朝文士將此作一論題探討，影響所及使得文論畫論明確考察了個體情感和外在事物的聯繫關係。宗炳（375～443）言「暢神」，實則「暢情」，情感和個體無限的追求聯繫在一起。
4. 形神問題。根據人的形質去考察人物內在的性情，王弼（226～249）講「忘形以得神」，嵇康講「養神以親形」(〈養生論〉及〈答向子期難養生論〉)，兩者都和美學密切相關。這種研究提高了文士對內在性情、心理的觀察和描寫能力。
5. 名教與自然。此論題歷經三階段，王弼主張「名教建立於自然」，阮籍、嵇康主張「越名教而任自然」，郭象主張「名教即自然」。其中「越名教而任自然」更是直接通向美學的根本。

六朝畫論家宗炳所提出「澄懷味象」命題，以道家虛靜心懷納入山水美境；《文心雕龍》中談神思、隱秀，探討的是創作中的言意關係，與清談問答之機鋒言語相關；嵇康的「目送歸鴻，手揮五弦」〔註37〕

〔註36〕參李澤厚、劉綱紀《中國美學史・魏晉玄學與美學》台北：谷風出版社1987年12月台一版，頁127～172。

〔註37〕〈贈兄秀才入軍〉十九首之十四：「息徒蘭圃，秣馬華山。流磻平皋，

之句，引得一百多年後的顧愷之（345～406）評論「手揮五弦易，目送歸鴻難」，〔註 38〕其中透露著六朝玄學重要的形神關係的看法；《詩品》言「氣之動物，物之感人，故搖蕩性情，形諸詠舞」〔註 39〕、陸機（261～303）〈文賦〉「遵四時以歎逝，瞻萬物而思紛；悲落葉於勁秋，喜柔條於芳春」，〔註 40〕探討的是情與自然風物的關係，是人與自然是否相洽為一、相互感通的問題。此皆可見玄學對六朝美學的影響至深。

總之，在政教衰敝，儒家綱常崩解之際，道家思想與佛教思想為六朝帶來新的文藝歌詠素材，而且佛理詩和玄言詩之間的相互浸潤融通，也側面展現了中土文化和外來文化的交融，為美學注入新的觀念，為文藝界帶來自由浪漫之風，使得六朝繼春秋戰國之後，又形成另一個新的美學思潮活躍的時期。

三、批判精神與人文自覺的興起

六朝時期中國文學史和藝術史均有了不起的發展，文學批評、純文學的概念萌發了，藝術理論開始建立了，這樣的發展來自整個時代以道家玄學為主導的氛圍。道家思想的基本性格是以智慧為體，以浪漫為性，以觀照為用，因之，浪漫的思潮、美的追求、個人主義的抬頭、觀照力鑒賞力的高度提升，都使六朝文人表現出「智」與「美」合一的精神，智的觀照與美的欣趣，是智慧與清雅的結合，此正是六朝文化的精采之處。

垂綸長川。目送歸鴻，手揮五弦。俯仰自得，遊心太玄。嘉彼釣叟，得魚忘筌。郢人逝矣，誰與盡言。」載清．丁福保編《全漢三國晉南北朝詩．全三國詩．卷四》台北：世界書局 1962 年 4 月初版，頁 207。

〔註 38〕《二十五史精華．亨．晉書．文苑傳》台北：讀者書店 1978 年 1 月，頁 154。

〔註 39〕梁．鍾嶸撰，成琳、程章燦注譯《詩品．序》台北：三民書局 2003 年 5 月初版一刷，頁 1。

〔註 40〕鬱沅、張明高編《魏晉南北朝文論選．文賦》北京：人民文學出版社 1996 年 10 月一版 1999 年 1 月一刷，頁 146。

（一）批判精神的興起

六朝文人在智的觀照與美的欣趣的氛圍中，培養出一種鑒賞的心靈與批判的態度，唐亦男〈魏晉思潮的特色〉云：

> 道家心靈以智慧爲體，以觀照爲用，能夠明確的照察事物，把握到事物的精神，故又爲審美活動不可無的心靈，魏晉人以這種心靈的主體，在藝術文學上都表現一種直觀的智慧與高度的鑒賞力，正是胡適之提到的中古思想的一大變局就是「批評精神的發達」。〔註 41〕

這種批評精神或以脫略形骸方式表現，或以非禮教的方式表現，或以識鑒品題人物方式表現，或以詩歌藝術分品表現，可謂全方位呈現批評精神。

以脫略形骸方式呈現者，如正始年間竹林七賢的劉伶，乘鹿車，携壺酒，令人荷鍤隨之，謂曰「死便埋我！」其脫略形骸若此；《世說新語．任誕》記其縱酒而至脫衣裸形，對勸之者曰：「我以天地爲棟宇，屋室爲褌衣，諸君何爲入我褌中？」〔註 42〕可謂放浪形骸極矣！

以非禮教方式呈現者，如阮籍縱心任性，《晉書》記籍嫂歸寧，籍不顧禮法相見與別，或譏之，籍曰：「禮豈爲我輩設邪？」〔註 43〕表現出對禮教的不以爲意；嵇康一邊捫虱，一邊直接「非湯武而薄周孔」，更表現出對禮教的不屑，而溯其眞正原因乃政治的虛僞，文人看清「魏晉之間之禪讓，與世之君子『委曲周旋儀』，整個是一假借，一文飾，一虛僞」，〔註 44〕文人批判這種虛假，是以多種方式呈現：

〔註 41〕唐亦男〈魏晉思潮的特色〉載《第四屆魏晉南北朝文學思想研討會論文集》專題演講，頁 11。

〔註 42〕《世說新語．任誕》第六則，劉正浩等《新譯世說新語》台北：三民書局，2005 年 5 月初版六刷，頁 662。

〔註 43〕梁．劉義慶撰，劉正浩等注釋《世說新語．任誕》第七則，台北：三民書局，2005 年 5 月初版六刷，頁 663。

〔註 44〕唐君毅《中國人文精神之發展．卷六》台灣學生書局 2000 年 6 月一版二刷，頁 22。

1. 阮籍式的批判

阮籍式的批判是以無奈、委蛇、消極的抗爭方式呈現。

正始十年，司馬懿趁著曹爽隨侍魏帝曹方出洛陽城至「高平陵」祭掃明帝陵墓時，以迅雷不及掩耳的行動出兵佔領各處要地，逼使同受明帝曹叡遺詔夾輔八歲少帝的曹爽束手就擒。而後展開多次大規模的肅殺。阮籍《詠懷》之十六就是控訴這一件宮廷慘變：

徘徊蓬池上，還顧望大梁。綠水揚洪波，曠野莽茫茫。
走獸交橫馳，飛鳥相隨翔。是時鶉火中，日月正相望。
朔風厲嚴寒，陰氣下微霜。羈旅無儔匹，俛仰懷哀傷。
小人計其功，君子道其常。豈惜終憔悴，詠言著斯章。〔註45〕

阮籍置身在政權爭奪的間隙之中，一生謹言慎行。《晉書》本傳云其「發言玄遠，口不臧否人物」，但是這首詩，終究還是透露出阮籍對時政痛切的感受。「小人計其功，君子道其常」，詩人內心一直堅守著君子的「常道」，所以在進入自我眞實的文學世界時，流露出內心最眞切的吶喊。〔註46〕

當權者想籠絡阮籍，文帝初欲為武帝求婚於阮籍，阮籍佯醉六十日，不得言而作罷。鍾會數以時事問之，欲因其可否而羅織其罪，阮籍仍因酣醉而獲免。阮籍小心謹慎地以乖張違禮之舉避開政爭，但內心對變化無定的政局有無限憂憤，為了排遣憂憤，也為了避開當權者的糾纏，「他以攻擊社會性禮制，一方面宣洩心中的鬱憤，一方面試圖藉此移轉司馬氏集團對他的疑慮與監視。」〔註47〕王文進稱這種身段其實就是「仕隱」。然而「口不臧否人物」的仕隱方式，還是以詩歌表達了對政治的批判。

〔註45〕清・丁福保編《全漢三國晉南北朝詩・全三國詩・卷五》台北：世界書局1962年4月初版，頁217。

〔註46〕參王文進《仕隱與中國文學・仕隱中的人物典型》臺灣書店 1999年2月初版，頁94。

〔註47〕王文進《仕隱與中國文學・仕隱中的人物典型》臺灣書店 1999年2月初版，頁94。

阮籍一生最大的困阨與考驗是在〈勸進文〉一事上退守與妥協。高平陵事件後，擔任過一些小官職，其中兩次還是主動求取，一是爲有美酒而求來的步兵尉，一是貪東山地方美景而求來的東平太守，一方面表示自己並無進取大志，一方面也無犯上耿介之意，司馬氏對他也就無戒懼之心，當然相對也增加了司馬氏意欲拉攏他的用心。景元四年（263）十月，阮籍終於面對由自己政治性格糾結而來的難題，司馬氏即位指定要阮籍執筆寫〈勸進文〉。在如影隨形的催逼之下，阮籍不得推託，企圖遠離政爭旋渦的堅持終究無法完全維持。可以想像寫就〈勸進文〉時阮籍內心的煎熬。

阮籍一生都在煎熬之中。他一方面想要用他在〈大人先生傳〉所說的「應變順和」的順世哲學來求取內心的逍遙自在，〔註48〕另一方面周旋在司馬氏政權的同時，心中卻又永遠懸著一幅如其〈詠懷詩廿九〉中的「西方有佳人，皎若白日光」的偶像。現實的混濁與偶像的皎白誓必使其心靈永遠拉扯不安。這就是阮籍式的悲劇，悲情中的憤懣之語就是阮籍式的批判方式。〔註49〕

2. 嵇康式的批判

所謂嵇康式的批判，是一種更激烈的批判方式，是寧爲玉碎，不爲瓦全的悲劇。

〈釋弘論〉中嵇康言「越名教而任自然」，〔註50〕強調了可以順從自然卻不可以順從虛僞名教的堅持。六朝的「名教」，指的是在上位者爲遂行一己之私，以道德名制要求士人要分尊卑、全名節，以功名爲誘因要求士人對司馬氏盡忠，對此，嵇康深不以爲然。王室貴公

〔註48〕《阮籍詩文集·大人先生傳》：「先生以應順和，天地爲家，運去勢潰，魁然獨存。自以爲能足與造化推移，故默探夫大人者，乃與造物同體，天地並生。逍遙浮世，與道俱成，變化散聚，不常其形。」林家驪注譯，台北：三民書局2001年2月初版一刷，頁176。

〔註49〕參王文進《仕隱與中國文學·仕隱中的人物典型》臺灣書店 1999年2月初版，頁98。

〔註50〕《嵇中散集》台北：三民書局1998年5月，頁298。

子鍾會前來拜訪嵇康，欲延攬嵇康出來做官，時嵇康與向秀「共鍛於大樹之下」，對鍾會「不爲之禮而鍛不輟」，鍾會「以此憾之」，〔註 51〕於是埋下了日後鍾會加害的因由。嵇康不願違背自己的眞性情，即使得罪貴公子亦不在乎，這就是嵇康式的批判精神，表現得剛烈直接。

正始十年（249），司馬氏發動了「高平陵政變」，高舉名教大纛，欲行篡立之實，嵇康就在此時開啓了「竹林生涯」，和同好友人在家鄉山陽園宅的竹林裡清談暢飲，山濤在出仕之後薦康以自代，嵇康寫下一篇〈與山巨源絕交書〉提到「非湯武而薄周孔」，〔註 52〕文中深切檢視其內蘊在體內的本性，表達了對司馬氏假名教行誅戮之實的不滿。其批判精神表現得直接而不矯飾，他愈執著高節，就愈顯名教之虛僞。司馬昭在準備行篡位之實，表面上以周公制禮作樂、孔子祖述堯舜、堯舜禪讓來作爲其名教基礎，被嵇康以絕交書指出其「路人皆知」的本心之後，當然惱羞成怒，所以就藉口殺了嵇康。其時數千名太學生請願要求釋放嵇康，許多豪俊願隨嵇康入獄，雖然這些舉動使得司馬氏更爲不快，也更迅速地置嵇康於死地，但嵇康卻在士林中更形成人格美的典型。消極抗爭，絕不妥協的殉道精神，正是嵇康表現的激昂的批判精神。

不論阮籍式或嵇康式的批判，其結局都是以悲劇收場，嵇康終而隕命，阮籍也逃不過統治者的網羅，只能在夾縫中苟且偷安。不過批判精神因之興起，在政治上文人的批判只能是吶喊、喘息、飛蛾撲火，但這種悲壯精神像一顆流彈掀起狂流時，一定會帶來全方位的批判風潮，當藝文界出現了批判精神時，文人就開始引領風騷，新的文學藝術觀念，新的美學觀點，把舊觀念、舊禮教做了徹底的顛覆。

（二）人文自覺的提升

阮籍嵇康等人的批判精神，開啓了正始玄風，也創造了魏晉風

〔註 51〕《二十五史精華・亨・晉書》台北：讀者書店 1978 年 1 月，頁 86。
〔註 52〕《嵇中散集》台北：三民書局 1998 年 5 月，頁 137。

度。竹林七賢一面批判禮教，一面表現自我的個性，世人或忘其政爭之下的痛苦，但卻一定記得那種佯醉的顛狂，青白眼的放意，和竹林生涯的流風。於是乎文人的人格美、性情美逐漸形成時代風致。李建中《魏晉文學與魏晉人格・風姿特秀》云：

> 由後漢至魏晉，品人之題目在兩個緯度上發生了變化：一是由直接的道德評判，演變爲間接的以自然物色爲喻體的形象描繪；二是由群體性的類型化的品題演變爲個體性的個性化的識鑒，有些題目甚至成了專有名詞，可與被品者的姓名相替換，如「岩岩若孤松之獨立」之於嵇叔夜，「飄如游雲，矯若驚龍」之於王右軍。〔註53〕

這種欣賞個性風致的風氣，正是一種人文自覺。魏晉人不要禮教壓抑下統一類型化的形象，他們要每個個體有自己的面目，儘管在位者要求人們要服從禮教，但文士以生命爲代價衝破禮教的樊籠，開啓新的時代之風，影響所及，文士表現了前所未有的人品風度之美。所有的美無須比附道德，美的本身就價值具足，客觀鑒賞的評論著述開始產生，如蕭子顯（489～537）秉其史論之識以繩文學，劉勰（465～532？）更逞其雕龍之辭以論眾作，庾肩吾（487～551）則載書家列九品，鍾嶸（469？～518？）錄五言之詩家次爲三品等等，形成全面性的文藝浪潮。

此外，在繪畫表現方面也有顧愷之的〈論畫〉、宗炳的〈畫山水序〉與謝赫（531～551？）的「六法」等等，是魏晉之前未曾出現過的繪畫藝術評論文字，其核心不僅論及繪畫技藝，且眞正把握到藝術的本質精神，發前人之未發。

計六朝人文自覺表現在兩方面的關懷：

1. 個性真美的追求

自先秦諸子以來，中國的哲學即已開始了「性與天道」的本體論探討，認爲人之本源在「天」，人的人格生命、人之所以爲人的人性

〔註53〕李建中《魏晉文學與魏晉人格・風姿特秀》湖北教育出版社1998年9月一版一刷，頁144。

稟賦乃受於天。

傳統儒家教化不追求個人的情志，而追求群我的和諧；不追求小我生命的完成，而追求大我生存的延續；屈原表現了前所未有的個人情志，甚至班固批評他「露才揚己」，然而他的沈江卻是因爲整個大環境的不容，他個人色彩鮮明，卻更彰顯出對大我的追求。

六朝文人在經歷了漢朝政治衰落和儒學寖衰，舊的天人學說系統崩解，當時哲學上的當務之急和根本任務，就是「要盡快塡補此時哲學本體論上業已出現的空檔，從重建人格生命本體開始，重建宇宙本體，重建中國哲學中的『性與天道』、『天人之際』的『天人』學說系統，重建中國哲學的人格理想和人格美學。」〔註 54〕高華平《魏晉玄學人格美研究》云：

> 魏晉玄學人格美思想要建構其性情和和諧統一的人格美本體，並最終達到性與情、本與末、形與神、聖與凡、名教與自然和諧統一，亦即人與天地萬物同一的人格美境界，……魏晉玄學人格美的追求個體內在本質在去「僞」存「眞」、返樸歸眞基礎上統一，建構了一個以「眞」爲準的的性情和諧統一的玄學人格本體。〔註 55〕

經由漢末的紛擾，天的道德性已不再爲人所弘揚，所謂天人合一不再是道德性的相應相附，而是人與自然同形同構的體認，由於自然大化的寬闊，人面對人世紛擾時，不再困窘於名教與自然的對立上，而是以「如何由外在而內在、由內在而超越有限達到無限」〔註 56〕的方式，漸漸化消現世的痛苦。於是人的主體性位階提高了，在天道與人文二元對立中，六朝文人選擇了人文，在文學藝術上就呈現了濃濃的人文氣息和個性風致。

〔註 54〕高華平《魏晉玄學人格美研究．性情爲本．魏晉玄學人格美本體論》巴蜀書社 2000 年 8 月一版，頁 37。

〔註 55〕高華平《魏晉玄學人格美研究．性情爲本．魏晉玄學人格美本體論》巴蜀書社 2000 年 8 月一版，頁 60。

〔註 56〕高華平《魏晉玄學人格美研究．性情爲本．魏晉玄學人格美本體論》巴蜀書社 2000 年 8 月一版，頁 75。

阮籍遭母喪時飲酒吃肉（《世說新語・任誕》第二則），劉伶縱酒放達，脫衣裸形，猶曰以天地爲棟宇，屋室爲褌衣（《世說新語・任誕》第六則），王子猷造訪戴安道，至門不入，以爲興盡可返（《世說新語・任誕》第四七則），這些不盡人情的行徑，正是文人不拘世俗成規、跨越禮教所表現自我眞正的個性，世俗初或不能接受，久之，文人卻在名教和自然的對立中取得一種平衡，不論是否爲當道所忌，所呈現的風儀均來自個人眞性情。文藝受此風影響，由漢賦千篇一律的誇飾堆砌，至此展現出各種風貌、性情，而各有其美，這正是陸機所云「詩緣情而綺靡」的審美體驗。

2. 人生出路的關切

儒家長期涵養出的文人性格是以天下爲己任的擔當，是用之則行舍之則藏的泰然。然而到了六朝，政治的黑暗、禮教的虛僞，使得文人頓失依歸，天下既無可扛，個人出處又無法自己決定，形成文人的焦慮，左思（250～305）的〈詠史〉，阮籍的〈詠懷〉，都是找不到人生出路所示現的焦慮，嵇康的壯烈隕命，正是爲尋人生出路，不論妥協、批判、正面抗爭、或迂迴婉拒，文人都逃不過虛僞禮教政治的網羅或戕害。文士們只有維持一種心靈的清醒，才能感知一己的價值。竹林七賢之所以以阮嵇二人爲代表，正是因爲二人在生命的出路的問題上自己是清醒的。

至若蘭亭雅會，文人經歷了相對安定的政經發展時期，已無竹林賢士的苦悶，但竹林的人間樂土心態已深植文人心靈，蘭亭詩處處顯露著在依違山水寄託仙心的心情，例如孫綽〈蘭亭詩序〉：

> 振轡於朝市，則充屈之心生；閑步於林野，則遼落之志興。〔註57〕

李建中《魏晉文學與魏晉人格・蘭亭玄渚》云：

> 蘭亭，在東晉時期是諸多詩人共用的標題，……在這個標

〔註57〕丁成泉輯注《中國山水田園詩集成》湖北教育出版社2003年10月一版一刷，頁4。

> 題下，同時開展著兩重主旨，對魏晉人格中基於自然與名教之衝突的各種心理焦慮的消釋，對一種融合了自然與名教之後的曠淡、清遠之玄學理想的描繪與追求。〔註 58〕

及至陶淵明（365～427）的歸隱，更是在出處進退的掙扎中，最後找到的人生歸宿，用耕讀田園來化解生命焦慮，其思想中既有道家的齊生死，亦有儒家的順天命，既不浮沈宦海，也不矯作清高，表現了一種清醒的人文高度自覺。其外，像畫家宗炳一生棲隱山林，與同儕誓言往生西方，而西方現世不可得，遂畫山水以臥遊，也表現了一種對生命歸宿的探求。

這些行徑，顯示了文人不願隨波逐流，他們要以一種自己能接受的方式生活，創作要能抒一己感懷，因爲文人厭棄了作御用文人，畫家厭棄了「案城域、辯方州、標鎭阜、劃浸流」〔註 59〕那種無生命工匠式的作畫。文人要從創作中找到生命的依歸，所以文人以詩感發志意，以畫寫出生命的高度，這是高度的人文自覺。

總之，藝文評論和美學理論的建立，是魏晉的一大成就。鄭毓瑜《六朝情境美學・序》將六朝美的研究，分爲「人的覺醒」或「文的覺醒」兩方面，前者從才情氣度、形姿神韻來體現人倫之美，後者則由形似綺靡、風骨體勢來發顯藝術美典。〔註 60〕不論是那一方面，其實起因均源自於人文的自覺和批判精神的興起。

第二節　六朝山水美學的時空因素

魏晉是文藝理論空前蓬勃的時代，這些理論豐富了文學史、藝術史、美學史。在這麼多熱鬧蓬勃的創作中，山水詩也開展了詩歌新的

〔註 58〕李建中《魏晉文學與魏晉人格・蘭亭玄渚》湖北教育出版社 1998 年 9 月一版一刷，頁 121。

〔註 59〕王微〈敘畫〉載潘運告編《漢魏六朝書畫論》湖南美術出版社 1997 年 4 月一版，頁 295。

〔註 60〕鄭毓瑜《六朝情境美學・序》台北：里仁書局 1997 年 12 月初版，頁 1。

史頁。

在傳統的文學史頁，山水文學並無獨立發展的跡象。《詩經》中的山水只作爲比興之用，而後孔子「仁者樂山，智者樂水」，山水也只用以比德。至戰國《楚辭》，對山水有極美的描述，但也只是憂愁幽思的襯景，主旨是寫心境之幽憤，山水仍不是詩歌的主題。

漢賦始有以山水作主題的描寫，如司馬相如〈子虛賦〉舉楚最小的雲夢已大的嚇人：「雲夢者方九百里，其中有山焉。其山則盤紆茀鬱……其土則丹青赭堊……其石則赤玉玫瑰……」〔註 61〕烏有則以微言大義責之：「足下不稱楚國之德厚，而盛推雲夢以爲驕奢，……且齊東陼鉅海，南有瑯琊，觀乎成山，射乎之罘，浮渤澥，游孟諸，邪與肅愼爲鄰，右以湯谷爲界……」〔註 62〕隨而又夸齊田獵苑囿之大，但所有描寫山水風物的篇章，都不以表現山水之美爲終極價値，而是以歌功頌德、誇飾炫耀爲目的。表面上目的是諷，實際作用卻是勸，所謂「勸百諷一」，帝王讀之飄飄然，結果文人競誇修飾，形成爲文造情的浮誇文風。不過「伴隨著對世界的征服與勝利的自信，是賦中大量的描述性內容，它們將先秦詩歌的重在主觀抒情，轉變爲重在客觀描寫」，〔註 63〕這麼一來，古代以人爲中心的言志貫道、抒情養氣的審美的主題，變而爲對外在世界的移情與追求，文藝傳統變了，文化精神也由向內尋索，轉爲向外探求，此對六朝追求文藝形式華美有巨大影響。

山水眞正成爲文人描繪主題，散發感動力量的是在六朝，或如陶淵明〈飲酒詩〉「山氣日夕佳，飛鳥相與還」作爲意象烘托，或如謝靈運〈過始寧墅〉「白雲抱幽石，綠筱媚清漣」精雕細繪，甚如北朝酈道元（466？～527）《水經注．江水注》「林木蕭森，離離蔚蔚，乃

〔註 61〕《全漢賦》台北：之江出版社 1994 年 7 月初版，頁 22。

〔註 62〕《全漢賦》台北：之江出版社 1994 年 7 月初版，頁 25。

〔註 63〕鄧喬彬《古代文藝的文化觀照．秦漢魏晉南北朝：從一統到多元》上海教育出版社 2003 年 2 月一版一刷，頁 398。

在霞氣之表……山水有靈，亦當驚知己於千古矣！」〔註 64〕鋪陳直述山水本身之美，都使山水眞正有了自身美的價値。

晉宋時代山水詩盛行，主要原因在於社會基礎的劇烈的轉變，大環境而言，政權的遞變、南遷，江山的異動，讓文人眼目一新，當然就有了新的觸角，新的感受。大體其原因可歸納爲三：歷史變動因素、江南山水景觀的地理因素、文人的文化生活不同造成的美感心靈的改變。

一、歷史變動因素

文人的審美觀與時代發展必有相關，六朝文人處於一種動亂的氣氛，對心靈的滌盪自有一定的影響，三國時的動亂、晉初名教虛僞對心靈的殘害、永嘉之禍的戰亂，甚至官制的改變，都使文人與山水交觸有了不同契遇，茲以動亂虛無的人生感慨、官制改變所造成文士的遊宦機會來說明：

（一）動亂虛無的人生感慨

漢末以來戰爭造成了大規模死亡，人口銳減，加之建安年間疫疾的流行，形成「白骨露於野，千里無雞鳴」〔註 65〕的悲慘景況，人命危淺，動盪虛無的人生感慨時露於詩人筆下。除了兵亂外，政治之禍也讓文人對當朝充滿恐懼、對生命充滿無常之慨。袁濟喜《六朝美學·人生遭際與審美超越》云：

> 在中國歷史上，魏晉南北朝最爲黑暗，一個重要的原因，就是皇室、軍閥和分裂政權的魁首瘋狂地屠戮士人。〔註 66〕

〔註 64〕《水經注·江水》台北：錦繡出版社 1992 年 4 月初版，頁 263。

〔註 65〕曹操〈蒿里行〉：「關東有義士，興兵討群凶。初期會盟津，乃心在咸陽。軍合力不齊，躊躇而鴈行。勢利使人爭，嗣還自相戕。淮南弟稱號，刻璽於北方。鎧甲生蟣蝨，萬姓以死亡。白骨露於野，千里無雞鳴。生民百遺一，念之斷人腸。」載清·丁福保編《全漢三國晉南北朝詩·全三國詩·卷一》台北：世界書局 1962 年 4 月初版，頁 120。

〔註 66〕袁濟喜《六朝美學·人生遭際與審美超越》北京大學出版社 1999 年 1 月二版一刷，頁 39。

所以除了戰禍，政治迫害也讓士子心靈被壓抑，在無可宣洩的苦悶中，清談成爲動態精神避難所，而竹林溪澗成爲遠離紛擾的場域，山水遂逐漸走入詩文藝術中，表面上，是逃避，骨子裡，是生命悲苦的超越。

以歷史的遞序，以下是形成文人無常感慨，間接又使山水走入文士生命、躍入文人作品的四個代表性的階段：

1. 三國戰亂

第一個把山水帶入詩篇而成爲正式山水詩者爲曹操（155～220）。曹操有生之年未正式篡漢，但文風的影響應歸屬於魏。在東征西討的戰亂中，歷經許多地方，儘管曹操雄才大略，英健豪邁，然而人的氣概大至相當程度時，則有天地無寄之概，面對山水景物，時露出無可如何的感嘆，如〈短歌行〉「月明星稀，烏鵲南飛，繞樹三匝，何枝可依」，雖是譬喻人才尋找一可依之主而不可得，而以自然爲喻時，總現出一無可奈何的悲涼心境。

對戰亂直接描寫的如王粲〈從軍詩〉五首之三：

從軍征遐路，討彼東南夷。方舟順廣川，薄暮未安坻。
白日半西山，桑梓有餘暉。蟋蟀夾岸鳴，孤鳥翩翩飛。
征夫心多懷，悽愴令吾悲。下船登高防，草露霑我衣。
迴身赴牀寢，此愁當告誰。身服干戈事，豈得念所私。
即戎有授命，茲理不可違。〔註67〕

藉詩人筆下的白日半西、孤鳥單飛、夕露霑衣，都呈現了三國的戰亂的悲苦，整首詩充滿著悲苦無奈之情。這種悲苦與文人的筆墨結合，形成一種以情景相附的美感，也藉著這些景物描寫表達了人生無常的感嘆。

2. 名教摧殘

前節談及司馬氏以名教的大旗爲誘因，宣揚道德名目、尊卑名

〔註67〕清·丁福保編《全漢三國晉南北朝詩·全三國詩·卷三》台北：世界書局 1962 年 4 月初版，頁 179。

分、君臣名節、功利名銜等，羅致士人為其效忠，許多有識之士以或剛烈或迂曲的方式抗爭，心靈十分痛苦。文人既無法在仕途中尋找理想，遂而尋求心靈出路，故有「身在魏闕，心在仙境」以求暫忘俗世煩愁的遊仙詩人，也有把仙境搬到人間竹林的竹林七賢。

如嵇康〈贈秀才入軍〉十九首之十六：

乘風高逝，遠登靈丘。託好松喬，攜手俱游。

朝發太華，夕宿神州。彈琴詠詩，聊以忘憂。〔註 68〕

嵇康對名教不滿，但身在魏闕，無論如何改變不了現實，只好心寄「靈丘」，期望「乘風高逝」，脫略名枷利鎖，但「長與俗人別」〔註 69〕（〈遊仙詩〉）畢竟是不可能實現的夢想，在現實中「心之憂矣，永嘯長吟」，〔註 70〕只好「操縵清商，遊心大象」，〔註 71〕以求「俯仰自得，遊心太玄」，〔註 72〕為了擺脫名教摧殘的痛苦，文士自己打造了一個人間仙境，在竹林裡他們可以「不為世累所攖」，〔註 73〕可以「獨以道德

〔註 68〕清・丁福保編《全漢三國晉南北朝詩・全三國詩・卷四》台北：世界書局 1962 年 4 月初版，頁 206。

〔註 69〕嵇康〈遊仙詩〉「遙望山上松，隆谷鬱青葱。自遇一何高，獨立迥無雙。願想遊其下，蹊路絕不通。王喬棄我去，乘雲駕六龍。飄颻戲玄圃，黃老路相逢。授我自然道，曠若發童蒙。採藥鍾山隅，服食改姿容。蟬蛻棄穢累，結友家板桐。臨觴奏九韶，雅歌何邕邕？長與俗人別，誰能覩其蹤？」載清・丁福保編《全漢三國晉南北朝詩・全三國詩・卷四》台北：世界書局 1962 年 4 月初版，頁 209。

〔註 70〕〈贈兄秀才入軍〉十九首之十二：「輕車迅邁，息彼長林。春木載榮，布葉垂陰。習習谷風，吹我素琴。交交黃鳥，顧儔弄音。感悟馳情，思我所欽。心之憂矣，永嘯長吟。」載清・丁福保編《全漢三國晉南北朝詩・全三國詩・卷四》台北：世界書局 1962 年 4 月初版，頁 206。

〔註 71〕〈酒會詩〉七首之三：「流詠蘭池，和聲激朗。操縵清商，遊心大象。傾昧修身，惠音遺響。鍾期不存，我志誰賞。」載清・丁福保編《全漢三國晉南北朝詩・全三國詩・卷四》台北：世界書局 1962 年 4 月初版，頁 207。

〔註 72〕〈贈兄秀才入軍〉十九首之十四：「息徒蘭圃，秣馬華山。流磻平皋，垂綸長川。目送歸鴻，手揮五弦。俯仰自得，遊心太玄。嘉彼釣叟，得魚忘筌。郢人逝矣，誰與盡言。」載清・丁福保編《全漢三國晉南北朝詩・全三國詩・卷四》台北：世界書局 1962 年 4 月初版，頁 207。

〔註 73〕六言十首之七〈東方朔至清〉：「外以貪污內眞，穢身滑稽隱名。不

爲友，故能延期不朽」。〔註 74〕所以是歷史的發展逼使這些文人在山水竹林中尋找安身之道，山水開始讓士人在污濁的政治外，找到可以俯仰自得的清淨之處。

3. 永嘉亂離

西晉（265～316）只維持了五十年的統一光景，永嘉之禍使得半壁江山失陷，一個歷史的大遷徙使得文人離鄉背井，心懷喪國之痛。如《世說新語‧言語》三一則記過江文士每見江南山河則嘆「江河之異」：

> 過江諸人，每至美日，輒相要出新亭，藉卉飲宴。周侯中坐而嘆曰：「風景不殊，舉目有江河之異！」皆相視流淚。唯王丞相愀然變色曰：「當共戮力王室，克復神州；何至作楚囚相對邪？〔註 75〕

國土淪亡不是個人的悲哀，江山失陷是整個國家大事，所有的悲苦是全朝人共同擔荷，所以個人的悲愁反而不顯，他們並沒有眞正去正視喪失故國、家園的痛苦，儘管王導有「勠力王室」的呼籲，「之後，即瀟灑地揮動著麈尾，止道聲無哀樂、養生、言不盡意理而已」，〔註 76〕儘管王室略有「寄人國土」之慨，〔註 77〕君臣相慰的結果，使得王導、謝安等名臣穩定半壁江山之後，士族很快適應了偏安的局面，積極的，對故土的懷思化作對江南的經營賞度，消極的，在山水、宗教、清談、藝術、美酒、五石散中陶醉、慢性自殺，這是新亭對泣所衍生出的「勠

爲世累所攖，所欲不足無當。」載清‧丁福保編《全漢三國晉南北朝詩‧全三國詩‧卷四》台北：世界書局 1962 年 4 月初版，頁 210。

〔註 74〕六言十首之五〈生生厚招咎〉：「金玉滿堂莫守，古人安此麤醜。獨以道德爲友，故能延期不朽」載清‧丁福保編《全漢三國晉南北朝詩‧全三國詩‧卷四》台北：世界書局 1962 年 4 月初版，頁 210。

〔註 75〕梁‧劉義慶撰，劉正浩等注釋《世說新語‧言語》三一則，台北：三民書局，2005 年 5 月初版六刷，頁 64。

〔註 76〕陳洪《詩化人生——魏晉風度的魅力‧蘭亭感悟》河北大學出版社，2001 年 9 月一版，頁 288。

〔註 77〕梁‧劉義慶撰，劉正浩等注釋《世說新語‧言語》廿九則：「元帝始過江，謂顧驃騎曰：『寄人國土，心常懷慚。』……」台北：三民書局，2005 年 5 月初版六刷，頁 62。

力王室」以外的另一種態度，甚至如功在社稷的謝安，都以調暢身心爲理想，而顯出一種瀟灑風流，如〈與王胡之〉：

……朝樂朗日，嘯歌丘林。夕翫望舒，入室鳴琴。五絃清激，南風披襟。醇醪淬慮，微言洗心，幽暢者誰，在我賞音。〔註 78〕

被目爲「足以鎮安朝野」〔註 79〕的謝安，猶言：「若遇七賢，必自把臂入林」，〔註 80〕這種山林高蹈的嚮往，竟使他放棄了初仕的短暫官職而歸隱東山，經歷了永嘉亂離，文士既無能也無意扛起撥轉江山的大任，只能在江南的山水中重新找尋安身意義了。

4. **蘭亭感懷**

過江之士在安定的局面中，開始遊賞眼前景物，貴遊公子在酒足飯飽之餘，全無擔荷國仇家恨的雄心，倒是在「崇山峻嶺，清流激湍」中，興起了「情隨事遷，脩短隨化」（王羲之〈蘭亭集敘〉）的悲慨。如孫綽〈蘭亭〉詩：

春詠登臺，亦有臨流。懷彼伐木，宿此良儔。
脩竹蔭沼，旋瀨縈丘。穿池激湍，連濫觴舟。〔註 81〕

在無須憂國憂民的環境中，文人雅聚清談，有閒心把整個宇宙當作清談背景，山水自然風光開始走入文人視域。

謝安的〈蘭亭〉詩二首之二：

相與欣佳節，率爾同褰裳。薄雲羅景物，微風翼輕航。

〔註 78〕丁福保編《全漢三國晉南北朝詩．全晉詩．卷五》台北：世界書局 1962 年 4 月初版，頁 439。

〔註 79〕梁．劉義慶撰，劉正浩等注釋《世說新語．雅量》二八則：「謝太傅盤桓山東時，與孫興公諸人汎海戲。風起浪涌，孫、王諸人色並遽，便唱使還；太傅神情方王，吟嘯不言。……於是審其量，足以鎮安朝野。」台北：三民書局，2005 年 5 月初版六刷，頁 307。

〔註 80〕梁．劉義慶撰，劉正浩等注釋《世說新語．賞譽》九七則：「謝公道豫章：『若遇七賢，必自把臂入林。』」台北：三民書局，2005 年 5 月初版六刷，頁 408。

〔註 81〕丁福保編《全漢三國晉南北朝詩．全晉詩．卷五》台北：世界書局 1962 年 4 月初版，頁 432。

醇醪陶丹府，兀若遊羲唐。萬殊混一理，安復覺彭殤。〔註82〕

謝安身繫安邦定國的重責大任，然而在面對「薄雲羅景物，微風翼輕航」的清景，亦爲之意氣薰消，唯一可繫懷的嚴肅主題是「萬殊混一理，安復覺彭殤」的玄思，是歷經困頓之後沉澱，而此玄思是寄化於好風好物的山水美景中。蘭亭感懷既是東晉山水入詩最具代表性的標誌，也是文人借文以寄情託志，撫慰心靈的美好活動，那麼「稱會稽山爲山水詩的發源地也無不可」了。〔註83〕

袁濟喜《六朝美學・人生遭際與審美超越》云：

如果說，在春秋戰國的年代，莊子哲學把人生遭際與審美超越相融通，那麼，六朝的士人則正式將人生的悲劇與審美的超越相結合，創造了深邃浩博的六朝審美文化。〔註84〕

面對這麼多的苦難，士人已學會以審美的方式超越，即使苦難已過，在短暫的安定局面裡，那種無常感嘆深植士人心中，遂形成在山水中超越政爭的審美態度。

（二）制度改變的遊宦機會

傳統中文人與士人往往是合而爲一的，所以士的任用與文風的發展，有密不可分的關聯。山水文學在六朝之所以蓬勃發展，與官制的改變有關。王文進《仕隱與中國文學・六仕隱與詩歌題材的開拓》云：

六朝文人的舞台並不完全在中央，由於地方官制的改變，反而給文人在仕宦生涯中帶來意想不到的文學生機。〔註85〕

漢朝官制，州刺史由朝廷派任外籍人士，而佐官則須辟用本籍人

〔註82〕丁福保編《全漢三國晉南北朝詩・全晉詩・卷五》台北：世界書局 1962年4月初版，頁439。

〔註83〕黃永川〈道教與中國早期山水繪畫的創建〉載《道教與文化學術研討會論文集》台北：國立歷史博物館 2000年12月，頁230。

〔註84〕袁濟嘉《六朝美學・人生遭際與審美超越》北京大學出版社 1999年1月二版一刷，頁27。

〔註85〕王文進《仕隱與中國文學・六朝仕隱與詩歌題材的開拓》台北：臺灣書店 1999年2月初版，頁41。

士，雖在政務運作中可防止流弊和增進本籍人士進仕的機會，但無形中限制了文人宦遊四方的機會。所以漢代的名山大澤少見文人題詠。

六朝地方官制則有新的改動，州刺史的僚佐除了仍有以「別駕」、「治中」、「主簿」爲主的州官系統之外，另外還多出了以「長史」、「司馬」、「參軍」諸職的府官系統，增設的府僚佐不限本籍人士，無形中增加了文人經此管道隨府主遊仕四方的機會，而促成中央與地方的人文交融。〔註 86〕

許多文士因所任官職，而有機會遊歷四方，部分知名的山水作家任官遊宦之地略舉如下：

作者及時代		本籍	曾任官職	遊宦地
顧愷之 345～407 在世	晉	江蘇無錫	大司馬桓溫參軍、荊州刺史殷仲堪參軍、散騎常侍	會稽、荊州
謝靈運 385～433	宋	世居會稽	瑯琊王大司馬行參軍、撫軍將軍記室參軍、相國從事中郎、散騎常侍、永嘉太守、臨川內史	京師、永嘉、會稽、臨川
鮑照 414～466	宋	江蘇漣水	依附臨川王、衡陽王、始興王，兩度侍郎，未超過九品官	江州、南兗州、徐州、永嘉、海虞、荊州
江淹 444～505	梁	河南蘭考	建平王屬官、尙書駕部郎驃騎參軍事、中侍郎、御史中丞、秘書監	京師、荊州
何遜 ？～518	梁	山東郯城	奉朝請、建安王參軍、安成王參軍、尙水部郎、盧陵王記室	吳、越、荊、楚
謝朓 464～499	齊	河南太康	豫章王參軍、鎭西功曹、中軍記室尙書殿中郎、驃騎諮議、領記室、宣城太守、尙書吏部郎	荊州、宣城、京師

〔註 86〕參王文進《仕隱與中國文學・六朝仕隱與詩歌題材的開拓》台北：臺灣書店 1999 年 2 月初版，頁 41～43。

酈道元 466（或472）～527	北魏	河北涿縣	襲永寧侯，守魯陽郡，追吏部尚書	平城（山西大同）、比陽（河南泌陽）、魯陽（河南魯山）、安徽、山東益都
陰　鏗 ？～565	陳	甘肅武威	湘東王法曹行參軍、晉陵太守、員外散騎常侍	荊州、江州

這些文人除了江淹晚年官運亨通，安享尊榮，而至才思銳減，被人稱「江郎才盡」外，其餘均官職不高，相對的也沒有繁責重任，反而多了閒情逸興遊賞山水。在這些官職不高卻有機會飽覽山水的文士中，有因職便而恣意山水者，有因仕途多蹇而寄情山水者。

顧愷之任桓溫的大司馬參軍，在賓客會集時應桓溫之邀品題江陵佳景曰：「遙望層城，丹樓如霞。」而得桓溫賞賜。（《世說新語・言語》八五則），往會稽，人問會稽山川，他答曰：「千巖競秀，萬壑爭流，草木蒙籠其上，若雲興霞蔚。」被引爲名句（《世說新語・言語》八八則）。江陵都城之美、會稽山川之美，都因顧愷之遊宦各地得以覽賞。

謝靈運身爲謝氏名門之後，卻在異代不得志，《宋書・謝靈運傳》云：「郡有名山水，靈運素所愛好，出守既不得志，遂肆意遊遨，徧歷諸縣、動逾旬朔。民間聽訟，不復關懷。所至輒爲詩詠，以致其意焉。」後爲臨川內史，「在郡遊放，不異永嘉」，〔註87〕可稱得上是身在魏闕，而心繫煙霞，然而實際上是身在仕途不得志，而以遊山來反向宣達志意，在會稽時「多徒眾，驚動縣邑」，甚至以爲山賊嘯聚，歷史上這樣以遊爲大事者，謝靈運可謂第一人。任官其間幾度進退，義熙八年（412）被免官賦間，四年之後（416）再度出仕，元熙元年（419）又被免官，永初元年（420）又出仕，如此反覆先後達十六年，

〔註87〕《二十五史精華・亨・宋書・謝靈運列傳》台北：讀者書店1978年1月，頁50。

仕途的起伏與其心境的無常感時相交織，故詩中多有思歸之嘆，李森南《山水詩人謝靈運·出仕於不可入之世》云其與「宋人范仲淹之『進亦憂退亦憂』，卻大異其趣」，〔註 88〕其筆下的山水寄託了仕途偃蹇帶來的不安憂患之情。

何遜居卑職，跳脫權力核心無謂糾纏，而能盡情賞遊山水；與何遜並稱「陰何」的陰鏗，隨梁元帝蕭繹轉任江州刺史時擔任參軍，由荊州轉江州，一路飽覽山水，寫下許多佳作。王文進《仕隱與中國文學》中稱：「非但陰鏗有幸，江州山水亦有慶矣！」

謝朓於齊明帝建武二年（495）三十二歲時出守宣城，之前在京師明帝朝任中書郎，雖為帷幄中人，但見與自己以文學相親的隨王子隆夙被殺，宮廷危疑詭譎，恐陷權力爭奪的旋渦，而有意識地接近山水，留下許多名篇，奠定了山水詩人的地位。楊承祖〈論謝朓的宣城情懷〉云其在宣城時「內心的悲涼，深藏不露。亂世文人的哀情未必能直陳；而觸處點染的名篇美什，則留與後人，成為無價的珍璧」。〔註 89〕此與其仕途起伏遭遇關係至深。

此類例子不勝枚舉，而山水靈秀之氣，終能藉著文人筆墨而進入人文歷史的舞台。〔註 90〕

二、地理景觀因素

山水對文學藝術的啓發，有一定之作用。儒家以比德方式歌詠山水，道家則以山水之景襯托其開闊哲思，如《莊子·逍遙遊》所謂「乘天地之正，而御六氣之辯」、〈齊物論〉云「天地與我並生，而萬物與我為一」，將自我與自然萬物渾然交融，雖未直接描繪山水之美，但

〔註 88〕李森南《山水詩人謝靈運·出仕於不可入之世》台北：文史哲出版社 1989 年 7 月初版，頁 63。

〔註 89〕楊承祖〈論謝朓的宣城情懷〉載香港中文大學中文系主編《魏晉南北朝文學論文集》台北：文史哲出版社 1996 年 11 月初版，頁 223。

〔註 90〕王文進《仕隱與中國文學·六朝仕隱與詩歌題材的開拓·仕宦生涯的文學行蹤》台北：臺灣書店 1999 年 2 月初版，頁 41～46。

那「登天游霧」、「相忘江湖」之境（《莊子・大宗師》），已使大自然成爲一神秘的美境。《文心雕龍・物色》曰：「屈平所以能洞監風騷之情者，抑亦江山之助乎！」〔註91〕即使不以山水文學爲名之楚騷，亦因江山風物的描寫而使文采更加瑰麗宏富。

及至六朝，文士多以山林隱逸爲高，名僧欲藉山水建立清靜梵刹，尤其江南山水秀麗令好遊者得飽覽遊歷、隱逸者得清淨佳境、方外之士得修持園地，文士名僧時相交往，又所留下的詩文又多名山好水的傳述，山水美學遂洋洋興起。

吳功正《中國文學美學》云：「美的意識生成需要有史的淤積和現實觸發所產生的機遇。」〔註92〕江南山水帶給六朝文人藝術感發，不是一時的歷史條件就能形成，歷史的淤積乃經由三個層次輾轉發展而來，一是北地遼濶原野所開啓的豪健之氣，二是南遷後文人對故土的懷思，三是對江南風物的鑒賞，逐層淤積而來。茲分述於後。

（一）北地原野之豪健

中國向來有文化上的南北之別，北豪邁，南秀雅，這差別雖然在《詩經》和《楚辭》的對照比較中就已明顯，但在歷史上被清楚意識到是在六朝南北政治分隔之後。

漢魏之際六朝之初，政治重心依然在北方，文壇呈現的仍是北地原野的大氣磅礴。第一個把大量山水引入詩歌的是曹操。由於曹操政治上掌握旋乾轉坤的權勢，又長期南征北討，使得下筆時流露著沈雄豪邁的英雄氣息。當他大破烏桓於白狼山，鞏固了南攻長江的大後方，躊躇滿志之際「歌以詠志」，寫下了〈觀滄海〉，成了現存第一首完整的山水詩：

> 東臨碣石，以觀滄海。水何澹澹，山島竦峙。樹木藂生，

〔註91〕梁・劉勰《文心雕龍・卷十・物色》台北：世界書局1984年4月五版，頁162。

〔註92〕吳功正《中國文學美學・審美生成論》江蘇教育出版社2001年9月一版一刷，頁142。

百草豐茂。秋風蕭瑟，洪波湧起。日月之行，若出其中。星漢燦爛，若出其裏。幸甚至哉，歌以詠志。〔註93〕

詩中句句寫景，卻句句抒懷。戰勝歸來途中，登上當年秦皇、漢武所登的過的碣石山，透過形象反射出作者的內在強悍的精神力。海本無生命，在曹操筆下卻具備了人的豪爽和堅強；草木本無情，卻流露出作者的感動。全詩描寫景物，又不拘泥於景物，把景物的特點和詩人的雄心壯志巧妙地交融在一起，使詩的感情很奔放，思想卻很含蓄。山水描述並非主題，「歌以詠志」才是詩人眞正的意圖，所以詩中並未顯露出山水美感的自覺意識，山水仍只是行吟寄託的媒介，但把大量的山水描述帶入詩中，是屈騷之後形成山水文學的重要關鍵。

曹操的豪氣固由於他的身分和權勢，地域的關係亦密切關聯。所謂「山島竦峙」、「洪波湧起」，非大山大水之地無以見之，非大氣魄之筆無以出之。

由於曹操所領導的文學集團，得到區域性的安定生活，故文風極盛，像建安詩人的贈答、鄴下文士的宴樂，往往藉由景物而吐慷慨之氣。例如曹植〈公宴〉詩描繪景致：「秋蘭被長坡，朱華冒綠池。潛魚躍清波，好鳥鳴高枝。神飇接丹轂，輕輦隨風移。飄颻放志意，千秋長若斯。」〔註94〕景物中處處交融著詩人高華健爽的慷慨之氣。劉楨〈贈五官中郎將四首〉之四：「涼風吹沙礫，霜氣何皚皚。明月照緹幕，華燈散炎輝。」〔註95〕壯思縱橫中帶著北地蒼勁之氣，詩品評劉楨「氣過其文，雕潤恨少」，〔註96〕這也是北人性情的典型。

至西晉，司馬氏殘殺文士，文士不得志，往往借景物抒發鬱悶，

〔註93〕《魏晉南朝文學史參考資料‧建安詩文》北京大學中國文學史教研室選注1992年3月，頁10。

〔註94〕丁福保編《全漢三國晉南北朝詩‧全三國詩‧卷二》台北：世界書局1962年4月初版，頁160。

〔註95〕丁福保編《全漢三國晉南北朝詩‧全三國詩‧卷三》台北：世界書局1962年4月初版，頁185。

〔註96〕鍾嶸撰，成琳、程章燦注譯《詩品‧卷上》台北：三民書局2003年5月初版一刷，頁42。

景物中常融入詩人的鬱結之情，也同樣流露北地詩人的豪氣。如左思〈詠史〉之五「振衣千仞岡，濯足萬里流」、阮籍〈詠懷詩〉之一「孤鴻號外野，翔鳥鳴北林」，再如嵇康〈贈兄秀才入軍〉「凌厲中原，顧盼生姿」寫出了入軍者的神氣風發，同一詩中「息徒蘭圃，秣馬華山。流磻平皋，垂綸長川」又寫出了詩人的悠揚玄遠，不論是感遇、悲歌、贈答，都具足受北地寬濶影響而形成的爽利健勁。

雖然此時詩人並非有意識地描山繪水，所作也稱不上是山水詩，但這詩歌開始有大量的山水湧入，平添了詩歌的題材，開拓了詩歌意象。

（二）洛浦故土之懷思

晉室南渡之後，大批文士從北方的桑麻植地來到了煙雨江南，江南風物固不及中原氣象遼闊，使得南遷文士心繫故國的懷思不時流露。例如《世說新語・言語》三一則：

> 過江諸人，每至美日，輒相要出新亭，藉卉飲宴。周侯中坐而嘆曰：「風景不殊，舉目有江河之異！」皆相視流淚。唯王丞相愀然變色曰：「當共戮力王室，克復神州；何至作楚囚相對邪？」〔註 97〕

南土風物雖佳，故國江山之美仍時時縈繞心頭，不能忘懷。面對江南勝景，文士心中掛記北地風物，在言語中經常將南北對比，如《世說新語・言語》五五則，記桓溫北伐時，見從前治理琅琊郡時所種柳樹已合十圍，不禁感嘆：「木猶如此，人何以堪？」〔註 98〕甚至攀枝執條，泫然流淚，感嘆之中，對人事和土地的眷懷交融一處。

又如《世說新語・輕詆》六則記王導憤恨蔡謨，曰：「我與安期、千里，共遊洛水邊，何處聞有一蔡克兒？」〔註 99〕〈企羨〉第二則記

〔註 97〕梁・劉義慶撰，劉正浩等注釋《世說新語・言語》台北：三民書局，2005 年 5 月初版六刷，頁 64。

〔註 98〕梁・劉義慶撰，劉正浩等注釋《世說新語・言語》台北：三民書局，2005 年 5 月初版六刷，頁 83。

〔註 99〕梁・劉義慶撰，劉正浩等注釋《世說新語・輕詆》台北：三民書局，2005 年 5 月初版六刷，頁 760。

王丞相「自說昔在洛水邊，數與裴成公、阮千里諸賢共談道」，〔註 100〕洛水邊的共遊、清談，曾經是這些過江之士優游歲月的一部分，也是精神生活的一部分，過江之後，總還是津津樂道不止，動輒以北地洛浦風神睨世。如荀中郎登北固望海云：「雖未睹三山，便自使人有凌雲意；若秦漢之君，必當褰裳濡足。」〔註 101〕眼見江南山水，而心中仍是「洛浦之思」。

此類懷思若化而爲事，則經常兩相對照，總以江南不如中國，如《世說新語．言語》第一〇二則記：

> 人謂王東亭曰：「丞相初營建康，無所因承，而制置紆曲，方此爲劣。」東亭曰：「此丞相乃所以爲巧。江左地促，不如中國，若使阡陌條暢，則一覽而盡；故紆餘委曲，若不可測。」〔註 102〕

爲政者依其地理環境之窄促，建設了新的城都形式，亦換了一種新的心境，「紆餘委曲」正是江南風物的特色，三步一曲水，五步一山阿，讓人「應接不暇」。〔註 103〕在王導安定半壁江山之後，文士始而以與中原不同爲憾，而有風景不殊、山河變異之慨，與中原北國不能做連結，只好重新調整心境。。

洛浦懷思若化而爲文，則鬱憤感懷時而噴發，如劉琨〈扶風歌〉：

> 朝發廣莫門，暮宿丹水山。左手彎繁弱，右手揮龍淵。
> 顧瞻望宮闕，俯仰御飛軒。據鞍長歎息，淚下如流泉。
> 繫馬長松下，發鞍高岳頭。烈烈悲風起，泠泠澗水流。

〔註 100〕梁．劉義慶撰，劉正浩等注釋《世說新語．企羨》台北：三民書局，2005 年 5 月初版六刷，頁 581。

〔註 101〕梁．劉義慶撰，劉正浩等注釋《世說新語．言語》第七十四則。台北：三民書局，2005 年 5 月初版六刷，頁 98。

〔註 102〕梁．劉義慶撰，劉正浩等注釋《世說新語．言語》台北：三民書局，2005 年 5 月初版六刷，頁 110。

〔註 103〕梁．劉義慶撰，劉正浩等注釋《世說新語．言語》第九十一則：王敬之云：「從山陰道上行，山川自相映發，使人應接不暇。若秋冬之際，尤難爲懷。」台北：三民書局，2005 年 5 月初版六刷，頁 110。

揮手長相謝，哽咽不能言。浮雲爲我結，歸鳥爲我旋。
去家日已遠，安知存與亡。慷慨窮林中，抱膝獨摧藏。
麋鹿遊我前，猨猴戲我側。資糧既乏盡，薇蕨安可食。
攬轡命徒侶，吟嘯絕巖中。君子道微矣，夫子故有窮。
惟昔李騫期，寄在匈奴庭。忠信反獲罪，漢武不見明。
我欲竟此曲，此曲悲且長。棄置勿重陳，重陳令人傷。〔註 104〕

眼觀目前之景，心念故土之思，黍離麥秀之悲溢滿篇章，壯志不酬之懣流漫於文，故起首四句即抒發了慷慨豪邁之氣，而故國不知興亡，只能窮林慷慨、絕巖獨嘯之鬱憤，與「風景不殊，舉目有山河之異」只能相視流涕的短氣不可同日而語。又如盧諶〈贈崔溫〉：

逍遙步城隅，暇日聊游豫。北眺沙漠垂，南望舊京路。
平陸引長流，岡巒挺茂樹。中原厲迅飈，山阿起雲霧。
遊子恆悲懷，舉目增永慕。良儔不獲偕，舒情將焉訴。
遠念賢士風，遂存往古務。朔鄙多俠氣，豈唯地所固……〔註 105〕

詩中舊京與南地之景交疊呈現，遊子的傷懷與對同儕的友愛亦同時遞出。「朔鄙多俠氣，豈唯地所固」不自意表達了「獨立不遷」〔註 106〕的懷抱，包含才華、性情、心思，不論遊轉到任何地域，一番不可言說的心思都緊緊隨之，這就是土地的力量，是洛浦懷思化爲言語後的感染力。

（三）江南風物之鑑賞

這段洛浦懷思的時期並沒有維持太久，很快地，在半壁山河穩固後，文士開始比較優裕地把目光投射至眼前的環境，在美麗的江南山水景觀薰染之下，遂蘊育出賞悟自然山水之餘力，或肆意遨遊，或寄

〔註 104〕丁福保編《全漢三國晉南北朝詩．全晉詩．卷五》台北：世界書局 1962 年 4 月初版，頁 417。
〔註 105〕丁福保編《全漢三國晉南北朝詩．全晉詩．卷五》台北：世界書局 1962 年 4 月初版，頁 419。
〔註 106〕洪興祖《楚辭補註．橘頌》台北：藝文印書館 1986 年 12 月七版，頁 255。

情託志，培養出一種新的感性。

王澧華《兩晉詩風・東晉詩風》云：

過江諸人，不僅把洛水邊的藉卉飲宴，共談道的風景帶到了江南，而且，他們還把中朝名士的風流、西晉後期的時尚，進而把由此產生的「中原平淡之體」，如同那隨風起舞的褒衣博帶，一起帶過了江。〔註 107〕

江南風物，北國情懷，在文人筆下交融出新的心情，漸漸的，原先那一點中朝文士的鬱勃噴發之氣也淡了，取而代之的是如畫稿如煙雲的山水賞鑑。

《世說新語・言語》第八十五則記：

桓溫西治江陵城甚麗，會賓僚出江津望之，云：「能目此城者，有賞！」顧長康時爲客，在座，因曰：「遙望層城，丹樓如霞。」桓即賞以二婢。〔註 108〕

顧長康即顧愷之，是繪畫史所稱的「六朝三大家」之一，也是六朝重要的畫論家，以畫家的敏銳度感知山川風物之美，隨口稱頌，句秀如畫，可見當時士大夫以能描繪山川秀麗爲美事。當時尚未有寫生這一事，但山水已不自覺的成爲人物畫中重要的襯景，如顧長康所繪〈洛神賦圖〉（附圖一，北京故宮博物院藏），雖然山水只作爲人物的襯景，比例配置並不合實際，技術上也尚不成熟，但已有前後層次的表現。至於顧長康的畫論，雖未以山水爲主，而〈畫雲台山記〉一文已觸及山水畫之技巧和重要概念，此點本文第四章將詳論之。顧長康爲畫家，雖不以文名世，而狀繪景致之句，秀逸工麗，與山川相爲映發，如《世說新語・言語》第八十八則記：

顧長康從會稽還，人問山川之美。顧云：「千巖競秀，萬壑爭流，草木蒙籠其上，若雲興霞蔚。」〔註 109〕

〔註 107〕王澧華《兩晉詩風・東晉詩風》上海古籍出版社 2005 年 7 月一版一刷，頁 163。

〔註 108〕梁・劉義慶撰，劉正浩等注釋《世說新語・言語》台北：三民書局，2005 年 5 月初版六刷，頁 85。

〔註 109〕梁・劉義慶撰，劉正浩等注釋《世說新語・言語》台北：三民書局，

簡單四句描述了山巖、谿壑、草木、雲霞，可謂美不勝收，膾炙人口，可見文人心靈隨著山川而興起美妙的躍動。李豐楙〈山水詩傳統與中國詩學〉云：

> 江南山水之美與田園之詩，爲道家美學的落實，由哲學性的抽象概念之思維，轉化爲文學性的具體意象的呈現。因而玄言、山水的轉變，不只是「山水是道」的發現，更是莊子的藝術性觀照的落實，山水畫、畫論、山水詩及詩論會同時產生於魏晉時期，即源於此一時代的契機。因此新感性的形成，促使文人一齊走入新天地的自然世界，造成山水詩、山水畫的首次高潮。〔註110〕

如「山行窮登頓，水涉盡洄沿」的謝靈運，〔註111〕「採菊東籬下，悠然見南山」的陶淵明，〔註112〕還有「棲丘飲谷」〔註113〕三十餘年的南朝畫家宗炳等，他們在賞玩山水之餘，用自己所熟悉的藝術形式記下感受，於是山水文學誕生了，山水畫誕生了，山水審美理論也隨之形成。

江南山水不但讓文人心儀，方外人士多以明山秀水之地爲修煉場所。唐杜牧（803～853）詩「千里鶯啼綠映紅，水村山廓酒旗風；南朝四百八十寺，多少樓臺煙雨中。」煙雨江南的山光水景，常爲佛教大師所闢，例如惠遠（334～416）〔註114〕與弟子由荊州上明寺往羅浮山，及至潯陽，見「廬峰清靜，足以息心」，乃卜居廬山，闢造了精舍，「負香爐之峰，傍帶瀑布之壑，仍石壘基，即松栽構，清泉環階，白

2005年5月初版六刷，頁108。

〔註110〕李豐楙〈山水詩傳統與中國詩學〉載《中國詩歌研究》中央文物供應社1985年6月，頁110。

〔註111〕謝靈運〈過始寧墅〉詩句，載清·丁福保編《全漢三國晉南北朝詩·全宋詩·卷三》台北：世界書局1962年4月初版，頁637。

〔註112〕陶淵明〈飲酒詩〉之五，載清·陶澍《陶靖節集注》台北：世界書局1999年2月二版一刷，頁42。

〔註113〕《二十五史精華·亨·宋書隱逸·宗炳列傳》：「高祖納之。辟炳爲主薄，不起。問其故，答曰：『棲丘飲谷三十餘年。』高祖善其對。」台北：讀者書店1978年1月，頁67。

〔註114〕慧遠大師，清·沈德潛《古詩源》及丁福保編《全漢三國晉南北朝詩》作惠遠。

雲滿室。……寺內別置禪林，森樹煙凝，石徑苔合，凡在瞻履，皆神清而氣肅焉。」，〔註 115〕廬山東林寺遂以聞名。其〈廬山東林雜詩〉云：「崇巖吐清氣，幽岫棲神跡。……徑然忘所適，揮手撫雲門……。」〔註 116〕把山林的明秀和方外之悠遠組合爲一令人神往的境界。

許多名僧具名士身分，爲文人所仰慕，能詩能文，如支遁（314～366）〈詠利城山居〉「五嶽盤神基，四瀆涌蕩津。動求目方智，默守標靜仁。」〔註 117〕〈八關齋詩〉之三：「從容遐想逸，采藥登崇阜。崎嶇升千尋，蕭條臨萬畝。望山樂榮松，瞻澤哀素柳。」〔註 118〕名山之秀美與修行之清逸形成必然相屬的條件。

道教徒爲採藥煉丹，往往徒步千里，亦遍跡名山大澤。深山幽谷、崇山峻嶺自然就成了方外之士潛心修煉，避免塵世紛擾的清修之地。文士與方外之士相結交，在融會道家神仙言後轉而吸收釋氏沖虛玄遠之意境，文人追求佛道玄遠之境的結果，特好抽象說理的篇制，遂使玄言詩大興。而玄言詩與山水詩之興又有一母體同胞關係，抽象玄理最後要落實生活，就要在山水自然中找到實現，而江南山光水色正是這一文學風潮展的溫床。

〔註 115〕唐釋道宣《高僧傳・初集・卷六》台北：福智之聲出版社 1996 年 11 月，頁 139。

〔註 116〕清・丁福保編《全漢三國晉南北朝詩・全晉詩・卷七》台北：世界書局 1962 年 4 月初版，頁 505。

〔註 117〕〈詠利城山居〉「五嶽盤神基，四瀆涌蕩津。動求目方智，默守標靜仁。苟不宴出處，託好有常因。尋元存終古，洞往想逸民。玉潔箕巖下，金聲瀨沂濱。捲華藏紛霧，振褐拂埃塵。跡從尺蠖屈，道與騰龍伸。峻無單豹伐，分非首陽眞。長嘯歸林嶺，瀟灑任陶鈞。」載《全漢三國晉南北朝詩・全晉詩・卷七》台北：世界書局 1962 年 4 月初版，頁 504。

〔註 118〕〈八關齋詩〉之三：「靖一潛蓬廬，愔愔詠初九。廣漠排林篠，流飆灑隙牖。從容遐想逸，採藥登崇阜。崎嶇升千尋，蕭條臨萬畝。望山樂榮松，瞻澤哀素柳。解帶長陵岐，婆娑清川右。冷風解煩懷，寒泉濯溫手。寥寥神氣暢，欽若盤春藪。達度冥三才，怳惚喪神偶。遊觀同隱丘，愧無連化肘。」載《全漢三國晉南北朝詩・全晉詩・卷七》台北：世界書局 1962 年 4 月初版，頁 502。

三、文化生活因素

但是美麗的江南風光畢竟解決不了時代、社會以及人心上、思想上的矛盾。莊伯和《中國繪畫史綱》云：

> 這個時代的人心是苦悶的，他們不能決定什麼價值觀念，過去維持大帝國的禮法，似乎已經趨於崩潰的階段；從動亂的開始，思想敏捷的人就已在懷疑它了。……高貴的士族做田園夢之餘，則流於放逸……縱情清談。一般庶民百姓就只能夠藉宗教——道佛來安慰自己。〔註 119〕

六朝是個政局變動的時代，傳統的大一統帝國形態崩解了，傳統以中原為主體的山河轉移了，以往士大夫入世積極的人生態度在政治氛圍改變的情況下，不得不有了新的轉換，清談、佛道，正是這個時代文人士子的精神鴉片。

清談中，有人物的才性、風度、儀表的互相欣賞，亦有玄言妙論的互相稱美。因之，對自然物、對人都能以一藝術性的胸襟相與。唐君毅以為魏晉思想重人，尤重情感自然表現，由重情感表現，而重人之風度、儀表、談吐。其《中國人文精神之發展》云：

> （魏晉六朝）人之個人意識，超過民族意識、國家意識。人要求表現自我，發抒個性，不受一切禮法的束縛、政治的束縛。……而這時人之精神之最好的表現，則是人在減輕了，卸掉了責任感之後，人的精神亦可變得更輕靈、疏朗、飄逸、清新、瀟灑。〔註 120〕

可以說六朝優秀的文人、藝術家、思想家是對天下國家較缺乏責任感，或是有責任感卻自覺無法擔荷的人。他們把焦點放回到自我，掙脫了厚實、凝滯的傳統儒家氣質，優游在自然界或人間世，甚至仙佛界，尋找人生的新出路。

〔註 119〕莊伯和《中國繪畫史綱・六朝時代的繪畫》台北：幼獅文化事業公司 1987 年 6 月初版，頁 64。

〔註 120〕唐君毅《中國人文精神之發展・卷六》台灣學生書局 2000 年 6 月一版二刷，頁 23。

朱光潛〈山水詩與自然美〉云：

> 晉宋是在漢民族統治中原的長期統一的局面，在北方外族侵凌之下，開始土崩瓦解的時代。當時漢族的統治政權偏安江左，社會經濟處在動盪不寧的狀態，詩人所隸屬的士大夫階層對這種局面束手無策，彷彿不安，而且統治階層內部也經常互相傾軋，多數人抱著很濃厚的「出世」思想。這時候佛教傳到中國剛不久，就盛行起來，士大夫階層整天地清談佛老，把這看作一件風雅事。他們認爲塵世是腐濁，「出世」才是清高。出世的途徑有兩條：一條是清談佛老，另一條是縱情山水。〔註 121〕

清談佛老與縱情山水都是文士在尋找人生價値和心靈出路的方式。而這兩條路也恰能呈現出六朝人美感心靈的改變。除此，六朝人重外在的文采，甚至爲文造情，也顯示出美感心靈與以往之不同。茲分述於後。

（一）清談佛老

晉宋之際（260～485），玄學及清談之風盛行，雖然清談、浮虛、放誕、不尙實際，導致了政治混亂和陵夷，但玄風依舊興盛。《晉書・王衍傳》記清談玄學代表人王衍被推爲元帥後，率西晉主力軍十餘萬人向江南逃，結果被石勒圍攻後全部殲滅，王衍被俘，臨死前云：「吾曹雖不如古人，向若不祖浮虛，勠力以匡天下，猶可不至今日。」《世說新語・輕詆》敘述桓溫評詆：「遂使神州陸沉，百年丘墟，王夷甫（王衍）諸人，不得不任其責。」有識之士看出此一關鍵，但在神州陸沉後，以佛老爲基礎的玄學勢力仍在晉室南渡之後盛行開來。

東晉建國之初，北伐數次均告失敗，北方既不可復，江南又山明水秀，過江諸人在安居南方之後，將中朝清談之風帶至東晉，風氣之盛竟使談玄的能力成爲士人分別雅俗的標準，王澧華稱談玄爲「士人的名片，交流的工具，清高的象徵」。〔註 122〕例如東晉兩位最重要的

〔註 121〕朱光潛〈山水詩與自然美〉載伍蠡甫編《山水與美學》台北：丹青圖書公司 1987 年 6 月，頁 200。

〔註 122〕王澧華《兩晉詩風・序》上海古籍出版社 2005 年 7 月一版一刷，

宰輔王導與謝安（320～385），皆善於談玄，爲政也追求「務在清靜」（《晉書・王導傳》），這種心態對一般文人、畫家的創作有很大的影響，甚至文論家、畫論家的文論畫論亦因之，如六朝畫論中常提到的「神」、「靈」、「氣韻」、「太虛之體」，文論家所言「意象」、「性靈」、「神妙」等等，都不重實體，而重在發現文藝內在價質，此與當時玄學興盛有絕大關係，玄學的發展，使得審美心靈較之前朝有極大幅度的改變。

在創作方面，受玄佛影響最明顯的先是玄言詩，後有山水詩。玄言詩盛行時，文士以爲不懂玄言詩就不懂「道」，不懂天地至美，代表作家如孫綽，其〈遊天台山賦〉：

> 散以象外之說，暢以無生之篇，悟遣有之不盡，覺涉無之有間。泯色空以合跡，忽即有而得玄。釋二名之同出，消一無於三幡。〔註 123〕

將玄言與佛理融合爲一，亦玄亦佛，釋老參用。劉勰《文心雕龍・明詩》以爲孫綽等詩人「嗤笑徇務之志，崇盛亡機之談」〔註 124〕的玄言詩，輕視現實、沉溺在神秘內心世界爲不良傾向。只有當人們不再把自己鎖閉在這種神秘的內心世界裡從事虛幻的冥想時，才可能把大自然作爲客觀存在的物質世界予以重視，才會出現根據自然本身描寫自然的文藝作品，宋初山水詩的出現，正是對於玄言詩的因革轉變。因玄言的過度膨脹的結果，使詩歌偏離藝術，變成莊老思想的枯燥注疏，已談不上美感，文士們必然欲尋找新的出路，於是乎「莊老告退，山水方滋」（《文心雕龍・明詩》），山水詩成爲文士們新的心靈出路。然而，這段玄言詩的發展過程，對山水詩有重要的意義，因爲老莊玄理的深層了解，啓迪了自然山水即是道、即是理的體悟，有了玄言詩，

頁 14。

〔註 123〕瞿蛻園選注《漢魏六朝賦選》台北：中華書局，1964 年 7 月一版，頁 170。

〔註 124〕梁・劉勰《文心雕龍・卷二・明詩》台北：世界書局 1984 年 4 月五版，頁 18。

人與自然的關係以道來縮合，也就更加密切深刻而和諧。王澧華《兩晉詩風・序》云：

> 此前，在詩中以「理」代「情」試驗，無人做過。那是沒有條件，也沒有勇氣做。經過玄言詩的試驗以後，後世的詩人就知道汲取什麼，避免什麼，在通向唐代的詩歌道路上，就此多了一個指明方向的路標。〔註 125〕

有了玄言詩，山水詩有了人與自然溝通的先行準備，可以說山水詩是從玄言詩的母腹而出。宗白華認爲晉人的美感和藝術觀，是以老莊哲學的宇宙觀爲基礎，尤其是山水畫、山水詩極富簡淡、玄遠的意味，奠定了一千五百年來中國美感的基本趨向。〔註 126〕此正是玄言詩帶給山水詩的影響。

至於繪畫技法方面也受佛教影響，像「洛神賦圖卷」，〔註 127〕有同一人物數度出現的情形，這種在同一畫面上表現了時間的持續和推移，與佛畫影響有關。〔註 128〕故六朝文藝發展，不論內容、技巧、意境，處處可見宗教的影響力，也隨處可見文人融化了宗教而形成的生活意態。

（二）縱情山水

六朝文人心靈與以往最大不同，是審美的態度不同了，對山水的審美態度也自然也有所不同。古來對自然多存概念式的景仰態度，如《論語・八佾》記孔子言：「獲罪於天，無所禱也。」〔註 129〕或古代

〔註 125〕王澧華《兩晉詩風・序》上海古籍出版社 2005 年 7 月一版一刷，頁 18。

〔註 126〕《宗白華全集・卷二・論世說新語和晉人的美》安徽教育出版社 1996 年 9 月一版二刷，頁 278。

〔註 127〕從現存二摹本的〈洛神賦〉書體來看，可知爲宋代的摹本。參莊伯和《中國繪畫史綱・六朝時代的繪畫》台北：幼獅文化事業公司 1987 年 6 月初版，頁 64。

〔註 128〕莊伯和《中國繪畫史綱・六朝時代的繪畫》台北：幼獅文化事業公司 1987 年 6 月初版，頁 71。

〔註 129〕《十三經注疏・論語》台北：藝文印書館 1993 年 9 月十二刷，頁 28。

帝王泰山封禪，對自然夾纏著一種嚴肅的信仰。對物質山水則以比附道德的態度看待，如「仁者樂山，智者樂水」。到了六朝，老莊思想的復甦及玄學辯證的激揚，御下了自然威靈道德嚴峻的面具，使自然成爲可親可玩的對象。所以山水詩接續玄言詩的發展是必然的路。

然而，山水自然的審美意識成爲自覺意識之前，有一個獨特的中間過程。那就是文人因爲生活遭遇困頓，從自然山水中去求取不得已之慰藉，山水成爲個體精神壓抑的抒發和寄託對象，山水文學藝術是文人不自覺意識觀照的結果。吳功正《中國文學美學・審美生成論》云：

> 中國的山水自然意識的最終形成是間接型、意外型，……偶合對於中國自然山水審美，又具有偶然中的必然性。其必然性體現了中國文學美學的歷史規律。〔註 130〕

這個「中間過程」一方面呈現了文人寄情山水消極被動的無奈，在政治環境不如人意時，山水成爲文人可以寄情的對象，《楚辭》作者雖寫了大量的山水之美，其實作者仍糾結在自我的痛苦情緒中，並無心欣賞山水之美。而六朝的山水作家，有的因官職卑微，無須汲汲於政爭，乃悠閒地放情山水；有的仕途不順，在山光水色中意圖化去憂悶，竟「意外」造成了山水美學獨立價値的完成。

六朝山水文學先由曹操引領，中經潘岳（247～300）、左思、陸機、陶淵明等，到劉宋時的謝靈運得以形成；山水畫則由晉明帝、戴逵父子開啓，而後至宗炳、王微（415～443）爲山水畫立論，張僧繇（生年不詳）、展子虔（550～604）爲山水畫立法；而山水審美則由陸機、劉勰、鍾嶸（469？～518？）等文論家、顧愷之、宗炳、王微等畫論家而確立。

此一過程，以縱向言，晉宋之間經歷了以玄對山水，到以佛對山水，再到以情對山水的過程，其間亦夾有南北分治的歷史因素影響。以橫向言，有文學與藝術的交互激盪，有人物品評與山水寄情的互爲

〔註 130〕吳功正《中國文學美學・審美生成論》江蘇教育出版社 2001 年 9 月一版一刷，頁 140。

類比引用，更有玄學對山水審美的啓發，使對山水審美的心靈與以往截然不同。

（三）為文造情

劉勰《文心雕龍・情采》篇評論「爲情造文」的詩人「志思蓄憤而吟詠情性」，而「爲文造情」的詩人「心非鬱陶，苟馳夸飾」，遂使得「體情之製日疎，逐文之篇愈盛」，對「爲文造情」的現象多加批判。其實「爲情造文」固然是建安文學的進步，然而，「爲文造情」亦未嘗不是太康文學的進步。王灃華《兩晉詩風・序》云：

> 「文」的種類、視野和形式，在新晉朝極待發展，視野要廣闊，種類要繁盛，形式要豐富。這樣一來，「情」的內容肯定跟不上。……由於「文」擴展的速度更快，還是出現形式大於內容的「爲文造情」的情況……在文學史上，「情」領導「文」，固然是一種進步：但以「文」帶動「情」，也是一種進步。內容大於形式，或者形式大於內容，是文學發展時的一種「震蕩」，是螺旋式發展必然出現的情況，當然都是進步。〔註 131〕

這是極有見地的看法。太康詩人在天下太平，世風逸豫之際，當然寫不出金甲紅旗之類的陽剛詩作，而換以急管繁弦山光水色，於是詞彩繽紛，宮商靡曼，對形式、技巧、文采崇拜、琢磨，是爲藝術而藝術的創作態度，太康詩人把文學眞正帶入了建安時代曹丕（187～226）《典論・論文》所說的「詩賦欲麗」的純文學時代。唐君毅《心物與人生・人文世界的概念》云：

> 一切自然界與日常生活中事物之景象，我們都可呈現之於目前，並加以結合、組織、構造。由是而形成種種純精神的美的景象或美的意境，擴大我們之美的境界。因爲文學之美是透過心靈之世界所顯示的。〔註 132〕

〔註 131〕王灃華《兩晉詩風・序》上海古籍出版社 2005 年 7 月一版一刷，頁 6。

〔註 132〕唐君毅《心物與人生・人文世界之概念》台北：亞洲出版社 1953

所以緊接漢魏古樸渾厚之後，西晉以下展現的是六朝美的心靈感知、所投射的，是綺麗深情的世界。

總之，六朝文人用一種嶄新的角度重新去闡釋生命意義，去表現藝術文學。丁成泉《中國山水詩史・緒論》云：

> 文士爲了苟全性命於亂世，和解脫精神苦悶，於是清談玄理，講求通脫，崇尚佛道，服食求仙，隱居林泉，寄情山水，……文士們這種種反常的行爲，對後世的影響大半是消極的，唯有隱居和遊賞山水，對於文學創作產生了意外的積極作用，這就是促進了山水文學的迅速發展。〔註 133〕

不論積極或消極，不得不然或欣然主動，六朝人的審美心靈都因外在環境和內心需求而有所改變，他們不再服膺儒家所提倡的人生功利目的，而以一種接近《莊子・知北遊》所言「山林與，皐壤與，使我欣欣然而樂與」那種超功利的心態面對社會人生，在縱情田園山水的過程中挖掘人生的審美意義，尋找人生歸宿。由於在現實生活中受到壓抑，很難有吞吐六合的宏偉襟懷，但藝術想像豐富活躍，乃大量拓展文藝創作的題材，舉凡山水田園、池苑臺閣、花鳥草木，觸目所及，無一不可入詩入畫，文學藝術遂前所未有地貼近了尋常人生。

第三節　山水與人文的交會

江南山水在文學舞台上初露亮麗風貌是在《楚辭》，然而《楚辭》最撼人耳目的部分卻不在山水，而是屈子糾纏的心靈、痛苦的幽思。山水之美並未成爲文人欣賞的對象。從審美的角度說，創作主體還沒實現完全的主體性，山水的價值只在於形態特徵與人物品格的相通，如儒家的比德，而「孔子所謂『樂不至淫，哀不至傷』『文質彬彬，然後君子』，實際上限制了個體豐富的感性直覺在自然山水中的自由舒展，嚴重阻礙

年 10 月初版，頁 135。

〔註 133〕丁成泉《中國山水詩史・早期山水詩》台北：文津出版社 1995 年 8 月初版，頁 25。

了人對自然審美向更高境界的邁進」；〔註134〕至於《楚辭》的山水，藝術家個人內在生命與外在自然的交感融合已見端倪，但尚未以主體內在的生命力去探契自然機趣，山水眞正與文人正面交會，讓文人正面看到它的美，必須是在文人開始有了美感的心靈、悠閒的態度、出世的人生觀之後，而六朝的文士恰好就處在這樣一個時代。

經歷了正始年間的政治血腥屠殺，文人慨嘆生命無常，莊佛思想對文士的人生觀產生慰藉轉化的作用；經歷了政權大遷徙，文人改換了生活場域，開始留意安身立命的生活環境，江南秀美的風光吸引了文士的目光；而玄言清談使文人的心靈轉向超越功利，審美的心靈讓文士找尋到人生的意義，於是，山水與文人有了精彩的交會。

王國瓔《中國山水詩研究・遊覽與山水》云：

> 他們（六朝文人）發現山水不但有解憂散懷的功用，並且進一步意識到山水的本身即表現自然造化之道，揭露宇宙存在之理：觀賞山水的自然顯現與律動，即能在物我情契中冥合於老莊的虛靜無爲、逍遙無待的境界。〔註135〕

所以，遊覽山水不但有優遊行樂的意味，亦有隱逸抒懷的價値，對六朝文人而言更可追懷玄遠，作爲通達老莊哲理的媒介。可以說六朝人的對山水的觀念，已從「旅」、「行」，進到「遊」的層次，依鍾仕倫《魏晉南北朝美育思想研究》，魏晉時代的遊與之前的行旅不同處在於：

一、不含功利實用目的，重精神的自由解放

二、具自覺自願的意識

三、遊爲爲魏晉人生命的存在方式，承載生活的全部

四、遊主體的變化成爲遊內涵豐富的關鍵，山水與主體融爲一體〔註136〕

〔註134〕鍾仕倫《魏晉南北朝美育思想研究・山水繪畫美育思想》北京：中國社會科學出版社2006年11月一版一刷，頁287。

〔註135〕王國瓔《中國山水詩研究・遊覽與山水》台北：聯經出版社1996年7月初版四刷，頁120。

〔註136〕鍾仕倫《魏晉南北朝美育思想研究・魏晉南北朝的旅游美育思想》

對魏晉人而言，「遊」不僅是指遊覽山水、觀照自然，也是生活方式、生命存在的狀態、人生的整體內容。李豐楙〈山水詩傳統與中國詩學〉將整個中國文學史上的山水文學分成四類：仕宦者的山林之思、宦遊者的山川之旅、歸隱者的田園之樂、行旅者的山水之感。〔註 137〕不論仕或隱、遊或息，均有所涵蓋，分列完整。

山水不僅在六朝文人筆下有所呈現，在畫家筆下也展現了風采。和山水詩的發展差不多同時，山水畫也開始受到重視。在詩歌方面，晉宋之際，「莊老告退，山水方滋」；在畫的方面，本來作爲人物背景的山水，也在同時期被強調起來了。顧愷之已失傳的畫作〈雪霽望五老峯圖〉，後人推之爲山水畫的祖師，宗炳〈畫山水序〉爲重要的山水畫論，故山水在文人詩歌與畫家尺幅中，同時呈現出六朝文人審美心靈的風貌。

茲僅就六朝的文學藝術家筆下的山水，分爲行吟寄託、賞遊記錄、隱者樂園、心靈漂泊、鈎沉玄理五類。

一、行吟寄託

所謂「莊老告退，山水方滋」是在晉宋之際，在這之前，山水多是作爲文人行吟寄託的中介，正如《楚辭》中的山水在情不在景一般。

曹操第一個創造了完整的山水詩，但前節所錄〈觀滄海〉〔註 138〕之作，其意不在山水而在行吟寄託，寄其躊躇滿志之豪氣，同時也寄託了一股不可言說的惆悵。在〈觀滄海〉詩前有言：「雲行雨步，超越九江之皋，臨觀異同，心意懷遊豫，不知當復何從，經過至我碣石，

北京：中國社會科學出版社 2006 年 11 月一版一刷，頁 237。

〔註 137〕李豐楙〈山水詩傳統與中國詩學〉載《中國詩歌研究》台北：中央文物供應社 1985 年 6 月，頁 108。

〔註 138〕「東臨碣石，以觀滄海。水何澹澹，山島竦峙。樹木藂生，百草豐茂。秋風蕭瑟，洪波湧起。日月之行，若出其中。星漢燦爛，若出其裏。幸甚至哉，歌以詠志。」載清・丁福保編《全漢三國晉南北朝詩・全三國詩・卷一》台北：世界書局 1962 年 4 月初版，頁 119。

心惆悵我東海。」〔註 139〕大凡一格局氣魄大到相當程度的人，見天地之大，往往會興天地無寄之慨，可是也同時興唯我獨尊之慨，曹操之寄慨應當如是。

又如左思的〈詠史詩〉之二：

鬱鬱澗底松，離離山上苗，以彼徑寸莖，蔭此百尺條。

世胄躡高位，英俊沉下僚。地勢使之然，由來非一朝。

金張藉舊業，七葉珥漢貂。馮公豈不偉，白首不見招。〔註 140〕

表面上詩中前四句是景物的描寫，實則以比興之法寫出寒微士人被門閥大族所壓抑的不平現象，形象鮮明，憤懣之情十分明顯，景物不是主題，只是藉景抒情而已。又如〈詠史詩〉之五：

皓天舒白日，靈景耀神州。列宅紫宮裡，飛宇若浮雲。

峨峨高門內，藹藹皆王侯。自非攀龍客，何爲欻來游？

被褐出閶闔，高步追許由。振衣千仞岡，濯足萬里流。〔註 141〕

詩中描寫的景物極有氣象，「皓天舒白日，靈景耀神州」寫出了洛陽城光天化日高澗之景，其作用只是烘襯王侯豪奢的生活，末句「振衣千仞岡，渥足萬里流」豪邁高曠，但也不是單純的描景，詩人藉景抒懷，表達自己摒棄人間榮華富貴，隱居高蹈，滌除塵污的意願。清沈德潛《古詩源》評曰「俯視千古」，〔註 142〕穆克宏稱其爲「西晉五言詩的扛鼎之作」，〔註 143〕評價極高，但基本上不以山水爲主體，而是詩人行吟寄託之作。

這些行吟寄託之作雖不完全是歌詠山水景物，但爲山水詩開啓先

〔註 139〕清・丁福保編《全漢三國晉南北朝詩・全三國詩・卷一》台北：世界書局 1962 年 4 月初版，頁 119。

〔註 140〕《魏晉南朝文學史參考資料・西晉詩文》北京大學中國文學史教研室選注 1992 年 3 月，頁 275。

〔註 141〕《魏晉南朝文學史參考資料・西晉詩文》頁 279，北京大學中國文學史教研室選注 1992 年 3 月。

〔註 142〕清・沈德潛《古詩源・卷七》台北：世界書局，1999 年 1 月二版二刷，頁 105。

〔註 143〕《漢魏六朝詩鑒賞辭典・左思》上海辭書出版社，2002 年 6 月一版 12 刷，頁 403。

聲，藉山水明志，由山水見詩心，正是山水詩特性之一。

二、賞遊記錄

優遊行樂原是建安時期鄴下文人企圖忘懷亂世無常的悲哀所開創的風氣，當時遊宴範圍僅限於貴族林苑或京師近郊，晉宋之際則發展爲以遊覽山水爲賞心樂事的風氣。

六朝賞遊詩文，多半屬遊宦者的山水旅記，而且多爲幕僚。蓋官顯者自有其所應關注之事功，即便遊宦各地，也未必有閒心觀覽風物；而位卑官低者，一方面無須攝事於重大事務，較有閒情遊賞山水，一方面隨其府主宦遊各地，開闊山水眼界，故六朝山水詩名家往往爲仕途不順者，或位居卑職不在權力核心者，以山水詩紀錄其賞遊之歷程。王國瓔《中國山水詩研究．遊覽與山水》云：「西晉知識份子在政治立場上，已無名教與自然的衝突，並且在仕宦與山林之間找到了妥協。……遊覽山水並不一定是避世離俗的象徵，或憤世嫉俗的姿態，而可以是一種生活的調劑。」〔註 144〕

宗炳一生好山水，愛遠遊。所居江陵之地，西有廬山、荊山；南有石門、洞庭、衡山；東有廬山北爲故鄉南陽，再向北則是嵩山、華山。〈登白鳥山詩〉可窺見遊賞名山勝水之好：

> 我徂白鳥山，因名感昔擬。仰升數百仞，俯覽眇千里。
> 杲杲群木分，岌岌眾巒起。〔註 145〕

白鳥山不詳爲何山，宗炳「因名感昔擬」，嚮往之情縈於心懷。宗炳甚至在晚年老病無力再遍睹名山之時，乃「澄懷觀道，臥以遊之。凡所遊履，皆圖之於室。」〔註 146〕（〈畫山水序〉），其對山水之鍾情，

〔註 144〕王國瓔《中國山水詩研究．遊覽與山水》台北：聯經出版社 1996 年 7 月初版四刷，頁 127。

〔註 145〕丁成泉輯注《中國山水田園詩集成》湖北教育出版社 2003 年 10 月一版一刷，頁 20。

〔註 146〕潘運告編《漢魏六朝書畫論》湖南美術出版社，2006 年 7 月一版七刷，頁 288。

可由其畫論見之，此將於本文第四章論述。

何遜曾爲建安王參軍、廬陵王記室，位階不高，但隨各府主遊歷吳越荊楚各地，其作品中有些描寫細膩的佳作，例如〈宿南洲浦詩〉：

幽棲多暇豫，從役知辛苦。解纜及朝風，落帆依暝浦。

違鄉已信次，江月初三五。沉沉夜看流，淵淵朝聽鼓。

霜洲渡旅雁，朔飇吹宿莽。夜淚坐淫淫，是夕偏懷土。〔註 147〕

「霜洲渡旅雁，朔飇吹宿莽」更激發了懷鄉之情，描景清冷，而又與鄉情交融，南洲浦是何地並不詳，若無此山水景觀，則鄉情不知何由寄寓。〈渡連圻詩二首〉其一：

此山多靈異，峻岨實非恒。洑流自洄糾，激瀨視奔騰。

懸崖抱奇崛，絕壁駕崚嶒。硉矹上爭險，岞崿下相崩。

百年積死樹，千尺掛寒藤，詭怪終不測，回沉意難登。

愿欲書聞見，聊以寄親朋。〔註 148〕

詩人經不知名的「連圻」，無視江邊彎曲不平曲岸險境，而能寫出「洑流自洄糾，激瀨視奔騰。懸崖抱奇崛，絕壁駕崚嶒。」的精刻細膩詩句，可見其遊賞的心情是無處不在。

謝靈運更是以極大的熱情與毅力去尋幽探勝，《宋書》記他「尋山陟嶺，必造幽峻。巖嶂千重，莫不備盡登躡。常著木履，上山則去其前齒，下山則去其後齒」。〔註 149〕不僅置身於山水之間，而且心馳神往於山水之境，這種生活態度與審美態度契合的傳統，爲歷代的優秀山水詩人所繼承。〔註 150〕

此外，北朝三書之一的《水經注》也是山水文學的重要著作。酈道元少年時就喜歡讀書遊覽，成年後曾做過多年地方官，足跡遍及長

〔註 147〕丁成泉輯注《中國山水田園詩集成》湖北教育出版社 2003 年 10 月一版一刷，頁 55。

〔註 148〕丁成泉輯注《中國山水田園詩集成》湖北教育出版社 2003 年 10 月一版一刷，頁 53。

〔註 149〕《二十五史精華・亨・宋書》台北：讀者書店 1978 年 1 月，頁 49。

〔註 150〕丁成泉《中國山水詩史・緒論》台北：文津出版社，1995 年 8 月初版，頁 15。

城以南、淮河以北廣大地區：他到過平城（山西大同），觀看過白道城（呼和浩特市北）附近陰山腳下的流泉、比陽（河南泌陽）考察水系、魯陽（河南魯山）考察汝水上源，安徽壽縣八公山、山東半島的益都等都有他的足跡。吳先寧《北朝文學研究・實用精神支配下的北朝文》云：

> 《水經注》在寫景敘事上確實有許多頗具文學色彩的精彩片段，猶如無數閃光的珍珠。但《水經注》畢竟又是一部地理學著作，那些精彩的片段隨著作者對河流水道的記述斷續出現，形不成一種整體的結構之美，正像閃光的珍珠隨處散落，畢竟不能跟美人頸項上的項鍊相比一樣。〔註 151〕

雖然《水經注》基本上是一部地理書籍，並不成寫景結構，然而狀繪地貌水文妍麗絕倫，如《水經・江水注》描寫三峽之景：「春冬之時，則素湍綠潭，迴清倒影。絕巘多生檉柏，懸泉瀑布，飛漱其間；清榮峻茂，良多趣味。」〔註 152〕已無輿地之書的板滯，寫景文的格局已然形成，故此書一出，就引起了史地學界的極大關注，爾後寫景散文遂由地理的附庸獨立，唐代的柳宗元寫景文冠絕古今，實乃自《水經注》出，《水經注》能有如此成就，亦與六朝美學心靈轉變有關。

以上略舉詩文，可窺見文士遊賞山水的審美心靈，與往昔有極大不同，是以山水美學在六朝逐步成形。

三、隱者樂園

仕與隱的觀念一直支配著中國古代文人對於生命形態的抉擇。中國文學經儒家和道家理論詮釋後，隱者和山水就形成了密不可分的關係。早期伯夷叔齊恥食周粟，隱居首陽山採蕨而食，經孔子的讚揚、司馬遷的不平而鳴的推崇後，隱者的行爲似乎變成了一種對政治批判

〔註 151〕吳先寧《北朝文學研究・實用精神支配下的北朝文》台北：文津出版社 1993 年 9 月初版，頁 127。

〔註 152〕北魏・酈道元《水經注・江水》台北：錦繡出版社 1992 年 4 月初版，頁 263。

的解釋。在「邦無道」的情況下，孔子認爲可「卷而懷之」，對於子路所遇見「以杖荷蓧」的老者，直覺判斷是個隱者，而「使子路反見之」，肯定「隱」之路途仍有相當程度的可行性。至於道家老莊對權勢是直接表示輕蔑，對隱士頤養全性的生命情調則崇尚傾心，許由拒堯九州長之邀，耕於潁水之陽、箕山之下，成爲道家嚮往的歸宿。隱士的心境與山水的意象遂爲互諧共況的情境。

隱士遁入山林谷野，緣於不能或不願和現實社會同流，選擇避亂世、避權貴的做法。吳功正《中國文學美學・審美生成論》云：

> 詩人離開動蕩的政治，藏身匿迹於山泉林野之間，高蹈遠引的隱逸之風一時大熾。……特殊的社會條件和社會風氣倒爲詩人們打開了一幅新的生活扇面，使他們更多地看到了遠離囂鬧的都市和險惡的政治風波的自然山水的美，形成社會現實和個體生命的制衡。〔註 153〕

隱逸是社會現實和個體生命的制衡，這是消極的說法，其實經過儒、道哲學的理論化後，隱逸不再是單純的逃避行爲，而被解釋成一種具有道德批判性的政治姿態，甚至可以代表一種人生理想境界。朱光潛〈山水詩與自然美〉云：

> 縱情山水本是士大夫階層的逃避主義，沒有什麼光榮。但是士大夫階層爲著替自己掩飾，來抬高自己的身價，就以「隱逸」互相標榜，大肆宣揚，說這是高人雅士的「清高」和「風雅」。於是愛好山水和寫作山水詩就成爲君主時代騷人墨客中的一種風氣，名士的一種招牌，甚至成爲粉飾太平的一種點綴。〔註 154〕

不論儒或道，隱逸都成爲人生終極境地。魏晉人士，喜歡離開紊亂污濁的社會，而寄居到高林深壑去。因爲當時的政治社會，傷情損性的

〔註 153〕吳功正《中國文學美學・審美生成論》江蘇教育出版社 2001 年 9 月一版一刷，頁 142。

〔註 154〕朱光潛〈山水詩與自然美〉載伍蠡甫編《山水與美學》台北：丹青圖書公司，1987 年 6 月，頁 202。

事太多，不容易使人心靈平靜。到高崖深谷，比較容易得到逍遙自適的生活趣味。所以魏晉隱逸的風氣特盛，山水成爲隱士生活依存所資。江淹〈自序傳〉云：

> 常願幽居築宇，絕棄人事，苑以丹林，池以綠水，左倚郊甸，右帶瀛澤。青春爰謝，則接武平皋；素秋澄景，則獨酌虛室。〔註 155〕

江淹以爲「人生當適性爲樂，安能精意苦力」，「幽居築宇」正表達了對隱逸生活的渴望。謝靈運甚至將衣食與山水視爲同等重要地位，〈遊名山志序〉謂：「夫衣食，人生之所資；山水，性分之所適。」〔註 156〕在山水與衣食之間盡其性，暢其遊，其審美情趣由此可窺知一二。山水不但是欣賞的對象，也是心靈審美的對象，同時也是主體藉以發抒情、涵養情性之媒介。

山水形成一種概念，不必然是山澗野谷，而意味著一種心靈境界。李豐楙〈山水詩傳統與中國詩學〉云：

> 中國文人多能從生活中悟入，作爲安頓身心的方便。山水、田園可從江山萬里中求，也可以從小園別苑中求。在儒道之間，年輕上進是一種生活，歸隱守拙也是。〔註 157〕

六朝文人贊美「歸隱」的幽雅飄逸，並不意味著他們嚮往或選擇「歸隱」的生存方式。許多文士徘徊去就之間，骨子裡仍脫不去捨不掉功名之念，故有身在江湖而心懷魏闕，或身在魏闕而心懷江湖。李建中《魏晉文學與魏晉人格·悠然見南山》稱歸隱是魏晉文學的人格構成中「一種文本式存在，而並非是一種實實在在的生存方式」〔註 158〕

〔註 155〕江淹〈自序傳〉載鬱沅、張明高編《魏晉南北朝文論選》北京：人民文學出版社 1996 年 10 月一版 1999 年 1 月一刷，頁 294。

〔註 156〕唐歐陽詢主編《藝文類聚·卷七·山部上》台北：文光出版社，1974 年 8 月初版，頁 129。

〔註 157〕李豐楙〈山水詩傳統與中國詩學〉載《中國詩歌研究》台北：中央文物供應社，1985 年 6 月，頁 105。

〔註 158〕李建中《魏晉文學與魏晉人格·悠然見南山》湖北教育出版社，1998 年 9 月一版一刷，頁 124。

正是此意。六朝文人中雖不乏隱士，但他們或出於無奈，如左思遠居宜春，謝靈運隱始寧墅；或隱居後又半途而廢，如向秀改圖失節、謝安隱而復出；或附庸風雅，如支遁買山而隱，多把山水當作一種心靈境界來嚮往。即便是不屑於宦途，把山林田野當作一種實實在在生存方式的陶淵明，最終使他重返大自然守樸歸耕的動因，亦是仕途不定，爲還其自然質性而歸園田居的。最有趣的是爲詩招喚隱逸公子王孫回到人間，招隱者反變爲歸隱，如左思〈招隱〉：

杖策招隱士，荒塗橫古今。巖穴無結構，丘中有鳴琴。
白雲停陰岡，丹葩曜陽林。石泉漱瓊瑤，纖鱗或浮沉。
非必絲與竹，山水有清音。何事待嘯歌？灌木自悲吟。
秋菊兼餱糧，幽蘭間重襟。躊躇足力煩，聊欲投吾簪。〔註159〕

詩題本爲招喚隱士回來，結果反被山林美境吸引，招隱者自己要隱居山林了。招隱變爲歸隱，畏懼山林變爲愛好山林，這種轉變出自體驗和比較。詩人將隱與仕、山林與都邑、淡泊清靜與榮華富貴做了一番比較，而作出新的抉擇——棄仕歸隱。鍾嶸稱陶淵明爲「古今隱逸詩人之宗」，其實溯本窮源，左思應該是隱逸詩人最早卓爾成家的。左思的詩中不以山水的客觀形象、美妙迷人或精緻的描寫藝術取勝，但充分呈現了詩人以山水爲樂園那種飽滿的氣韻。

六朝詩人中最能體現莊子的精神取向，逃離世塵羅網，不爲物役，以山水爲樂園的是陶淵明。不同於左思，他是自覺式地選擇了歸隱躬耕的生存方式，〈歸去來辭〉中自謂「質性自然，非矯厲所得」，〈歸田園居〉稱己「性本愛丘山」，李建中《魏晉文學與魏晉人格．悠然見南山》云：

陶淵明人格建構中的「自然」，實有二義：一是親近自然，熱愛自然，「性本愛丘山」是也；一是順其自然，與道逍遙，亦即《歸去來辭》自謂「質性自然，非矯厲所得」。前者可

〔註159〕《魏晉南朝文學史參考資料．西晉詩文》北京大學中國文學史教研室選注1992年3月，頁283。

視為陶淵明之天性，後者可視為陶淵明之理想人格。〔註 160〕

陶淵明承襲了魏晉清談演變之結果，實踐了道家之自然觀，融精神於大化之中，做為一個隱者，山林田園是最好的人生歸宿，雖然人間世有所謂「大隱隱於市朝」，陶淵明也有所謂「心遠地自偏」的說法，但眞正的隱者，如漢之嚴光、宋之林逋，既絕意仕進，厭棄塵囂，自然會尋覓一個自然幽靜的環境，和漁父樵夫同處於遠離市廛的山間水濱，行吟垂釣，靜坐誦經、採藥煉丹等。陶淵明則選擇與田父並耕，尋壑經丘的耕讀生活方式，通過心靈與山水田園的融合神會，實現了主觀精神的灑脫超然與逍遙自由。例如〈遊斜川〉：

開歲倏五日，吾生行歸休。念之動中懷，及辰為茲遊。
氣和天惟澄，班坐依遠流：弱湍馳文魴，閑谷矯鳴鷗。
迥澤散遊目，緬然睇曾丘。雖微九重秀，顧瞻無匹儔：
提壺接賓侶，引滿更獻酬。未知從今去，當復如此不？
中觴縱遙情，忘彼千載憂；且極今朝樂，明日非所求。〔註 161〕

潺潺清流中馳游的魴魚，幽靜的山谷上空翱翔的鷗鳥，是詩人自由活躍的生命的象徵，也是萬物各得其所的自然哲理的詩化，至於千歲之憂、明日之業，在縱酒捧觴中完全拋開，及時盡今朝之樂，山水田園成為眞正的隱者樂園。

傳統知識分子參與名教世界，往往呈現外儒內法的意識型態；對山水自然的嚮往，則表現了結合道家、佛家的隱逸意識。特別是六朝的山水、田園的寫作，可以從文士對仕與隱的因應態度去解讀考察，則更可看出深刻的意義。

四、心靈漂泊

山水文學的創作，常具有反政治、反體制，甚至反都市、反文明

〔註 160〕李建中《魏晉文學與魏晉人格・悠然見南山》湖北教育出版社 1998 年 9 月一版一刷，頁 126。

〔註 161〕《陶靖節集注・卷二》台北：世界書局 1999 年 2 月二版一刷，頁 17。首句丁福保編《全漢三國晉南北朝詩・全宋詩・卷三》作「開歲倏五十」，台北：世界書局 1962 年 4 月初版，頁 460。

的意義。文士在仕途不得意之際，乃放情山水，身在魏闕，而心懷江湖，故從文士的創作中可見其心靈漂泊軌跡。

李豐楙〈山水詩傳統與中國詩學〉云：

> 傳統使用的一組相對的名詞：江海與魏闕，正可以具體說明「政治」因素深刻影響知識分子的生活。……山水絕非只是現實世界的客觀景物，而是具有反政治、反社會等複雜意義的一種隱喻。更深一層言，中國人對於山水、田園，常是仕宦生活之外、流離異鄉之際，一種蘊含著豐美、溫暖、以及休息身心等感覺的所在，爲文學傳統中的一種原型。〔註162〕

所以隱士以山林田園爲心靈歸宿，仕宦者也可能以山水自然爲心靈歸宿。或因與當政者不合而縱情山水，或天性不耐吏事而以山水自遣。例如山水詩人謝靈運，自矜其身世，在異姓之際，徘徊於仕與隱之間，每借山水以化其結鬱。當他放情山水時，山水正是他精神託付之所，性靈依違之鄉，與李太白飲酒遊仙，甚至杜少陵眷戀朝廷同出一轍。被稱作山水詩、遊仙詩、社會詩，不過視其心靈漂泊依違之處爲何而已。

漂泊者在古典文學中扮演一個非常重要的角色，文人或自訴身世，或寄朋友，讀來都讓人感受到一股巨大的悲愁，特別是被貶謫到窮鄉僻壤的逐臣來說，跋涉千山萬水，不唯歸期難料，而且時時要面對死亡的威脅，萬一客死荒山野地，葉落不得歸根，眞是要含恨九泉了。所以逐臣必然會有非常強烈的「歸」的意願。〔註163〕劉勰《文心雕龍・神思》篇所說的「登山則情滿於山，觀海則意溢於海」，正是我們讀山水文學時，可以逆推作者心靈歸趨的方法。作者面對山水所創作出的詩篇，或雄渾、秀麗，或悲壯、暗淡，自有詩人的創作心態爲主導，心靈漂泊於何處，詩篇的風格就定調於何處。

〔註162〕李豐楙〈山水詩傳統與中國詩學〉載《中國詩歌研究》台北：中央文物供應社1985年6月，頁98。

〔註163〕李瑞騰〈唐詩中的山水〉載《古典文學第三輯》頁164，學生書局1981年12月初版。

任仲倫《中國山水審美文化・導論》云：

> 同樣都是強調人與山水的融合，有的強調以山水之性來寄託或觀照人格之本；如觀山賞水，總想到其間所涵蘊的人格意味……有的則強調山水之性與自我之性的完全融合，在自然裡安頓自我的精神：如王微《敘畫》描述到：「望秋雲，神飛揚。臨春風，思浩蕩」……是把自己加以自然化，達到一種「形者融靈」的境界。〔註164〕

儒家強調強調山水審美作為人生修養之資，並作為完成人格形象的境界；道家則強調人與自然的融合，也就是強調以自然之性來融化主體之心，或以自己的虛靜之心來契應自然的虛靜之境。這兩種審美精神，形成中國山水審美中不同的價值取向、精神享受和審美的心態，從詩作更可推知詩人心靈歸趨。例如以山水明志的左思，其〈詠史〉八首之一頗能力鑿中國文人從政的塑像：

> 弱冠弄柔翰，卓犖觀群書。著論準過秦，作賦擬子虛。
> 邊城苦鳴鏑，羽檄飛京都。雖非甲冑士，疇昔覽穰苴。
> 長嘯激清風，志若無東吳。鉛刀貴一割，夢想騁良圖。
> 左眄澄江湘，右盼定羌胡。功成不受爵，長揖歸田廬。〔註165〕

詩篇表現儒家積極入世的赤忱，「功成不受爵，長揖歸田廬」，又兼具道家飄然出塵的高潔。洛陽少年對朝廷有著純潔天眞的擁護——「長嘯激清風，志若無東吳」，然而「左眄澄江湘，右盼定羌胡」更藉江湖呈現詩人欲攬轡澄清之大志。整首詩既有弱冠年少的熱情，又能蘊藉著經歷挫折後深沉的豁達。謝靈運〈述祖德詩〉中「高揖七州外，拂衣五湖裡」，〔註166〕謝靈運遙想其祖父當年有功於朝廷，卻毅然辭

〔註164〕任仲倫《中國山水審美文化・導論》台北：地景企業公司1993年6月，頁13。

〔註165〕《魏晉南朝文學史參考資料・西晉詩文》北京大學中國文學史教研室選注1992年3月，頁273。

〔註166〕〈述祖德詩〉之二：「中原昔喪亂，喪亂豈解已。崩騰永嘉末，逼迫太元始。河外無反正，江介有蹙圮。萬邦咸震懾，橫流賴君子。拯溺由道情，龕暴資神理。秦趙欣來蘇，燕魏遲文軌。賢相謝世運，遠圖因事止。高揖七州外，拂衣五湖裡。隨山疏濬潭，傍巖蓺枌梓。

卸七州的軍事大權，蕩迹江湖，學的就是左思此處高格。〔註 167〕這些詩句，流露出詩人流連官場，卻心繫煙霞的情懷，官場不得志，山水常成爲詩人心靈漂泊依戀的終極託付。

詩人多有藉物詠懷者，亦多有藉山水詠懷者，以人格來印證自然之性，是山水審美中的一個重要的人文化傾向。山水詩亦可依此分成兩種傾向，一是將自身安頓在裡面，一是將自身站立在旁邊：

其一，以天地之性來融化人之性是一種審美現象，追求天人合一，與自然融化，是將自身安放在山水裡面來創作，陶淵明所寄託的那份寧靜、和諧和自然即是。如〈歸園田居〉其一之句：

羈鳥戀舊林，池魚思故淵。〔註 168〕

羈鳥、池魚的戀與思，實則爲詩人的戀與思。從陶淵明詩中可觀察到中國山水審美中的一種取向——投身大自然尋求精神的超然與解脫，以逃離與迴避現實社會的束縛和人生的困境。「戀舊林、思故淵」是尋求排解憂患，以求生存的方法。這種山水審美的境界，實際上是以「山性即我性，山情即我情」爲追求的目標。所以山水的模樣實則爲創作者內心的模樣，山水的性情，實則爲創作者的性情。當然，從另一個角度來看，也具有一種逃避現實而獨善其身的意味。因爲它所追求的精神自由、超然和解脫的前提，不是貶棄自我的價值，就是無所待無所求的虛靜，抑或是對身處厄境卻視而不見的超然。陶淵明爲避開險惡環境，投身自然山水以求得自身的心靈安慰，求得個體獨樂其志的精神超然。這是他心靈的尋訪漂泊。〔註 169〕

其二，以山水審美境界作爲自己的精神調劑，是將自身放在山水

遺情捨塵物，貞觀丘壑美。」載清・丁福保編《全漢三國晉南北朝詩・全宋詩・卷三》台北：世界書局 1962 年 4 月初版，頁 635。

〔註 167〕參王文進《仕隱與中國文學・仕隱中的人物典型》臺灣書店 1999 年 2 月初版，頁 108。

〔註 168〕清・陶澍《陶靖節集注》台北：世界書局 1999 年 2 月二版一刷，頁 16。

〔註 169〕參任仲倫《遊山玩水——中國山水審美文化・中國山水的審美價值》台北：地景企業公司 1993 年 6 月，頁 126。

旁邊的方式來創作，如謝靈運，一生未離開官場，自然山水是他所構築的精神避難所，喜遊山水是一種獨善其身，具有退避性的處世哲學。如〈石門岩上宿〉：

朝搴苑中蘭，畏彼霜下歇。暝還雲際宿，弄此石上月。
鳥鳴識夜棲，木落知風波。異音同至聽，殊響俱清越。
妙物莫爲賞，芳醑誰與伐。美人竟不來，陽阿徒晞髮。〔註170〕

與陶詩不同的是，物我之間，保持著一定距離。「異音同致聽，殊響俱清越」，音響而我聽；「暝還雲際宿，弄此石上月」，月眠而我弄。詩作中仍清楚看到詩人賞玩的影子，誠如李豐楙〈山水詩傳統與中國詩學〉所云：謝靈運的模山範水，除了賞鑒山水之奇，實在有藉著狂熱的投身山林的舉動，一抒政治活動的抑鬱，雖則如「登上戍石鼓山」的結語「佳期緬無像，聘望誰云愜」，山水並未能爲其生命帶來一些愜意，但想望之餘，山川終是可以成爲「興情悟理」的意象。〔註171〕遊山玩水之舉表現在謝靈運身上，彷彿是在藉以宣示什麼似的。韋鳳娟《空谷流韻・魏晉南北朝卷・屢借山水，化其鬱結》云：

從謝靈運的家世、地位及個性來看，安分守己的當官，或靜心息念的退隱，都是做不到的。……終日徜徉山水，嘯傲風月，終旬不還。賦閒家居則鑿山浚湖、穿地種樹，或者帶一大群門生奴僮，浩浩蕩蕩地向深山老林進發，遇到林密難通之處，則伐木開徑，以至驚動州郡，以爲山裏出了強盜。——像這樣氣派的游山實屬罕見！說是游山，不如說是借游山來向世人顯示什麼、發洩什麼。〔註172〕

謝靈運遊山玩水時，是否凝心於風月是可疑的，其心靈或暫寄山水，

〔註170〕丁成泉輯注《中國山水田園詩集成》湖北教育出版社2003年10月一版一刷，頁23。清・丁福保編《全漢三國晉南北朝詩》題作〈夜宿石門詩〉。

〔註171〕李豐楙〈山水詩傳統與中國詩學〉載《中國詩歌研究》台北：中央文物供應社1985年6月，頁106。

〔註172〕韋鳳娟《空谷流韻・魏晉南北朝卷・屢借山水，化其鬱結》台北：中華書局1997年3月一版，頁91。

於賞畢或仍難擺脫仕途不順的失落。故陶謝二人基本精神雖都以回歸自然爲宗旨，但內質上是有別的，陶詩以田園爲主，指向歸隱，而謝詩以山水爲主，指向流浪，有強烈的漂泊感。

五、鈎沉玄理

受玄風影響所致，六朝人喜於賞玩山水時，附以哲思感慨，在「莊老告退，山水方滋」時，詩人詠歌山水仍不時加上一點玄理感懷。謝靈運山水詩多帶個玄理尾巴，因爲謝靈運是「將自身放在山水旁邊的方式來創作」，客觀冷靜地賞玩山水，在山光水影中思考玄理。如〈石壁精舍還湖中作〉：

> 昏旦變氣候，山水含清暉。清暉能娛人，游子憺忘歸。
> 出谷日尚早，入舟陽已微。林壑斂冥色，雲霞收夕霏。
> 芰荷迭映蔚，蒲稗相因依。披拂趨南逕，愉悅偃東扉。
> 慮澹物自輕，意愜理無違。寄言攝生客，試用此道推。〔註 173〕

見「林壑斂冥色，雲霞收夕霏」之景，起「慮澹物自輕，意愜理無違」之思，景與理未必密合，但從景「遷想」而「妙得」此理，山水多少成了詩人鈎沉玄理的媒體了。此後山水詩人多仿之，直到南朝陳時，文人才更專注於山水氣韻的欣賞，而淡化了玄學的氣味。鍾仕倫《魏晉南北朝美育思想研究・魏晉南北朝的旅游美育思想》舉吳均（469～520）〈與宋元思書〉爲例：

> 文字細緻地描繪了沿途美不勝收的江浙山水，……沒有一點玄學的痕跡，代表了當時文人將自然山水當作藝術眞品欣賞把玩的唯美主義傾向；表明魏晉南北朝以來從鈎沉玄理，印證玄學爲主的玄游轉爲以藝術審美爲主的清游。（吳均〈與宋元思書〉）〔註 174〕

可見在藝術審美之外，鈎沉玄理在山水詩初現時，確爲詩人創作山水

〔註 173〕丁成泉輯注《中國山水田園詩集成》湖北教育出版社 2003 年 10 月一版一刷，頁 21。

〔註 174〕鍾仕倫《魏晉南北朝美育思想研究・魏晉南北朝的旅游美育思想》北京：中國社會科學出版社 2006 年 11 月一版一刷，頁 265。

詩的意圖。鍾仕倫《魏晉南北朝美育思想研究・魏晉南北朝的旅游美育思想》又云：

> 從目的來說，魏晉人以玄游爲風尚，由實入虛，既虛既實，超入玄境，追求精神上對殘酷現實的游離，實現精神的超越。……在游賞觀照中，魏晉人以談玄析理，鈎沉玄理爲重點。魏晉人鍾情山水風光，旨在參悟玄機，印證玄理和陶冶人的自然之情、自然之性。〔註 175〕

唯參悟玄機較謝靈運更融入山水之境者爲陶淵明。清劉熙載《藝概・詩概》謂陶淵明「玩心高明，未嘗不腳踏實地，不是偶然無所歸宿也。」〔註 176〕其寄玄理亦能融理與景於一體，形成高明理趣。如〈歸園田居〉之四：

> 久去山澤遊，浪莽林野娛。試携子姪輩，披榛步荒墟。
> 徘徊邱隴間，依依昔人居。井竈有遺處，桑竹殘朽株。
> 借問採薪者，此人皆焉如。薪者向我言，死沒無復餘。
> 一世異朝市，此語眞不虛。人生似幻化，終當歸空無。〔註 177〕

與謝詩中玄理不同者，爲理與景的密附，讀來無說理言教之感，而是自然由實返虛，由景入理，而又情理融通。「徘徊邱隴間，依依昔人居」，讀者看到的是徘徊流連在田間的詩人身影，不是一個一面冷靜遊玩，一面思考章句玄理的貴族身影。

總之，當山水詩成爲鈎沉玄理的載體時，最能體現宗炳「山水以形媚道」之旨趣。當山水與文士交會時，文士因個人不同際運而有不同的創作心態，因不同的性情，而有不同的創作呈現。山水或是文人行吟寄託的對象，或是遊賞的記錄，或爲隱者安身立命的樂園，或爲官場不順時心靈漂泊所寄。這幾項分類也有重疊部分，如「心靈漂泊」

〔註 175〕鍾仕倫《魏晉南北朝美育思想研究・魏晉南北朝的旅游美育思想》北京：中國社會科學出版社 2006 年 11 月一版一刷，頁 266。

〔註 176〕清・劉熙載《藝概・詩概》台北：金楓出版社 1986 年 12 月初版，頁 85。

〔註 177〕清・陶澍《陶靖節集注》台北：世界書局 1999 年 2 月二版一刷，頁 16。

亦可說解爲藉山水作行吟寄託的對象，「遊賞記錄」亦可爲心靈漂泊的記錄，謝靈運在遊山玩水之際，內心一股鬱結之氣不自意抒發了，陶淵明在敘述隱者田園生活時，又何嘗不是行吟寄託的傾訴。

大體而言，六朝山水在文人筆下有了與以往截然不同的面目，山水不再只是詩人抒情的襯景，而是一種獨立的美學現象和文學品種，它可以和文人心靈的情志結合成一種擬人化的新面貌，也可以是客觀物質的山水景物。

當然在繪畫藝術部分，山水仍然是做爲背景的存在，尚未形成獨立的藝術，而在繪畫理論部分，則爲中國山水畫的開啓起了指導作用，此待後章論述。

第三章　文學詩歌中之山水

山水詩何以在六朝有豐富的發展？原因很多，以社會環境而言，山水詩的產生源自於社會安定、經濟繁榮、水路交通發達的條件，有了這些條件，文士們才有閒心餘力遊山玩水；以文體自然發展的趨勢而言，六朝文學以建安的人文自覺爲起點，終點就是南朝的宮體創作，這顯示了六朝文人生命覺醒後所追尋的人性復歸，徹底步入了迷途；〔註1〕而詩歌從「緣情」的典麗進入「綺靡」的聲色大開、由文人內心哀痛鬱抑的深沈抒發進入外在細膩直觀描寫，山水詩恰爲其中的轉關，更精確由詩體承轉來說，它上承遊仙玄言，而下開聲律宮體。

山水詩主要產生在南朝，「北朝詩人若偶有山水之作，往往與南朝詩人之作相似，未能自樹一格」。〔註2〕但是，這並不表示北朝沒有山水文學，只是北方文學呈現的是粗獷，南方呈現的是清秀，當北人高歌「天蒼蒼，野茫茫，風吹草低見牛羊」時，南人所欣賞的則是「千岩競秀，萬壑爭流，草木蒙籠其上，若雲興霞蔚。」這當然是地理文化的限制，當山水對象之清美與心靈之清美相契合時，自然就會產生清美的文學。所以當六朝美學心靈在特定的經濟社會客觀條件之下，發展到對美

〔註1〕王力堅《六朝唯美詩學・導言》台北：文津出版社 1997 年 7 月一版一刷，頁 9。

〔註2〕王國瓔《中國山水詩研究・中國山水詩的產生》台北：聯經出版社 1996 年 7 月初版四刷，頁 79。

的形式、題材能涵融的時候，而遊仙詩、玄言詩又適時轉交出文學棒子，山水文學便順勢產生了。丁成泉《中國山水詩史·緒論》云：

> 莊老告退，山水方滋，這是歷史的必然，又帶有一定的偶然性。……它並不以先有玄言詩爲必備條件；也不以遊仙、招隱詩爲發展的必經過程。它應該是人們對於自然美的一種藝術反映形式，它的藝術生命，來源於人們對自然美的審美活動。〔註3〕

遊山玩水在六朝是人們社會生活的一部分，不論玄學家、神仙家、文人或隱士，遊覽山水幾乎已成爲一種風尚。甚至遊仙詩和玄言詩的作者們，常常用山水景物做襯景，使形容枯槁的詩篇，藉由山水形象妝點而呈現一絲生氣，所以山水詩在玄言詩衰落的時候，就應運而生。

沈德潛認爲晉宋之際乃「詩運一轉關也」，〔註4〕晉宋以前的遊仙詩、隱逸詩、玄言詩，多爲超脫現實世界的作品，而晉宋以後的山水詩、詠物詩、宮體詩，多爲探討感官感受之作。這個轉關可以下表來看：〔註5〕

	東漢 25～220	魏 220～265	西晉 265～317	東晉 317～420	宋 420～479	齊 479～502	梁 502～557	陳 557～589	隋 589～618
遊仙詩	=====	=====	=====	===					
隱逸詩	===	=====	=====	=====	=				
玄言詩		==	=====	=====	===				
山水詩			==	=====	=====	=====	===		
詠物詩				==	=====	=====	=====	=====	=====
宮體詩				=	=====	=====	=====	=====	=====

〔註3〕丁成泉《中國山水詩史·緒論》台北：文津出版社1995年8月初版，頁19。

〔註4〕清·沈德潛《説詩晬語》：「詩至於宋，性情漸隱，聲色大開，詩運一轉關也。」台北：新文豐出版公司《叢書集成續編》199冊，1998年7月台一版，頁338。

〔註5〕參劉漢初《六朝詩發展論述》台灣大學71年博士論文，頁374。

本表所列山水詩自西晉發展至梁中期而止，只能說是山水詩全盛期，其他如陰鏗生年與陳朝有所重疊，而北朝的徐陵（507～583）、庾信（513～581）生年與陳朝亦同時，這些詩人山水創作亦豐。大體而言，詩歌題材由遊仙、隱逸的「言志」，逐步轉爲「詠物」，由人心內在的安頓逐步轉向外在美的追求。宋・張戒〈歲寒堂詩話・卷上〉云「建安陶阮以前詩，專以言志，潘陸以後詩，專以詠物」，〔註 6〕從玄言詩到山水詩，一種新的審美觀正在蘊釀，許多文論家注意到此現象，於是，文論中許多與視覺相關的名詞出現了，李豐楙〈山水詩傳統與中國詩學〉云：

> 中國詩評術語「景」、「象」等代表「宇宙」的觀念，具有相當重要的啓發作用。〔註 7〕

「景」、「象」的意識，使文人開始注意美的事物，凡是美的景物、美的語言、美的風度、儀態，都能得到文士們的讚賞。而文論家們也開始對自然與創作的關係有了更多的關注，如《文心雕龍・物色》「流連萬象之際，沈吟視聽之區」、「窺情風景之上，鑽貌草木之中」等，《詩品》「春風春鳥，秋月秋蟬，夏雲暑雨，冬月祁寒，斯四候之感諸詩者也」，都說明了「景」、「象」開啓了人們美的感受，美的價值前所未有地被提升了。《世說新語・言語》欣賞美的語言，〈容止〉篇欣賞美的姿儀，〈品藻〉篇品鑑人的德性，東漢以降的清議風氣，士人對人物品德的評鑑，逐漸轉爲對風姿的賞鑑，由人及物，轉而欣賞天地萬物的美，而聞及山水清音，並以詩文雕琢山水，於是神思與山水的交觸形成一種美學，對後世山水文學影響至鉅。

本章即根據此一線索，探討六朝寓目美學如何由人及物，文士遇到佳山好水時，遽爾引入文學，成爲詩歌題材，而後山水清音如何成

〔註 6〕宋・張戒〈歲寒堂詩話・卷上〉載清・丁福保輯《歷代詩話續編》台北：木鐸出版社 1983 年 9 月，頁 450。

〔註 7〕李豐楙〈山水詩傳統與中國詩學〉載《中國詩歌研究》中央文物供應社 1985 年 6 月，頁 90。

爲文士心聲的代言，文人如何模山範水，精雕細琢，鋪列出一篇篇詩歌，最後，神思與山水相觸的美學意識如何形成。

第一節　寓目美學——由品人至品物

「寓目美學」一詞見鄭毓瑜《六朝情境美學綜論》，是指對人或物能一見其貌而知其性、徵其神的審美欣趣。

六朝動盪的世局，讓人們對生命的體驗特別深刻。生命隨時消失的可能性、仕途的起伏坎坷，使士人在患得患失中感慨世事無常，在出世入世中流連往復，在放浪形骸與希冀價值肯定間徘徊，而魏晉風度就在這種矛盾中顯現出來，在歷史上留下令人驚豔的一筆。

六朝人對人物的品賞力特別敏銳，由品鑑人物而至品味物事、品味山水、品味辭令，發展出前所未有的美感趣味，對後世人物鑑賞、文學批評、美學觀念深有影響，這是六朝的重大成就。所以，在談六朝山水美學之前，必先從對人物鑑賞談起。魏劉劭撰（168～240）《人物志》開啓了六朝品鑑之風，其序云：

> 人物之本出乎情性，情性之理甚微而玄，非聖賢之察，其孰能究之哉？凡有血氣者，莫不含元一以爲質，稟陰陽以立性，體五行而著形。苟有形質猶可即而求之，凡人之質量中和最貴矣。中和之質必平淡無味，故能調成五材變化應節，是故觀人察質必先察其平淡而後求其聰明。〔註8〕

不論平淡是否爲六朝文士共同認可，但先求其情性形質而後求其聰明卻是六朝明確的特質。

而後《世說新語》談人物鑑賞雖標舉孔門四科爲上卷四篇，〈德性〉篇中談玄說理、表現情性者亦多有之，如十五則稱阮嗣宗「言皆玄遠，未嘗臧否人物」，〔註9〕十六則云王戎與嵇康居二十年，未見其

〔註8〕魏・劉劭《人物志・卷上・九徵第一》世界書局2000年4月二版一刷，頁7。

〔註9〕梁・劉義慶撰，劉正浩等注譯《世說新語・德行》台北：三民書局

喜慍之色，〔註10〕十九則王祥言語理致清遠，〔註11〕言德行必及其風致情性，〈言語〉更是藉言談文字表其風度意態，中卷敘述名士懿行個個具超時代的特質，下卷雖多恣情越禮故事，亦見作者選材時以表達情性爲要，足見六朝的審美態度已呈現與以往不同的趣味。鄭毓瑜《六朝情境美學・觀看與存有》云：

> 山水詩中的「寓目」觀，其實《世說新語》裡對人物早就有「一見奇之」、「見而異焉」、「一見改觀」等「見貌」「即形」而「知性」「徵神」的品鑑例證；也出現將所見擴大至於人物與周遭風物的關係，而以望瞰全景的方式評斷人物高下優劣。……一眼能看到什麼；以致於對觀看的能見度——由表象至於本質、由孤立至於整體，有了前所未有的發揚。〔註12〕

本節即以《世說新語》的人物品鑑美學開啓，論六朝的寓目美學，如何因品鑑人物之美而發展出以巧言妙句形容的美文。

一、魏晉風度——《世說新語》的人物品鑑

《世說新語》雖只是一部筆記小說，但其中所述物事，可作爲史料佐證、美學議題。通過這部書，可以看到魏晉美學、玄學發展的盛況，可以看到魏晉人物對自然景物欣賞的態度不同往者，而最特殊的是對人物品鑑的特殊成就。清劉熙載《藝概・文概》云：

> 文章蹊徑好尚，自《莊》、《列》出而一變，佛書入中國又一變，《世說新語》成書又一變。〔註13〕

《世說新語》爲小說，其學術地位、思想深度與莊列佛書自不能並列，

2005年5月初版六刷，頁11。

〔註10〕梁・劉義慶撰，劉正浩等注譯《世說新語・德行》台北：三民書局2005年5月初版六刷，頁12。

〔註11〕梁・劉義慶撰，劉正浩等注譯《世說新語・德行》台北：三民書局2005年5月初版六刷，頁14。

〔註12〕鄭毓瑜《六朝情境美學・觀看與存有》台北：里仁書局1997年12月初版，頁124。

〔註13〕劉熙載《藝概・文概》台北：金楓出版社1986年12月初版，頁25。

劉熙載以爲文章至《世說新語》一變，主要著眼於六朝文藝美學之變及語言之美，只要論及魏晉六朝美學，必然要參擷《世說新語》的材料，因爲其中大量具體、生動的材料，反映了魏晉時士大夫的審美趣味和審美風尚。葉朗《中國美學史・魏晉玄學與魏晉南北朝美學》以爲《世說新語》一書反映了六朝時期的美學思潮有四：

第一、人物品藻已從實用、道德的角度轉到審美的角度。

第二、對自然美的欣賞，是欣賞自然山水本身的蓬勃生機，已突破了「比德」狹窄框框。

第三、品藻欣賞和創作中，強調主體要有審美的心胸。

第四、對自然、人生、藝術的態度，表現了形而上的追求，企圖突破有限的物象，追求玄遠、玄妙的境界。〔註 14〕

這些成就對後世美學發展有極重大影響。其中對文學發展最直接的是品題人物，「創造了批評的風氣，和許多清新的詞彙。而這種風氣和這些詞彙，後來被移用到文藝批評上，對我國的美學，發生了巨大的影響」。〔註 15〕

（一）魏晉人的面貌之美

六朝以前對人面貌之美的描寫，多著墨於女性，對男性的描寫甚少，孔子曰「以貌取人，失之子羽」，認爲男性之價值在於才德，不在於外貌。《莊子・德充符》更是極度誇張的描寫三個兀者、衛之惡人、闉跂、支離無脤、甕盎大癭外貌的醜惡，但另一方面又呈現這些人物可悅的形象，所著眼的是也是人物的才與德。浪漫文學嚆矢的《楚辭・離騷》倒是呈現出男子愛美之態，「製芰荷以爲衣兮，驫芙蓉以爲裳」，〔註 16〕芰荷、芙蓉固不能製衣裳，詩人以芰荷、芙蓉製衣裳

〔註 14〕葉朗《中國美學史・魏晉玄學與魏晉南北朝美學》文津出版社 1996 年 1 月，頁 111～116。

〔註 15〕梁・劉義慶撰，劉正浩等注譯《世說新語・導讀》台北：三民書局 2005 年 5 月初版六刷，頁 23。

〔註 16〕宋・洪興祖《楚辭補註・卷一・離騷》台北：藝文印書館 1986 年 12 月七版，頁 35。

只是一種象徵，象徵詩人的自戀自愛，間接襯托詩人德性之修美，外貌之美固不是詩人眞正所在乎的。眞正對士人面貌給予直接大量正面讚美的文獻，始自《世說新語》。

〈容止〉篇第二則描寫何宴（190～249）傅粉之美：

> 何平叔美姿儀，面至白，魏文帝疑其傅粉；正夏月，與熱湯餅。既噉，大汗出，以朱衣自拭，色轉皎然。〔註17〕

劉孝標引《魏略》注：「晏性自喜，動靜粉帛不去手，行步顧影。」粉帛指巾帕手絹，既頻拭面而猶白皙，其天生麗質可想而知。

又〈容止〉廿六則寫王右軍見杜弘治，讚歎他：「面如凝脂，眼如點漆，此神仙中人。」〔註18〕王濛形美爲人所讚，蔡謨以爲「恨諸人不見杜弘治耳」，對士人美貌加以品評比較，豔羨之情亦躍然紙上。

其外，對人物由面貌知其德性的觀人術似也特別高明，〈容止〉廿七則寫劉尹稱桓溫：

> 鬚如反猬皮，眉如紫石稜，自是孫仲謀、司馬宣王一流人。〔註19〕

劉惔稱讚桓溫有英雄之概，然將之歸類於孫權、司馬懿之流，亦似有意識之爲爭雄奪位的奸雄，桓溫後果如其言。劉惔未見過孫權、司馬懿，卻由桓溫外貌「鬚如反猬皮，眉如紫石稜」見其詭譎剛猛，與孫馬同流，實爲高明直覺的觀人術。孔子從子路容止「行行如也」，知其「不得其死然」，〔註20〕後子路果不得其死，亦見孔子觀人術之精，然孔子論斷子路，除了子路臨場的表現以外，亦加上孔子平日對子路

〔註17〕梁．劉義慶撰，劉正浩等注譯《世説新語．容止》台北：三民書局，2005年5月初版六刷，頁554。

〔註18〕梁．劉義慶撰，劉正浩等注譯《世説新語．容止》台北：三民書局，2005年5月初版六刷，頁569。

〔註19〕梁．劉義慶撰，劉正浩等注譯《世説新語．容止》台北：三民書局，2005年5月初版六刷，頁569。

〔註20〕《十三經注疏．論語．先進》：「閔子侍側，誾誾如也；子路，行行如也；冉有、子貢，侃侃如也。子樂，若由也，不得其死然。」藝文印書館1993年9月十二刷，頁97，。

的觀察和了解，事實上孔子並不輕易以貌取人，以爲「以貌取人，失之子羽」。魏晉卻以視覺所觸形貌予人的感受來直接論斷人，中國古代大概沒有那一個時期文人士大夫像魏晉名士那樣看重外形，李澤厚《美的歷程・魏晉風度》云：「這種種誇張地對人物風貌的形容品評，要求以漂亮的外在風貌表達出高超的內在人格，正是當時這個階級的審美理想和趣味。」〔註21〕《世說新語》寫魏晉人的姿容、神情，或美或醜，或羸或壯，描繪之精細，筆觸所及，幾乎涉及形貌的全部。這意味著這個時代對美感的追求特別重視。

（二）魏晉人的風神之美

魏晉人也特重風神之美，呂昇陽《六朝美學中的形神思想之研究・結論》云「人物品鑑的進路，要在瞻形得神」，〔註22〕意味風神乃由瞻其形貌之美而得。風是指感染力，亦即氣韻的流動；神指精神力，亦即氣質的呈現。

《世說新語》一書十分突出地表現了魏晉風流。書中既沒有廟堂對策的弘論，也沒有疆場浴血的渲染，更沒有民生疾苦的悲訴。翻開《世說》，見到的是名士的俊秀風神、率真曠達、任情恣性，有手執麈尾的清談家、辨名析理的玄學家、傳神寫照的書畫家、服藥求仙的化外之士、狂情縱酒的醉客狂士等，如人物畫卷般展現眼前。所有的畫卷，都通過視覺形象交觸，透過作者或小說中人物的品賞，然後轉化爲一種情感氛圍，再將讀者帶入「心往神馳」的境界。〔註23〕如〈雅量〉第三：

> 夏侯太初嘗倚柱作書，時大雨，霹靂破所倚柱，衣服焦然，神色無變，書亦如故。賓客左右，皆跌蕩不得住。〔註24〕

〔註21〕李澤厚《美的歷程・魏晉風度》台北：三民書局 2000 年 11 月初版二刷，頁 105。

〔註22〕呂昇陽《六朝美學中的形神思想之研究》台北：花木蘭文化出版社 2008 年 9 月，頁 88。

〔註23〕陳昌明《六朝文學之感官辯證・感官隱喻與聲色追求》台北：里仁書局 2005 年 11 月，頁 135。

〔註24〕梁・劉義慶撰，劉正浩等注譯《世說新語・雅量》台北：三民書局，

魏征西將軍夏侯玄臨事鎮定之態，可比之謝安。〈雅量〉第二則：

> 嵇中散臨刑東市，神氣不變，索琴彈之，奏〈廣陵散〉。曲終，曰：「袁孝尼嘗請學此散，吾靳，固未與，〈廣陵散〉於今絕矣！」太學生三千人上書請以爲師，不許。文王亦尋悔焉。〔註25〕

嵇康臨刑彈奏〈廣陵散〉的從容神態，已令千載以下神馳心往，臨終所言「〈廣陵散〉從此絕」之語更令人慨然動容。通過一幅幅的畫面，一則則的極短篇，六朝人的風采、神韻、氣度，美不勝收地呈現眼前。

沒有一個時代像六朝那樣崇拜人的風神之美，即便是不合禮教、不合常理的儀形，在《世說新語》筆下亦呈現出極可愛可親，令人神往的形象。如〈任誕〉第四十七則敘述，王子猷雪夜思戴安道，乘小舟造訪，經一夜勞頓，卻造門不入而返，甚不合常理，然「乘興而行，興盡而返，何必見戴」之語，卻雋永怡人，瀟灑之至。竹林七賢聚會於竹林，飲酒清談，吟詩奕棋以爲樂，他們對於國計民生，漠不關心，以狂放爲賢達，視禮法爲如處褌中之虱。〔註26〕阮籍母喪嵇喜依禮制前來弔唁，他竟作白眼，使嵇喜怏怏而去；嵇喜弟嵇康提酒挾琴來訪，阮籍即予以青眼，在情與禮的衝突中，任情恣性地以本性淩駕禮教。當阮籍與嫂話別，或有譏之者，阮籍卻說：「禮豈爲我輩設邪？」〔註27〕堪稱六朝反禮教代表之至語。雖然他們毀法亂禮，當時士大夫反而認爲他們是賢人而爭相效慕，因爲他們呈現出一種迷人的風致，這種風致較之禮法更令士人企慕。

2005年5月初版六刷，頁287。

〔註25〕梁・劉義慶撰，劉正浩等注譯《世説新語・雅量》台北：三民書局，2005年5月初版六刷，頁286。

〔註26〕《阮籍詩文集・大人先生傳》云：「汝獨不見夫虱之處於褌中？逃乎深縫，匿乎壞絮，自以爲吉宅也。行不敢離縫際，動不敢出褌襠，自以爲得繩墨也。饑則嚙人，自以爲無窮食也。然炎邱火流，焦邑滅都，群虱死於褌中而不能出。汝君子之處區内，亦何異夫虱之處褌中乎？」台北：三民書局2001年2月初版一刷，頁181。

〔註27〕《二十五史精華・亨・晉書阮籍列傳》讀者書店1978年1月一版，頁81。

禮教之嚴明或崩壞，與一時代之天人觀有關，在中國的古人心中，天人合一爲人生的最高境界，也爲審美的最高境界。《莊子・知北遊》云「天地有大美而不言」，〔註28〕老子云「人法地，地法天，天法道，道法自然」，〔註 29〕以天人同性爲美。孟子云：「盡其心者知其性也；知其性，則知天矣。」〔註 30〕正因天人同性，所以天人感應說的形成就顯得自然而然。董仲舒（公元前 179～104）《春秋繁露・陰陽義》云：

> 天亦有喜怒之氣，哀樂之心・與人相副，以類合之，天人一也。春，喜氣也，故生；秋，怒氣也，故殺；夏，樂氣也，故養；冬，哀氣也，故藏。四者天人同有之。〔註31〕

從先秦思想家一路發展下來，中國文人對自然界始終以一種內在生命或情感來與自然界相契應。當禮樂崩壞的漢末魏晉之際，士人的生命情感已無法在禮教中找到出路，在曹魏重才不重德，及司馬氏以道德爲幌子來鉗制士人思想行動的政治氛圍中，文人已無法在禮教中找到自我的價值，遂而轉向自然才性，對人的品鑑亦不再以道德爲準的，而是以與自然風貌相符應者爲美，《世說新語》中多有以自然物意態相擬的人物風貌描述即爲其例。六朝人便在這樣的狀況下構築起獨特的美學理論。對人的品鑑亦以一眼望去能超越禮教、契應自然的風度美爲賞鑑尺度。

（三）魏晉人的德性之美

六朝雖爲一禮教崩壞的時代，然畢竟儒家思想的根基深厚，在一致向美的境地行進的美學道途中，文論家仍不免舉起了儒學的道統大旗。《文心雕龍》以〈原道〉、〈徵聖〉、〈宗經〉爲文原論之前章引首，

〔註28〕黃錦鋐注譯《莊子讀本》台北：三民書局 2001 年 5 月初版十六刷，頁 290。

〔註29〕《王弼集校釋・老子道德經注》台北：華正書局 1992 年 12 月初版，頁 65。

〔註30〕《十三經注疏・孟子・盡心上》台北：藝文印書館 1993 年 9 月十二刷，頁 228。

〔註31〕賴炎元註譯《春秋繁露今註今譯・陰陽義》台灣商務印書館 1992 年 11 月初版三刷，頁 309。

以爲「道沿聖以垂文，聖因文而明道」；政治上司馬氏雖殘暴，也大舉禮教大旗，嵇康「非湯武而薄周孔」（〈與山巨源絕交書〉）就要被殺，因爲「湯武是以武定天下的；周公是輔成王的；孔子是祖述堯舜，而堯舜是禪讓天下的。嵇康都說不好，那麼，教司馬懿篡位的時候，怎麼辦才是好呢？」〔註32〕魯迅以爲「嵇康的見殺是因爲他的朋友呂安不孝，連及嵇康，罪案和曹操的殺孔融差不多。魏晉，是以孝治天下的，……因爲天位從禪讓，即巧取豪奪而來，若主張以忠治天下，他們（司馬氏）的立腳點就不穩」，〔註33〕政治上談禮教、談道德是帶著虛僞的面具，以政治利益爲考量點的。

由於政治力量太大，要反抗這股力量太危險，於是有竹林七賢的悠遊林間，消極地表現了對統治者的不以爲然，也凸顯了統治者的殘暴與虛僞。也由於政治力量太大，竹林七賢成員發生了分化，竹林七賢因而解體，但他們的影響力卻貫穿了司馬氏統治的整個時代。雖然也有御用文人如何曾、鍾會少數人極力醜詆，然事實上，有識之士均知，生當亂世，生命飽受威脅，像何宴、嵇康、張華（232～300）、陸機、陸雲（262～303）、潘岳（247～300）、劉琨（271～318）、郭璞（276～324）等那麼有名的文人都遭慘死，讀書人想明哲保身都不容易，而形成或多或少的「心理變態和潛存反抗的意識」，〔註34〕所有縱情恣意，不顧禮法，以求一時之快的行爲，以及爲人所賞愛的風致，都是亂世時勢所造成，是爲了不與亂者、虛僞者、敗德者爲謀，但其核心意義仍是德行，是與風致相與伴隨互爲表裡的。

《世說新語》上卷以「德行、言語、政事、文學」孔門四科爲全

〔註32〕魯迅《魏晉風度及其他》上海古籍出版社，2000年12月一版一刷，頁194。

〔註33〕魯迅《魏晉風度及其他》上海古籍出版社，2000年12月一版一刷，頁194。

〔註34〕劉子清《中國歷代人物評傳（中）·尚清談崇虛無縱情狂放宅心事外的竹林七賢與王衍樂廣及八達》台北：黎明文化事業公司1974年12月，頁41。

書綱領；中卷以敘述名士嘉德懿行，皆人倫之師表，以「方正、雅量」爲最前章；下卷以「容止」爲首，敘述特有人文風尚雖多恣情越禮之事，卻寓有《春秋》「懲惡勸善」的深義，〔註 35〕德行始終是臧否人物時最核心的準則。例如嵇康含垢藏瑕，喜怒不寄於顏，被稱作方中之美範，人倫之勝業；〔註 36〕又如《世說新語．德行》謂晉文王稱阮籍「言皆玄遠，未嘗臧否人物」，〔註 37〕雖爲明哲保身之用，卻也是古來勸人謹言愼行之方。

《世說新語．德行》廿三則：

> 王平子、胡毋彥國諸人，皆以任放爲達，或有裸體者。樂廣笑曰：「名教中自有樂地，何爲乃爾也！」〔註 38〕

魏晉雖欣賞放任曠達的風致，但名教中嚴謹的尺度，從未被否定。在品藻人物時，德行始終具有終極價值。如〈品藻〉五十則：

> 劉尹謂謝仁祖曰：「自吾有回，〔註 39〕門人加親。」謂許玄度曰：「自吾有由，惡言不及於耳。」二人皆受而不恨。〔註 40〕

魏晉人士一面賞鑑人的風度神采，一面又把德行融入風神的的元素，設若無德，則但列入下卷「恣情越禮」之輩而已。例如〈假譎〉篇敘述魏武帝行役失道，爲解三軍之渴，乃假令前有梅林，士卒聞之口皆水出，乘乃得前源，實饒富機智，然而魏武爲自保，使親近者不携兵刃，乃密令小人懷刃來側而殺之，使左右以爲其「人欲危己，己輒心

〔註 35〕梁．劉義慶撰，劉正浩等注譯《世說新語．導讀》三民書局 2005 年 5 月初版六刷，頁 2。

〔註 36〕《世說新語．德行》十六則：「王戎云：『與嵇康居二十年，未嘗見其喜慍之色。』」台北：三民書局，2005 年 5 月初版六刷，頁 12。

〔註 37〕梁．劉義慶撰，劉正浩等注譯《世說新語．德行》十五則，台北：三民書局，2005 年 5 月初版六刷，頁 11。

〔註 38〕梁．劉義慶撰，劉正浩等注譯《世說新語．德行》台北：三民書局，2005 年 5 月初版六刷，頁 16。

〔註 39〕依劉正浩等注譯《世說新語．品藻第九．析評》判原「自吾有四友」句，當爲「自吾有回」，否則結語不該說「二人」皆受而不恨。台北：三民書局 2005 年 5 月初版六刷，頁 477。

〔註 40〕梁．劉義慶撰，劉正浩等注譯《世說新語．品藻》台北：三民書局，2005 年 5 月初版六刷，頁 477。

動」之說爲眞，遂不敢携刃近之。此種爲違背常情狠毒的手法，作者遂將梅林之章亦一併置〈假譎〉篇而貶抑之。

計德行篇共四十八章，其中亦饒風神之述者有七：

其一：陳蕃登車攬轡，有澄清天下之志。

其三：郭林宗曰：「（黃）叔度汪汪，如萬頃之陂；澄之不清，擾之不濁，其器深廣，難測量也。」

其四：李元禮風格秀整，高自標持。

其七：陳季方曰：「吾家君譬如桂樹生泰山之阿，上有萬仞之高，下有不測之深；上爲甘露所霑，下爲淵泉所潤。」

十九：王戎云：「太保（王祥）及與之言，理致清遠。」

廿三：樂廣曰：「名教中自有樂地。」

三四：謝太傅稱褚季野：「褚季野雖不言，而四時之氣亦備。」

以上所述兼有德行與風神之秀，而多以自然之物象喻之。在〈言語〉、〈賞鑑〉、〈品藻〉中以自然物比擬人物德行風致者，更是多得不勝枚舉。自孔子以「智者樂水，仁者樂山」的比德之說後，這些自然物在傳統的審美觀點中，固有其時代的和觀念的局限性，但卻具有普遍的合理的意義。例如〈賞譽〉篇王導稱王衍「巖巖清峙，壁立千仞」，世人目周顗「嶷如斷山」，千仞聳立之壁、高峻兀立之孤山，自然是偉岸德行的象徵，高標的風致也隨之呈現。而王戎稱王衍如「瑤林瓊樹，自是風塵外物」，〔註 41〕瑤瓊皆美玉，自有普遍傳統的意象，用以形容君子之德，而「瑤林瓊樹」非人間凡俗可比的風神亦兼攝帶出。

所有值得稱道的風神韻致，如無德行爲基，自不能成就其感物動人之美。

（四）魏晉人的品鑑美學

《世說新語》具體地呈現了六朝人對人物對自然的賞鑑方式，許

〔註 41〕梁・劉義慶撰，劉正浩等注譯《世說新語・賞譽》十六。台北：三民書局，2005 年 5 月初版六刷，頁 360。

多賞鑑人物準則早已脫離了傳統的規範，德行中必然伴隨著風神欣趣才値得被賞鑑，而風度儀形的賞鑑卻不必然具德行懿範。儀形風神的意義已前所未有的超越了德行。這意味著魏晉人對人的品評方式已跳脫了實用的範疇。單看《世說新語》中對漢代名流如郭泰、李膺、陳蕃、徐穉等的敘述，固可看出漢末士風與魏晉的血緣關係，但卻全出現在前十二篇，而下卷以「容止」爲首所述恣情越禮之事已不見有漢人與於其中，陳昌明以爲不能僅從時代的「每下愈況」去加以理解：

> 實際上這意味著魏晉人既承襲了前人對人物的實用性評價，而且開拓出前人所未有的生命情態——充滿個人姿彩與意味的生命形態。〔註42〕

魏晉人士喜好賞鑑美的人物、美的事物，而這種品鑑的論述，我們可以稱作是「美學的判斷」，或「欣趣的判斷」。〔註43〕絕大部分美學的判斷並非以群體價値加諸個人身上，而是用個人姿彩、個人魅力是否對人群發生感染力爲準的，〈賞譽〉篇皆以才性爲品評依據，而才性又多以自然物爲喻，更添增其風致感染之力。如稱李元禮「謖謖如勁松下風」，其令人望而敬畏的莊重威儀可以想見；稱邴原爲「雲中白鶴」，其避世遠引之風亦不言而知；稱和嶠「森森如千丈松，雖磊砢有節目，施之大厦，有棟樑之用」，〔註 44〕稱其爲承重大才，其風姿同時具現，此皆借重於自然山林風物具象的比擬。山水自然在六朝文人的言語或筆下，已明顯具有抒情言志的功能。

〈賞譽〉一〇七則更記山水之愛影響人的風韻：

> 孫興公爲庾公參軍，共遊白石山，衛君長在坐。孫曰：「此子神情都不關山水，而能作文？」庾公曰：「衛風韻雖不及卿諸人，傾倒處亦不近。」孫遂沐浴此言。〔註45〕

〔註42〕陳昌明《六朝文學之感官辯證・感官隱喻與聲色追求》台北：里仁書局 2005 年 11 月，頁 130。

〔註43〕牟宗三《才性與玄理》台北：學生書局 1983 年 8 月，頁 44。

〔註44〕梁・劉義慶撰，劉正浩等注譯《世說新語・賞譽》台北：三民書局，2005 年 5 月初版六刷，頁 359。

〔註45〕梁・劉義慶撰，劉正浩等注譯《世說新語・賞譽》台北：三民書局，

孫綽以爲不關心山水者沒有爲文的條件，而庾亮亦承認不好山水者沒有風韻可言，或說無風韻者不懂得賞悅山水。當時山水爲文人寫作重要動力，樂山樂水才能顯現一個人的風致神韻，山水之美可以把一個人的優美風致更加襯托出來。

《世說新語》中對美的判斷多來自感官的受覺，何郎傅粉、韓壽偷香，〔註 46〕非視覺即嗅覺，特別是視覺部分，常可由一美的面貌、風神，轉換爲對整個宇宙自然的賞玩。鄭毓瑜《六朝情境美學・觀看與存有》稱六朝人賞鑑人物時：

> 視線所及、目光所到之處，這人物就是含帶全景而顯的……這樣的賞鑑方式，是由單一人物形貌的視看轉換爲整個存在規模的瞰望。〔註 47〕

這種把人物背景之美也納入品鑑範疇的全景式賞鑑法，開啓了六朝的寓目美學，花鳥、日月、山水原是人物背景，在美的要求特高的六朝，呈現於人物品鑑的圖景中以增加美感並助於理解人物特性。如〈容止〉三十三則：

> 王長史爲中書郎，往敬和許：爾時積雪，長史從門外下車，步入尚書省。敬和遙望，歎曰：「此不復似世中人！」〔註 48〕

2005 年 5 月初版六刷，頁 413。

〔註 46〕《世說新語・惑溺》第五則：「韓壽美姿容，賈充辟以爲掾：充每聚會，其女於青瑣中看，見壽，悅之；內懷存想，發於吟詠。後婢往壽家，具述如此，并言女色麗。壽聞之心動，遂請婢潛修音問。及期往宿，壽蹻捷絕人，踰牆而入，家中莫知。自是充覺女盛自拂拭，說暢有異於常。後會諸吏，聞壽有奇香之氣，是外國所貢；一箸人，則歷月不歇。充計武帝唯賜己及陳騫，餘家無此香，疑壽與女通；而垣牆重密，門閤急峻，何由得爾？乃託言有盜，令人修牆。使反曰：「其餘無異，唯東北角有人跡，而牆高，非人所踰。」充乃取女左右考問，即以狀對。充秘之，以女妻壽。」台北：三民書局，2005 年 5 月初版六刷，頁 856。

〔註 47〕鄭毓瑜《六朝情境美學・觀看與存有》台北：里仁書局 86 年 12 月初版，頁 139。

〔註 48〕梁・劉義慶撰，劉正浩等注譯《世說新語・容止》台北：三民書局，2005 年 5 月初版六刷，頁 572。

「此不復似世中人」正是以整個蒼茫天地與一步履行影的時空瞬間交疊所形成的美感，它不可言說，卻是美感形成時必然具備的覺知，六朝人以敏銳的感知，完成了品鑑美學，使脫離禮教後飄搖的天人觀有了新的落定之位。

人物品鑑影響美學層次有四：

1. 清。以「清」爲核心的審美精神，代表著中國文人士大夫的精神追求從規矩、質實走向追求重情重韻，從重人倫教化的功用，轉而重追求「滋味」、「風骨」的審美體驗。〔註49〕

2. 逸。由「清」衍生出的瀟灑風度是「逸」，《世說新語・容止》三十則謂王右軍「飄若遊雲，矯若驚龍」，配之以王右軍冠絕千古的書法，其風神幾乎成爲時代的標誌，袒腹東床、高談名理的魏晉名士給我們的印象是放蕩不羈，而蘭亭技法留下的是更多的體察入微，這就是意境的立體感。〔註50〕

3. 雅。在容貌上六朝人不但愛「形貌既偉」，也愛「雅懷有概」。〔註51〕文人一邊俗於奢靡，一邊又雅於清談，結果視域中所有的俗物，都可以成爲文人逍遙清暢的依傍，避政爭可以竹林暢遊，厭惡之物可以杯酒釋懷，〔註52〕人情的雅化爲文風追求的雅，形成「情以物興，義必明雅」（《文心雕龍・詮賦》）的文學主張。

4. 麗。《世說新語》敘述了一個風神秀麗的文人典型，欣賞人的

〔註49〕參李春青《魏晉清玄・釋清》台北：雲龍出版社1995年3月初版，頁45。

〔註50〕陳振濂《歷代書法欣賞・撲朔迷離說蘭亭》台北：蕙風堂筆墨有限公司2001年10月一版五刷，頁37。

〔註51〕梁・劉義慶撰，劉正浩等注釋《世說新語・容止》二一則：「周侯說王長史父：『形貌既偉，雅懷有概，保而用之，可作諸許物也。』」台北：三民書局，2005年5月初版六刷，頁564。

〔註52〕梁・劉義慶撰，劉正浩等注釋《世說新語・雅量》四十則：「太元末，長星見，孝武心甚惡之。夜，華林園中飲酒，舉桮屬星云：『長星，勸爾一桮酒！自古何時有萬歲天子？』」台北：三民書局，2005年5月初版六刷，頁318。

美，襯托人物美的景致之美也連帶受到重視，而表現這些美的藝術文字也跟著發展了起來。《文心雕龍》要求「麗詞雅義，符采相勝」，篇章中亦多有關修辭的探討，成爲文學理論中修辭學之祖；《詩品》雖認爲辭采不宜過度追求縟麗，但所列爲上品者，無不典麗華采。

魏晉人正是這樣把人融入自然中，當作一種藝術品來鑑賞。顧悅對簡文稱自己何以同年而髮早白時曰：「蒲柳之姿，望秋而落；松柏之質，凌霜猶茂。」〔註53〕分明在欣賞人的風神韻致之美的同時，已將自然山林含納入賞鑑的規模意識中，從而進一步欣賞自然山水之美，而後山水逐步擺脫了人物成爲詩畫中的主角，山水詩、山水畫於焉誕生，六朝的寓目美學正是由此一途徑一步步開啓。

二、人物相擬——由巧語見美學

中國歷史上，從沒有一個時代像六朝那麼講究美，那麼重視文采。《文心雕龍・情采》云：「聖賢書辭，總稱文章，非采而何？」萬物之美原就存在，而六朝人以特有的眼光將之提出，成爲一種審美的認識。《文心雕龍・原道》云：

> 龍鳳以藻繪成瑞，虎豹以炳蔚凝姿：雲霞雕色，有踰畫工之妙，草木賁華，無待錦匠之奇。夫豈外飾，蓋自然耳。〔註54〕

六朝人以嶄新的美學體認，把美當作是自然本質，所有美的事物互相融合滲透的結果，使得美學空前的發展：以物象之美烘托人物，以人物之美肖貌天地，美成爲文學藝術所追求的至高價值，文學上修辭之空前發展，文藝理論之蓬勃興盛，文藝地位之日漸獨立，皆與美之獨立價值提升有關。

所有的美可融入天地物象之中而渾成一種知覺，所以對於體貌之美，可以不採客觀寫實的描述，而採取一種譬喻的、想像的語言，例

〔註53〕梁・劉義慶撰，劉正浩等注譯《世說新語・言論》第五十七則，台北：三民書局，2005年5月初版六刷，頁572。

〔註54〕梁・劉勰《文心雕龍・卷一・原道》台北：世界書局1984年4月五版，頁1。

如《世說新語·容止》描寫嵇康「巖巖若孤松之獨立」、「傀俄若玉山之將崩」、「肅肅如松下風，高而徐引」，均不重在容貌具體的直描，而是經由形象來引發觀賞者產生想像的美感。〔註 55〕

六朝文章語言用辭之精麗富豔，最明顯的是對人物的描述，往往在敘述人物時，就會感受到擬人化的自然風物，而敘述自然山水時，也會細膩地投射人格，這種文學風潮與文學思想、美學思想連動反映的結果，使得自然風物在六朝文藝領域中，終於突破了《詩經》、《楚辭》以來山水始終處陪襯的現象，本段即以六朝文章用語，來透視其美學的發展。

（一）以物象之美比擬人物

六朝的文學喜以物象之美比擬人物，最明顯的是在《世說新語》中對人物的描述。〈容止〉篇以描寫人物容貌舉止爲主，三十九則中以物象擬人者即占了廿一則，例如三十則稱王右軍瀟灑神儀「飄若遊雲，矯若驚龍」，三十五則稱會稽王司馬昱神采氣度「軒軒如朝霞舉」，三十九則歎王恭姿美貌好爲「濯濯如春月柳」，〈賞譽〉篇有王右軍道劉眞長「標雲柯而不扶疏」之語，其餘〈言語〉〈品藻〉等亦多有相類的比擬。

《世說新語》用作題目的自然物體品類繁多，禽鳥、草木、日月等自然界中一切美的物色，都被魏晉人借來品題模擬人物風貌神采。大體言之，用以比擬人物的喻依可分爲三類：

1. 具象的自然物

《世說新語》用自然物喻人者，多敘其秀美卓然風神，所取自然物也爲美的物事，像春柳、雲霞、日月等的美直接可映入人心，若加上對自然物的形容，也多能使人望而知義。如「孤松」，松的形象高大聳立，象徵卓然不群，歲寒後凋象徵正不苟容，這些特質已成爲固

〔註 55〕陳昌明《六朝文學之感官辯證·感官隱喻與聲色追求》台北：里仁書局 2005 年 11 月，頁 133。

定符號，若加上「孤」的形容，則又顯出其傲然不群，令人敬畏的矜持。〈容止〉第五則山濤以「巖巖若孤松之獨立」形容嵇康，以孤松來喻其高峻之性格。

又有將兩種以上的自然物搭配，即便不加以描繪其特色，而組合出的形態卻造就出不言可喻的意象。如「野鶴」與「雞群」之搭配，人喻嵇紹如「野鶴之在雞群」，〔註56〕自可知嵇紹之特立卓犖的器宇。〈容止〉十七則稱王敦處眾人中似「珠玉在瓦石間」亦然。

又如「巖下之電」，幽暗的巖與閃亮的光，兩相對比，形容裴楷、王戎精神矍爍，雙眸閃閃如電。〔註57〕亦是以兩物之對比形容出人物風神。

其外有將兩物相與互動而模擬出人物抽象姿態者，如〈容止〉第三：

魏明帝使后弟毛曾，與夏侯玄共，坐時人謂「蒹葭倚玉樹」。〔註58〕

蒹葭雖然在《詩經》有極美的呈現，《詩經·秦風·蒹葭》甚至被譽爲「〈秦風〉十篇之翹楚」，〔註59〕一聞蒹葭，美感即出，但畢竟爲普通常見的草，與傳說中的「玉樹」不可同日而語，二者對比以評出毛曾、夏侯玄二人的風致有天壤之別。

這些用以形容人風姿的巧妙用詞，把自然和人的面貌意態做了動人的連結，在《世說新語》中多得不勝枚舉，是文學史上前所未見的

〔註56〕梁·劉義慶撰，劉正浩等注譯《世說新語·容止》第十一則，台北：三民書局，2005年5月初版六刷，頁559。

〔註57〕《世說新語·容止》第六則：「裴令公目王安豐『眼爛爛如巖下電。』」台北：三民書局，2005年5月初版六刷，頁557。《世說新語·容止》第十則：「裴令公有儁容姿，一旦有疾至困，惠帝使王夷甫往看。裴方向壁臥，聞王使至，強回視之。王出，語人曰：『雙眸閃閃若巖下電，精神挺動；體中故小惡。』」台北：三民書局，2005年5月初版六刷，頁559。

〔註58〕梁·劉義慶撰，劉正浩等注譯《世說新語·容止》三十則。台北：三民書局，2005年5月初版六刷，頁571。

〔註59〕余培林《詩經正詁》上冊，台北：三民書局1993年10月，頁353。

現象。

2. 抽象的超自然物象

在追求人格風貌之美的六朝人眼中，自然萬物的美還不足以表達他們對人格風貌之美的崇尚，有時還須借助超自然的喻依來作爲題目，像「矯若驚龍」〔註60〕、「瑤林瓊樹」〔註61〕就非凡間物事，在〈容止〉第三十則用以形容王右軍之瀟灑雄健，有時甚至乾脆以「神仙中人」〔註62〕來形容，這類的比喻延伸了想像的空間，更表現出六朝人對人物風神的追求。

亦有以自然物之非自然變動來形容者，如〈容止〉第四則以「日月之入懷」形容夏侯玄爽朗磊落之性格、「玉山之將崩」形容李豐危言危行；以人縱橫改變自然現象之語以形容風采，如「撥雲以見日月」；或以誇大與自然物對應之詞來形容，如〈政事〉第十九描寫令史受杖時「上捎雲根，下拂地足」，表現桓溫不以威刑肅物的寬和。

這些描寫在寫實的基礎上做了浪漫陳述。《楚辭》中誇誕的描寫，自然景物的呈現固然浪漫，但基本上閱讀完全接受其爲超現實的玄想，而《世說新語》對人物的描寫並非超自然的玄想，而在如實的描實中延展了想像，使自然與人物的對應更爲密附，這是文學上一項很大的突破。

3. 人與景物相與動發

《世說新語》中亦有白描人物，又以收攝全景爲人物做襯托，而能引發美的聯想者。景物或爲動態，或爲靜態，要之，人物的風神藉由景物更有清楚的呈現。

〔註60〕梁・劉義慶撰，劉正浩等注譯《世說新語・容止》第十一則。台北：三民書局，2005年5月初版六刷，頁559。

〔註61〕梁・劉義慶撰，劉正浩等注譯《世說新語・賞譽》第十六則：「太尉（王衍）神姿高徹，如瑤林瓊樹，自然是風塵外物！」台北：三民書局，2005年5月初版六刷，頁360。

〔註62〕梁・劉義慶撰，劉正浩等注譯《世說新語・容止》第廿六則：「王右軍見杜弘治，歎曰：『面如凝脂，眼如點漆，此神仙中人！』」台北：三民書局，2005年5月初版六刷，頁569。

（1）**動態之襯托，如〈言語〉五十五則：**

桓公北征經金城，見前爲琅邪時種柳，皆已十圍，慨然嘆曰：「木猶如此，人何以堪？」攀枝執條，泫然流淚。〔註63〕

文中一豪將在北征前，見少時所植柳，撫今追昔，嘆人生短促，竟流下感傷之淚。英雄落淚，十分動人。文中以柳之粗老來感慨人生之介質，更以英雄攀枝的畫景襯出對衰老的感傷。景與情的融合使得人生短促之慨更具感染力。

（2）**靜態之襯托，如〈言論〉第九十八則：**

司馬太傅齋中夜坐，于時天月明淨，都無纖翳：太傅歎以爲佳。謝景重在坐，答曰：「意謂乃不如微雲點綴。」太傅因戲謝曰：「卿居心不淨，乃復強欲滓穢太清邪？」〔註64〕

天明月淨，自是「干卿何事」的存在景致，「不如微雲點綴」之語道出了謝景重的美學意識：「偶有蔽遮」較「了無纖塵」爲美，而司馬道子竟可由物及人，把天空與人心之做了連結，可謂即景發揮，隨性賞玩。

景物亙古即存在，六朝特能道出其美，並能精準道出其動人之處，乃因能隨物而搖蕩心魂，鍾嶸《詩品》說：「氣之動物，物之感人，故搖蕩性情，形諸舞詠。」劉勰《文心雕龍．物色》說：「物色之動，心亦搖焉。」心隨物而搖蕩，故看人物風采能以極巧妙的語言道出自然與人事的相關連性。

（二）以山水之美烘托人物

魏晉人不但能以巧言妙語運用自然花樹草木比擬人，且能擴而以整個山川風物之美來比擬人物之美。

魏晉人品賞人物之美，由人及物，也開始把美的欣趣投向自然山水，左思〈詠史詩〉「左眄澄江湘，右盼定胡羌」，在歌詠心志同時把

〔註63〕梁．劉義慶撰，劉正浩等注譯《世說新語．言語》台北：三民書局，2005年5月初版六刷，頁83。

〔註64〕梁．劉義慶撰，劉正浩等注譯《世說新語．言語》台北：三民書局，2005年5月初版六刷，頁116。

江湖納入胸懷，王羲之在感懷人之相與，感懷脩短隨化的同時，也把目光觀照在「崇山峻嶺，茂林修竹」、「清流激湍，映帶左右」之景。魏晉人已把對於山水的觀賞融合於生活之中，而且將自然山水的特性與文學藝術結合，形成魏晉人的自然山水審美觀。例如孫綽〈蘭亭詩序〉：「振轡於朝市，則充屈之心生；閑步於林野，則遼落之志興。」完全扣合仕人與自然間的互動關係，並把興趣和注意力從官場從城市轉向山林。不但屢借山水化其鬱結，並發現人物之容貌與姿態氣質，可與山水相似的特質相互比擬，顯現出一種更爲遼闊的氣象。

此類比擬有以下兩種：

1. 以山水襯托人物者，如《世說新語・容止》三十三則

> 王長史爲中書郎，往敬和許；爾時積雪，長史從門外下車，步入尚書省。敬和遙望，歎曰：「此不復似世中人！」

積雪遍地，天地蒼茫中，人的微行步履豈不是太渺小了！若只著眼於整個蒼茫然天地，未必涉人文；若只著眼於長史之步履，則與雪景無涉，即便有所關連，亦顯得渺小無奇。而王敬和以全景收攝的觀點，作出「此不復似世中人」的感歎，此中正道出一美學觀點：物貌的具體姿態，不僅僅取決於自然形象，同時也取決於審美者的觀察點。王濛步於蒼茫雪景中，雪景襯托著王濛鮮麗華服，此番風采美若仙境，與王敬和的心靈的空間交觸，方才迸發出此一美感。

2. 以山水襯托懷抱者，如王羲之〈蘭亭集序〉

> 天朗氣清，惠風和暢。仰觀宇宙之大，俯察品類之盛，所以遊目騁懷，足以極視聽之娛，信可樂也。……向之所欣，俯仰之間，已爲陳跡，猶不能不以之興懷，況脩短隨化，終期於盡，古人云：死生亦大矣，豈不痛哉！

王羲之一方面客觀表現出對會稽山陰之美的審美享受，一方面也表達了主觀審美的體驗，「因寄所託」，由山水而及於人生脩短隨化的感慨，兩方面的融合，形成一種「興懷」之作。以會稽山陰山水之美，烘托一群文士雅集的逸興。

同時間孫綽的〈蘭亭集序〉亦有相類之慨：

> 以暮春之始，禊於南澗之濱，高嶺千尋，長湖萬頃，隆屈澄汪洋之勢，可謂壯矣……和以醇醪，齊以達觀，泱然兀矣，焉復覺鵬鷃之二物哉！〔註65〕

借一處山水，託宇宙感慨，魏晉人觀覽山水，常「遊目騁懷」，將目之所見與心之所懷融爲一作，其中所述山水之美極盡美詞佳句，而心靈之美遂亦隨之而見。

（三）山水與人格同化

目所遊歷之景所以會成爲文人騁懷的題材，乃因自然景物與文人心靈人格有同形同構的現象。所謂同形同構，是指客觀自然物象的秩序同主觀內在心靈世界的秩序，在形式結構上有一種對應相稱的關係，每當外在世界出現一種美境時，即喚起內在心靈的醒覺，或是主體實際生活體驗喚起了曾經眼見或想像的物象，而在經驗中作了連結。例如《詩經．小雅．采薇》「昔我往矣，楊柳依依；今我來思，雨雪霏霏」，即自然景物與心靈同形同構者，楊柳的青綠與雨雪的蒼白對比，恰與心境今昔對比同形同構，於是人情便以物象來顯現，形成了經驗上一絕美的示現；又如孔子所言「歲寒然後知松柏之後凋也」，即自然景物與人格同形同構者，松柏不凋與亂世不改操守的人格同形同構，人格遂以物象來類比。

任仲倫《遊山玩水——中國山水審美文化·中國山水的審美價值》云：

> 自然山水的人格化，表現在當人們對自然山水進行審美觀照時，往往依據自然山水景物的特定形態和特性，從各個角度聯想和體驗人格的比托。〔註66〕

又云：

〔註65〕孫綽〈三月三日蘭亭詩序〉載鬱沅、張明高編《魏晉南北朝文論選》北京：人民文學出版社1996年10月一版1999年1月一刷，頁97。

〔註66〕任仲倫《遊山玩水——中國山水審美文化．中國山水的審美價值》台北：地景企業公司1993年6月，頁128。

> 這種自然山水的人格化，還演變爲人情化，即以自然山水景物來對照或比託情感或情緒。……直至今天，山水審美與藝術審美的實踐，循此思路者屢見不鮮，而且形式與內涵日益豐富，並且構成一種集體無意識的實踐行爲。〔註67〕

這些人情化的山水或自然化的人情，在六朝的文學作品中特別常見，原因就是文士們以視覺品鑑人物時，覺察到到一種與自然山水面貌相通的聲息，於是對自然山水景觀與人格品德之間同形同構關係就會自覺或不自覺地去把握。

不論是理性上對人格的認知，或感性上對情感的抒發，六朝人把人情自然化或山水人格化的現象，都顯現出一種欣趣，觀人，則有自然的風神，觀物，則有人格的情意，觀理，則有宇宙的規律：

1. 觀人見自然風神

《世說新語·任誕》廿五則，有人譏周顗言戲穢雜無檢，周顗曰：「吾若萬里長江，何能不千里一曲？」以爲小節無傷大德，坦然以長江萬里終亦有曲自喻，一方面見其並不文過飾非的自信，一方面也見其以自然風神自喻的才思。

又如《世說新語·賢媛》三十則，一名爲濟尼者稱頌謝道韞（王夫人）與張玄妹（顧家婦）曰：

> 王夫人神情散朗，故有林下風氣；顧家婦清心玉映，自是閨房之秀。

以林下之風氣喻謝道韞，自是以林木山間之氣與謝道韞蕭散明朗的氣質相通，此即自然與人格同形同構。「清心玉映」雖也喻人品性之佳，比起「林下之風」的山水之喻，氣格上總是不如。

2. 觀物見才性情意

從觀物象的角度，可以看出人格的情意心境。如《世說新語·黜免》第八則記桓玄敗後，殷仲文任大司馬，心情起伏不定，不若往昔

〔註67〕任仲倫《遊山玩水——中國山水審美文化·中國山水的審美價值》台北：地景企業公司1993年6月，頁129。

之意氣風發，見廳前一老槐樹，歎曰：「槐樹婆娑，無復生意。」事實上「無復生意」的是他自己。《晉書・桓玄傳》記殷仲文本從桓玄作亂，及桓玄兵敗，即改投義軍，但在任大司馬諮議，不得總攬朝政的失望心情中，把枝葉扶疏視作是「無復生意」，其視界語言正是其心境之投射。

除了觀物象角度可見氣度心境外，人格與自然更可涵融一體，山川景物能蘊育人格才性。不能以順處逆的殷仲文，不滿於不能攬政，只被派任東陽郡太守，上任經富陽時，見壯麗山川，竟慨嘆：「看此山川形勢，當復出一孫伯符。」〔註68〕其實，山川壯麗干人才何事？六朝人從山川景物卻見到地靈與人傑的關係。秀水靈山可蘊育出靈秀人才，壯山濶水可培養出雄健英豪，殷仲文以爲壯麗山川當出縱橫天下之奇逸人才，對自然風物甚具敏銳度，只是言語中隱約以孫策第二自居，正可預見其日後鋌而走險，而走上謀反的不歸路的結果。

壯濶的江山能蘊育出偉岸的人才，屈原正是明證。楚騷之使中國詩歌「由正轉奇」，〔註69〕在文學長流中產生一次巨湍洪流，亦可說是江山的蘊育。劉勰《文心雕龍・物色》中認爲屈平所以能洞監風騷之情者，實乃江山之助，因爲「山林皋壤，實文思之奧府」。在其文論中不再止於詠嘆而已，進而把山水景物與人格才性的關係，做了更深度的分析。

3. 觀理見宇宙規律

除了以自然物擬人，或以人情鑑賞自然，更有江山風物帶來文思情理者，劉勰《文心雕龍・物色》析之詳審：

> 物色之動，心亦搖焉。蓋陽氣萌而玄駒步，陰律凝而丹鳥羞，微蟲猶或入感，四時之動物深矣。若夫珪璋挺其惠心，英華秀其清氣，物色相召，人誰獲安？……歲有其物，物

〔註68〕梁・劉義慶撰，劉正浩等注譯《世說新語・黜免》第九則，台北：三民書局，2005年5月初版六刷，頁572。

〔註69〕施筱雲《文心雕龍・辨騷研究》玄奘大學92年碩士論文，頁24。

有其容；情以物遷，辭以情發。

物色動人，文人見自然山川之秀，心隨而感發，所謂「情以物遷」，本就是文章構思的牽動因素之一，靈感來自自然風物之動，才性的培養也與山川風物息息相關，六朝人不僅從自然風物中體會自然生發之理，更從自然的遞變中感知人情事故消長之理。

如徐幹（171～217）《中論・藝紀》云：「藝者德之枝葉也，德者人之根幹也。……木無枝葉則不能豐其根幹，故謂之瘣；人無藝則不能成其德，故謂之野。」。〔註70〕自然物事的規律與人之才性相仿，了解其中同形同構之處，即能簡筆道出人事巧妙處。

王羲之〈蘭亭集敘〉從「仰觀宇宙之大，俯察品類之盛，所以遊目騁懷，足以極視聽之娛」，可以引出「情隨事遷，感慨係之」的人情，再引發出「脩短隨化，終期於盡」的宇宙規律，而發「死生大矣」的感嘆。

不論人情或事理，自然界山川風物每每牽動文人的靈思奧府，愈是千迴百轉之川澤，愈是讓文人靈感噴薄；愈是千變萬化的景緻，愈是教文人情懷九轉迴盪。在自然山川感召之下，六朝人幾乎是法抵拒這樣的牽動！不論是以聯想或移情的方式，都能融化自然景物與文人才性情思之間的心理途徑。這種融化不僅如《楚辭・橘頌》中橘「受命不遷生南國」的外象精神，與詩人「蘇世獨立橫而不流」〔註71〕的對應而已，而是以一種精準的、細膩的美學析理，使文人的文采、哲思、情感、道心完全交融於自然風物。因之六朝文人的文采是前所未有的豐富，情感是前所未有的曲折，如江南風物一般美不勝收。

總之，自然山川之美的描述不斷湧進六朝人的言語文字中，觀賞主體經常在與山水交觸中喚起特定的情感，又從而勾連起人格的外在

〔註70〕徐幹〈中論・藝紀〉載郁沅、張明高編《魏晉南北朝文論選》北京：人民文學出版社 1999 年 1 月一刷，頁 50。

〔註71〕宋・洪興祖《楚辭補註・卷四・橘頌》藝文印書館 1986 年 12 月七版，頁 256。

比託，遂把主體的人格追求和理想的敘述，移託於自然山水景觀中，使山水情感化，人格也自然景物化了，使得王國維《人間詞話》所云「一切景語皆情語」的現象首度在文學史中出現。徐復觀《中國藝術精神》云：

> （六朝）人對自然的品藻也和當時對人的品藻一樣，要用一番美地意識的反省，以求在第一自然中發現出第二自然。〔註72〕

所謂第一自然指山水物象，而第二自然指的是人們所把握到的美的感受。例如顧愷之描述會稽山川之美，是「千巖競秀，萬壑爭流」，「千巖」、「萬壑」是第一自然，而「競秀」、「爭流」是第二自然，第二自然是一種擬人，是透過人的審美意識得到的感受；又如《世說新語·容止》三十三，王敬和遙望王濛雪中步履，謂「此不復爲世中人」，北風積雪中王濛步行是第一自然，是視覺的交觸形象，而「不復爲世中人」那宛若神仙的清韶氣韻，則是透過人的審美意識所得到的感受。徐復觀謂「美只能成立於此第二自然之上」，〔註73〕第一自然與第二自然的連結是文學美學上的一大超越，它意味著美學意識的抬頭。

三、寓目寫心——寓目美學的開啓

劉熙載《藝概》有云：「文章蹊徑好尚，自莊列出而一變，佛書入中國又一變，世說新語成書又一變。」莊子對文學的影響在於形象化的語言、奇詭的想像，佛書入中國，使文學開拓了新的領域，而《世說新語》對文章好尚影響，則顯現在對視覺美的開發。

《世說新語》記載從漢末到魏晉的名士軼聞瑣事，語言雋永，比喻生動，形象豐富，對人物神情風貌的品評，更表現一種高度的直覺

〔註72〕徐復觀《中國藝術精神·魏晉玄學與山水畫的興起》台灣學生書局，1998年5月初版十二刷，頁235。

〔註73〕徐復觀《中國藝術精神·魏晉玄學與山水畫的興起》台灣學生書局，1998年5月初版十二刷，頁235。

力。他們評論人物有時固因交往日久而知審深詳，也有許多的時候是憑一時視覺交觸形成的感知，或是一種直覺，這種憑視覺感知而引發的審美欣趣，甚至會形成一種公眾話題，其初始目的是評判人物才性，後則形成爲寓目美學。

六朝人重視覺美感的欣趣，從後漢已可見出端倪，蔡邕（132～192）〈筆論〉云：「欲書先散懷抱，任情恣性，然後書之。」〔註 74〕任情恣性就是一種藝術自覺，強調文學藝術要從實用中擺脫出來，不論有用無用，要直接以創作者的情懷切入，不拐彎抹角，這必然需要直覺的智慧和敏感度。

中國第一本品評人物的書籍是三國劉劭的《人物志》，以系統化方法品鑑人物，對人先天的才性，人格的善惡優劣，賢不肖、愚智、貴賤、雅俗等，都有深刻的品鑑標準。外在來說，是教人「知人」、「用人」之道，是實用的目的，爲治國安邦的關鍵所在；內在來說，是觀人察性，開啓了人格美學原理與藝術境界。而要識透人的性情精神，沒有直覺的智慧是做不到的。後來到《世說新語》觀人的直覺性則愈來愈強，形成美學上重要論題。

當然這種寓目感知的直覺判斷，亦有引來非議者，主要因後漢的清議著重於道德評判，至魏晉卻演變爲間接的以自然物色爲喻的形象描繪，以致形成晉人葛洪（283～362）《抱朴子・外篇》所指責時人品人題目重形輕神的狀況，且有名實不符之弊，北朝顏之推《顏氏家訓》甚至將魏晉名士批評爲「下士竊名」、「厚貌深奸」、「浮華虛稱」。〔註 75〕這些負面的批評有一定程度的眞實性，也相當程度指出當時重形貌的現象是一種流行，此無關乎對錯是非，但對文學藝術的發展必然有其影響。

〔註 74〕蔡邕〈筆論〉載張少康、盧永璘編《先秦兩漢文論選》北京：人民出版社 1996 年 5 月一版，頁 654。

〔註 75〕顏之推《顏氏家訓・卷四・名實》程小銘譯注，台北：五南出版社 1996 年 8 月初版一刷，頁 228。

（一）形色照面的視覺評斷

《世說新語》記人物品題，所用的動詞多有「目」、「見」、「睹」、「觀」、「望」等一類的詞，這些詞有「觀照」、「感知」之義，每一次「目」的動作都是一次審美活動。如〈容止〉第四則「時人目夏侯太初『朗朗如日月之入懷』，李安國『頹唐如玉山之將崩』」，主體與客體交觸，以「重言」加「題目」作爲審美判斷的結論。李建中《魏晉文學與魏晉人格・風姿特秀》云：

> 在「目」的兩端，主體並不負有徵辟察舉之責，客體亦不存干謁求官之想，「目」之雙方，是一種自然的因而也是頗具美學意味的交流，是一種人格、心靈、精神的溝通，是人格美的表演與對人格美的發現。〔註76〕

這種純粹從美的角度看人的方式，使得人幾乎成爲一部「活的藝術品」，〔註77〕所謂「活的藝術品」指其不僅具備了形象之美，也具備了形象背後的精神意涵。當人的形體姿容走進了品賞者的眼界時，往往引發生命的深層的感動，如王右軍見杜弘治，除了歎其「面如凝脂，眼如點漆」之外，也以「神仙中人」的讚美，〔註78〕加深了美感的深度，由面貌之美延伸至風姿的層次。又如桓溫稱企腳在北牖下彈琵琶的謝仁祖「自有天際眞人意」，〔註79〕由儀態風姿之美加深其內涵深度，並擴大其縱深，把整個天地宇宙做爲品賞時的背景。二者均把眼界照面的具體形象作了一更具內涵的判斷。

這種美感判斷不僅在士大夫中出現，就是在村夫樵父亦有此種美感直覺。《晉書・嵇康列傳》：「康嘗採藥遊山澤，會其得意，忽焉忘

〔註76〕李建中《魏晉文學與魏晉人格・風姿特秀》湖北：教育出版社 1998 年 9 月一版一刷，頁 145。

〔註77〕陳昌明《六朝文學之感官辯證》台北：里仁書局 2005 年 11 月，頁 135。

〔註78〕梁・劉義慶撰，劉正浩等注譯《世說新語・容止》第廿六則。台北：三民書局，2005 年 5 月初版六刷，頁 569。

〔註79〕梁・劉義慶撰，劉正浩等注譯《世說新語・容止》第卅二則。台北：三民書局，2005 年 5 月初版六刷，頁 571。

反，時有樵蘇遇之，咸謂神至。」〔註 80〕可見這種來自視覺照面的美感判斷，是六朝時代極普遍的現象，由整個時代的烘襯，使六朝的視覺美學顯得極豐富。

陳昌明《六朝文學之感官辯證・感官隱喻與聲色追求》云：

> 人物的容姿訴諸的是視覺官能，而審美知覺的第一步亦往往從視覺感官開始。〔註 81〕

對人物的欣賞爲形色照面最直接的感知，是從人物的姿容出發，此成爲開啓六朝寓目美學的第一個媒介，其他所有與視覺相關領域的美學也陸續成爲美學史上被探討的材料，像山水的美、物態的美，不斷與人物的美融合。施昌東〈山水何以美〉云：

> 在欣賞和觀照山水花鳥之美的時候，並不自覺地想到人的生活美，而遊目賞心，感到愉悅，但這經過仔細地考察，畢竟是可以覺察得出他所感到美的愉悅的由來實際上正是那山水花鳥的形象具有與人的生活美類似的特徵。〔註 82〕

《世說新語・文學》四八則「殷謝諸人共集。謝因問殷：『眼往屬萬形，萬形入眼不？』」劉孝標注：「眼不往，形不入，遙屬而見也。」眼不往則形不入，美感恰是眼與形之互用相生的結果。〔註 83〕

這種萬形入眼的美感判斷可分爲三種類別：

1. 美的直覺判斷

當目之所及，眼下所觸，立即心生判斷，如顧長康形容江陵城「遙望層城，丹樓如霞。」，是以比喻行之，形容會稽山川之美，則云「千巖競秀，萬壑爭流，草木蒙籠其上，若雲興霞蔚」，是一種印象主義，

〔註 80〕《二十五史精華・亨・晉書嵇康列傳》讀者書店 1978 年 1 月一版，頁 84。

〔註 81〕陳昌明《六朝文學之感官辯證・感官隱喻與聲色追求》台北：里仁書局 2005 年 11 月，頁 119。

〔註 82〕施昌東〈山水何以美〉載《山水與美學》台北：丹青圖書公司 1987 年 1 月，頁 54。

〔註 83〕《世說新語・文學》第四八則。劉正浩等注譯《世說新語》台北：三民書局，2005 年 5 月初版六刷，頁 189。

把印象中的景物以誇大的詞語呈現，「千巖」、「萬壑」是以虛數表現其多。《世說新語・言語》九一則王子敬云：

> 從山陰道上行，山川自相映發，使人應接不暇：若秋冬之際，尤難爲懷。〔註84〕

山川相映，好景不斷映入眼簾，尚來不及品味其美，另一景又隨之映照，猶如橫幅畫軸，山水景物不斷展開示現，使人「應接不暇」，爲直覺判斷。

2. 結合想像的判斷

當美景映入眼，使人心融理暢，除由於繽紛色彩、絢麗線條、清秀畫幅外，或由觀賞者經驗學養，而別有聯想。如《世說新語・言語》七四則：

> 荀中郎在京口，登北固望海云：「雖未睹三山，便自使人有凌雲意：若秦、漢之君，必當褰裳濡足。」〔註85〕

京口望海，海與雲之意態同構，均具波動之勢，且高處俯瞰，令人心神曠放，思慮不自意往遠處延伸。空間的延伸，令人有凌雲意；時間的延伸，令人作神仙想。歷史上求仙之帝王也朝想像中走來，若其還在，必謂此爲仙鄉而褰裳濡足了。

3. 精神擬態的判斷

山水景物令人產生美的愉悅，往往因自然景物與人的姿容情態可互爲通神者。如《世說新語・言語》九十則：

> 車武子難苦問謝（謝安、謝石），謂袁羊曰：「不問，則德音有遺；多問，則重勞二謝。」袁曰：「必無此嫌。……何嘗見明鏡疲於屢照，清流憚於惠風？」〔註86〕

〔註84〕梁・劉義慶撰，劉正浩等注譯《世說新語・言語》台北：三民書局，2005年5月初版六刷，頁110。

〔註85〕梁・劉義慶撰，劉正浩等注譯《世說新語・言語》台北：三民書局，2005年5月初版六刷，頁98。

〔註86〕梁・劉義慶撰，劉正浩等注譯《世說新語・言語》台北：三民書局，2005年5月初版六刷，頁109。

清流因惠風而作波光瀲灩之態，惠風因清流而有具體感觸的呈現，清流固不憚於惠風，方家因學子之問而得以德音流衍，豈懼憚之有！此二者亦正有同構之態，故自然景物常成爲人事擬態之類比。

六朝人在讚美山水的美、物態的美的同時，往往結合著想像，所以所有的美都可看作人的精神擬態。當阮籍歌詠著「木槿榮丘墓，煌煌有光色」、「蟋蟀吟戶牖，蟪蛄鳴荊棘」〔註87〕的同時，其實就是感嘆生命的短促。木槿花的朝生夕死，蟪蛄的三日生物，固是感嘆的根由，而丘墓、荊棘的與此二物的組合，更使得此一寓目經驗形成一特殊的美學體驗。

（二）由寓目到感心

美感雖爲眼與形互用相生的結果，然若心無所動，則美感亦無由產生。所以精確地說，視覺之美是由寓目到感心的過程。魏晉人識鑑人物是形神兼重，甚至好神情比好姿容重要。同樣，在賞玩山水時，山水之神亦較姿容形貌重要，而山水是否有神當由山水寓目是否能引發感心爲則。

由於鑑賞山川時，主體的感悟深度是美的關鍵，故主體的感官追求在六朝時就顯得格外突出。陳昌明《六朝文學之感官辯證·序》云：

> 文學創作乃外在事物經感官的攝收，在自己心中進一步鎔鑄雕琢，形成統一而完整的形象，那是需要心意的錘鍊……心理的意向，往往決定了感官接納世界的方式。〔註88〕

美感來自感官對外在事物的攝收，而感官接納世界的方式來自心理的意向，故感官的攝收是美感的第一線，六朝人由於對美的品味超越前代，對感官的追求也顯得特別敏銳。感官的追求可以是對奢華的貪婪，對物慾的渴望，是生命的沉淪；但在文學領域中，對音韻、色彩、

〔註87〕《阮籍詩文集·詠懷詩七十一》台北：三民書局2001年2月初版一刷，頁388。

〔註88〕陳昌明《六朝文學之感官辯證·序》台北：里仁書局2005年11月，頁6。

情味、形象的精準而細膩的把握，卻也需要感官的極度追求，美感經常是感官的快意轉化而來的另一層次。六朝人不論是思想方面的玄學清談，文學或生活方面的任誕放縱，甚至於遊心物外，隱逸山水田園，都是感官追求的不同層次的提升，有著超越的性質。

例如陶淵明〈歸園田居〉之五：

悵恨獨策還，崎嶇歷榛曲。山澗清且淺，可以濯吾足。
漉我新熟酒，隻鷄招近局。日入室中闇，荊薪代明燭。
歡來苦夕短，已復至天旭。〔註 89〕

山澗清且淺，寫的是一清新可喜的景致，是寓目之美，而「可以濯我足」是一感心的表達，恰形成一由寓目到感心的歡愉連結；「日入室中暗，荊薪代明燭」是視覺對光影的感受，而與「歡來苦夕短」的感心又形成一知足、喜樂的連結。所有外在的景致，寓目則形成人格的擬態。這種美學經驗實乃經由一寓目景致的刺激，導致心靈上的感受，文人對這樣的感受作出反應，而形成一美學判斷，可視爲「刺激→感受→反應→判斷」的一系列因果關係，所有的美學判斷可以說是「觸賞聊自觀，即趣咸已展」〔註 90〕（謝朓〈遊山〉）的經驗過程。

又如謝朓（464～499）〈暫使下都夜發新林至京邑贈西府同僚〉：

大江流日夜，客心悲未央。徒念關山近，終知反路長。
秋河曙耿耿，寒渚夜蒼蒼。引領見京室，宮雉正相望。
金波麗鳷鵲，玉繩低建章。驅車鼎門外，思見昭正陽。
馳暉不可接，何況隔兩鄉。風雲有鳥路，江漢限無梁。

〔註 89〕《陶靖節集注·卷二》台北：世界書局 1999 年 2 月二版一刷，頁 17。

〔註 90〕原詩：「託養因支離，乘閒遂疲蹇。語默良未尋，得喪云誰辯。幸莅山水都，復值清冬緬。淩厓必千仞，尋谿將萬轉。堅崿既崚嶒，迴流復宛澶。杳杳雲竇深，淵淵石溜淺。傍眺鬱篻簩，還望森柟楩。荒隩被葴莎，崩壁帶苔蘚。鼯狖叫層嵁，鷗鳧戲沙衍。觸賞聊自觀，即趣咸已展。經目惜所遇，前路欣方踐。無言蕙草歇，留垣芳可搴。尚子時未歸，邴生思自免。永志昔所欽，勝迹今能選。寄言賞心客，得性良爲善。」載清．丁福保編《全漢三國晉南北朝詩．全齊詩．卷三》台北：世界書局 1962 年 4 月初版，頁 806。

常恐鷹隼擊，時菊委嚴霜。寄言罻羅者，寥廓已高翔。〔註91〕

《文選》將此詩歸入贈答類，其實這是典型的行旅詩，寫的是宦遊生涯的感嘆。「大江流日夜」是視覺所見，「客心悲未央」則寫視覺所引發的心情，而「鷹隼擊」的動態形象被借爲內心所切念的恐懼意象，借此寫出了謝朓一生無法擺脫的夢魘。由於詩人心理有一既定的意向，所有寓目之景都被抒寫成合於內心意向的形象，因之所有外在景物，皆可鈎動心靈感觸，這其中的鈎連，就形成一種美感意識。

左思〈三都賦序〉云：

發言爲詩者，詠其所志也，升高能賦者，頌其所見也。美物者貴依其本，讚事者宜本其實；匪本匪實，覽者奚信？〔註92〕

「頌其所見」指的是寓目所及的描寫，「詠其所志」指的是心靈所感的抒發；「貴依其本」是美物者頌其所見的原則，而「宜本其實」是讚事者抒發所感的理路。若描景不能依其本，抒感不能本其實，景物不能具象而情志不能眞切，那麼「匪本匪實，覽者奚信」，文章自然不能感動人心。故景物到情志之間，須先有一個具象的轉化方能激動人心，這正是六朝人由寓目到感心間的美學表達，對山川美的意識，已從前朝的比德進至單純形象的欣賞，又從純粹的欣賞進至可以鈎連心靈的敏銳感發。

（三）寓目美學的興起

在六朝以前，山水的美並未被人清楚意識到。《詩經》中的山水景物，與詩人心志並未緊密連結，「蒹葭蒼蒼，白露爲霜；所謂伊人，在水一方」爲一起興之作，霜露蒹葭固造就了一蕭瑟美感，但讀者並不能清楚明曉蒹葭與思念伊人之間是否有一定的連結關係。「南山烈烈，飄風發發；民莫不穀，我獨何害」亦爲一起興之作，讀者也不能

〔註91〕丁成泉輯注《中國山水田園詩集成》湖北教育出版社 2003 年 10 月一版一刷，頁 37。

〔註92〕左思〈三都賦序〉載郁沅、張明高編《魏晉南北朝文論選》北京人民文學出版社 1999 年 1 月一刷，頁 133。

清楚知道南山飄風與思念父母之間的關聯何在，並非詩人不清楚，而是詩人的表達上是以意念與文字的跳接方式而成，較為隱約。《楚辭》的時代亦然：「雖萎絕其亦何傷兮，哀眾芳之蕪穢。」〔註 93〕、「何芳草之早殀兮，微霜降而下戒」〔註 94〕我們看到了一蕭颯的景致，但詩意的表達上，我們看不出詩人對此景有何觀注的眼神，詩人在乎的只是零落、萎絕、蕪穢的感傷。

六朝則不同，詩人描景的同時是全神關注於景致之美，而後才借景引發感受，即便詩人的感受是全詩的主題，景致的帶引也有一定的步驟，不致像兼葭與伊人、南山與父母那樣的看不清理路，也不致像楚辭文句中，令人見情不見景的空蕩。例如前段所引陶淵明〈歸園田居〉之五：

> 悵恨獨策還，崎嶇歷榛曲。山澗清且淺，可以濯吾足。
> 漉我新熟酒，隻鷄招近局。日入室中闇，荊薪代明燭。
> 歡來苦夕短，已復至天旭。〔註 95〕

「崎嶇歷榛曲」「山澗清且淺」是寓目之景，「漉我新熟酒，隻鷄招近局」是實遊之事，正合左思〈三都賦序〉所言「美物者貴依其本，讚事者宜本其實」的原則。由於景物事件都眞實，故詩境具體而豐富。由寓目所見之實景、感官所觸之事實，引發的心靈美感現象，即寓目美學。六朝人不僅在創作實踐中有這樣的呈現，在文論中也有這樣的自覺。

陸機《文賦》首度標出此意識自覺：

> 佇中區以玄覽，頤情志於典墳；遵四時以嘆逝，瞻萬物而思紛；悲落葉於勁秋，喜柔條於芳春；心懍懍以懷霜，志渺渺而臨雲；詠世德之駿烈，誦先人之清芬；遊文章之林府，喜麗藻之彬彬；慨投篇而援筆，聊宣之乎斯文。〔註 96〕

〔註 93〕宋・洪興祖《楚辭補註・卷一・離騷》台北：藝文印書館 1986 年 12 月七版，頁 25。

〔註 94〕宋・洪興祖《楚辭補註・卷四・惜往日》台北：藝文印書館 1986 年 12 月七版，頁 252。

〔註 95〕《陶靖節集注・卷二》台北：世界書局 1999 年 2 月二版一刷，頁 17。

〔註 96〕載郁沅、張明高編《魏晉南北朝文論選》北京人民文學出版社 1999

這段文字由第三句至第八句，句句有景，句句有情。陸機標出創作以「情志」爲主，情志實乃爲文學的基本要素，是自然外物之變與人世的興衰所激發的，所謂情，包括了喜怒哀懼愛惡欲的人情，也包括了與這情感相伴的思想，而且是透過「感物興情」的方式來表達的。〔註 97〕「感物興情」正是六朝寓目美學的立基點，只要有山水景物，士人就有興感之由。

其實自然山水中能作爲人所暗示的東西，多爲美的，六朝之所以較之前朝有強烈的美感自覺意識，乃因六朝人能有意識地「感物興情」，由自然山水興起人生感嘆，而且在自然與人情之間的連結渾化密合，在品藻欣賞和創作中，又一再強調主體要有審美的心胸，要能方寸湛然，而以玄思面對山水，若「世情未盡」則「神明太俗」。〔註 98〕王羲之由於方寸湛然，在面對「崇山峻嶺、茂林脩竹」、「天朗氣清、惠風和暢」之景，心情爲之澄朗，開濶，對人生、對社會、對美的哲學思考也油然而生，遂引發「一死生爲虛誕，齊彭殤爲妄作」、「世殊世異，所以興懷其致一也」的玄理感慨，對自然、人生、藝術的態度，表現了形而上的積極追求，這正是魏晉文學富含玄學的超越精神之所在，許多在文學上能够成一代典型者，往往是即物興感之作。其〈蘭亭詩〉頗能表現出寓目美學的旨趣：

仰視碧天際，俯瞰淥水濱。寥闃無涯觀，寓目理自陳。
大矣造化功，萬殊莫不均。群籟雖參差，適我無非新。〔註 99〕

「寓目理自陳」之句，尤能說明山水進入眼簾後，與人相感相通，

年 1 月一刷，頁 145。

〔註 97〕參陳昌明《緣情文學觀・序說》台灣書店 1999 年 11 月初版，頁 3。

〔註 98〕《世說新語・巧藝》第八則：「戴安道中年畫行像甚精妙，庾道季看之，語戴云：『神明太俗，由卿世情未盡。』戴云：『唯務光當免卿此語耳！』」台北：三民書局，2005 年 5 月初版六刷，頁 649。

〔註 99〕清・沈德潛《古詩源・卷八・晉詩》台北：世界書局 1999 年 1 月二版二刷，頁 117。清・丁福保編《全漢三國晉南北朝詩・全晉詩・卷五》末句作「適我無非親」，台北：世界書局 1962 年 4 月初版，頁 431。

達到物我冥合的心境。而主體在通過觀山觀水的過程中，又得萬殊造化之理。王羲之不僅通過山水來探究哲理，陶冶性情，寄託情感，而且山水對他的書法也影響巨大。梁武帝蕭衍（464～549）和唐太宗李世民曾評價王羲之書法具有虎踞龍蟠的氣勢和雲霞舒卷的風神。〔註 100〕可見文人觀山遊水時，不僅寄情託感、探究哲理，而且能將山水景物中的線條姿態，內化成創作靈思。劉勰《文心雕龍・神思》云：「登山則情滿於山，觀海則意溢於海，我才之多少，將與風雲並驅矣。」正說明了創作神思的關竅，在於與自然山水的交會，由觀看而至於神會，由寓目而至於感心，最後化成了文藝作品，這是文藝創作中寓目美學的內涵。

依此將六朝寓目美學大體列敘三要點：

1. 純粹的形體照面

寓目爲六朝觀人方式之一，常以視覺所觸之感受來直接論斷，而不是看山是山或看山不是山的哲思判斷，且極看重外形之美，對人物的判斷在《世說新語》所述極多。鄭毓瑜《六朝情境美學・觀看與存有》云：

> 寓目爲六朝觀人方式之一，而「默識」則足以成就賞鑑品。在評鑑者與被品賞的對象之間，所進行的無非是一場純粹的形體照面。最明顯的是遇事而發、臨事而顯的容色反應。〔註 101〕

對人物評賞如此，對景物之評賞亦然。眼見所及山水景物往往化爲筆墨詩文，所有外在景物，亦皆可鈎動心靈感觸，性情流溢，由寓目所引。

〔註 100〕蕭衍〈古今書人優劣評〉：「王羲之書字勢雄逸，如龍跳天門，虎臥鳳闕，故歷代寶之，永以爲訓。」；李世民〈王羲之傳論〉：「觀其（王羲之）點曳之工，裁成之妙，烟霏露結，狀若斷而還連；鳳翥龍蟠，勢如斜而反直。」以上分見《歷代書法論文選・上》台北：華正書局 1997 年 4 月，頁 76、頁 109。

〔註 101〕鄭毓瑜《六朝情境美學・觀看與存有》台北：里仁書局 1997 年 12 月初版，頁 133。

2. 文章聲色之大開

沈德潛《說詩晬語》:「詩至於宋，性情漸隱，聲色大開，詩運一轉關也。」性情漸隱乃文章不復載情志義理之墮落，宋齊以後，隱喻生命悲情、形上追求、或理想人格的詩文不復多見，而轉爲雕縟穠麗，充滿聲色之美的詠物聲情之作，感官特性明顯增強，一般史家對此現象略有微詞，但若從「聖賢書辭，總稱文章，非采而何」(《文心雕龍·情采》)的觀點言，雕縟穠麗亦爲文章另一表現方式之進步。劉勰《文心雕龍·時序》云：

> 自宋武愛文；文帝彬雅，秉文之德；孝武多才，英采雲構；自明帝以下，文理替矣。爾其縉紳之林，霞蔚而飇起。王袁聯宗以龍章，顏謝重葉以鳳采，何范張沈之徒，亦不可勝也。

「文理替矣」敘述的是一個「性情漸隱」的現象，而「英采雲構」、「霞蔚飇起」、「重葉以鳳采」是聲色大開的現象，聲色大開，正是寓目美學之起的現象。

3. 意象光潔之聯想

由形象而聲色，寓目之美並非只講形色全無意象，六朝詩文中講求意象之光潔，亦多由寓目所及層層轉化而來。宗白華云：

> 晉人的美的理想，很可以注意的，是顯著的追慕著光明鮮潔，晶瑩發亮的意象。他們贊賞人格美的形容詞像「渥渥如春日柳」,「軒軒如朝霞舉」,「清風朗月」,「玉山」,「玉樹」,「磊砢而英多」,『爽朗清舉』,都是一片光亮意象。……形容自然界的如「清露晨流，新桐初引」。形容建築的如「遙望層城，丹樓如霞」。莊子的理想人格「藐姑射仙人，綽約若處子，肌膚若冰雪」,不是晉人的美意象的源泉麼？〔註 102〕

人與物之相擬，必以明潤光潔出之，意象乃以具體之景物寫抽象之

〔註 102〕《宗白華全集·卷二》安徽教育出版社，1996 年 9 月一版二刷，頁 271。

意，寓目之景即便是平凡之景象，亦被轉為明潔意象，如殷仲堪死後，殷仲文稱他「雖不能休明一世，足以映徹九泉」。〔註103〕桓溫謂謝尚「企腳北窗下，彈琵琶，故自有天際眞人想」。〔註104〕天際眞人是晉人理想的人格，也是理想的美，寓目之美透過聯想、比擬而化為澄澈的意象。這種聯想比擬是一種智與美的合一。唐亦男〈魏晉思潮的特色〉云：

> 魏晉人崇尚道家，自覺到這種「智」與「美」合一的精神，表現在社會上是「品題人物」，表現在思想上是「玄學清談」，而表現在文藝上則是「藝文評鑑」。〔註105〕

所以不論文藝創作或藝文評鑑，寓目美學之興都是六朝文藝發展的極大特色。

第二節　山水清音——山水中見品性，人品中放天眞

寓目美學的發展，使得六朝人特別重視美的事物，美的形貌，美的人格風範，美的景色。由於政治歷經衰亂而偏安，人心亦由憂傷而玄靜而唯美，整個對山水景物的觀感演變，就是文士心態改變的歷程。漢魏詩中，山水不過是襯景，以憂傷為主的情調，經晉宋山水詩的排遣風格而改變了，形成了由玄學的虛靜和佛家之寂照融合而成的審美心態。後聲律大起，山水的描寫愈形精緻，而終走向了純粹客觀寫實的路線。李豐楙〈山水詩傳統與中國詩學〉云：「山水景物的呈現，並非只是寫生式的描摩，而是內在心境的投射，所謂『風景即心境』。」〔註106〕山水詩由襯景、主體之排遣、客觀的描繪這一路線的

〔註103〕梁・劉義慶撰，劉正浩等注譯《世說新語・賞譽》第一五六則。台北：三民書局，2005年5月初版六刷，頁439。

〔註104〕梁・劉義慶撰，劉正浩等注譯《世說新語・容止》第卅二則。台北：三民書局，2005年5月初版六刷，頁571。

〔註105〕唐亦男〈魏晉思潮的特色〉載《第四屆魏晉南北朝文學思想研討會》專題演講，頁9。

〔註106〕李豐楙〈山水詩傳統與中國詩學〉載《中國詩歌研究》台北：中央

衍進，皆由文人主體與山水間之聯繫互動變化而來。換言之，是詩人寄情使山水有美的呈現，而山水文學的表現亦因緣情體物而綺麗、而別有意蘊。葉朗《胸中之竹——走向現代之中國美學．自然景物如何成爲審美對象》云：

> 山水作爲「物」，作爲物理的實在，是客觀的。但山水要成爲審美對象，要成爲「美」，必須要有人的審美活動，必須要有人的意識去「發現」它，去喚醒它，去照亮它，使它從實在物變爲意象，使它包含某種意蘊。這就是唐代大思想家柳宗元說的：「美不自美，因人而彰。蘭亭也，不遭右軍，則清湍修竹，蕪沒於空山矣。」〔註 107〕

無詩人，即無境界可言，六朝山水詩蓬勃發展，完全是緣於詩人感興與覺知，覺知外物的存在，覺知自己與其他外物之間深深相契的內在關聯，特別是與山水景物之間的內在關聯，而有意識地捕捉美感經驗，於是，物我的隔閡破除了，詩人感發山水之美，由於詩人有情，山水也變得有情了。這正是陸機《文賦》中所言「詩緣情而綺靡」。

當然，山水詩學的美學元素中，緣情與感物是不可分的，客觀的物與主觀的情交融，才有可能出現美妙的山水詩，詩人對景物的反應與感受，影響了詩的呈現，陳昌明《緣情文學觀．緣情與感物》云：

> 如果分析志言詩或玄言詩的表現方式，會發現其主要的推展方式是「刺激→反應→判斷」，亦即缺乏感受與反應的經歷過程。山水詩的緣情感物特性，特別重視「感受」與「反應」的過程，使「寫景」「興情」成了詩中很重要的成分。〔註 108〕

文物供應社 1985 年 6 月，頁 102。

〔註 107〕葉朗《胸中之竹——走向現代之中國美學．自然景物如何成爲審美對象》安徽教育出版社 1998 年 4 月一版一刷，頁 300。

〔註 108〕陳昌明《緣情文學觀．緣情與感物》台灣書店 1999 年 11 月初版，頁 127。

山水詩與玄言詩的差別在於山水詩重感受，玄言詩重判斷，但山水詩若無玄言詩啓發，亦不可能有人與自然同化的境界，可以說山水詩是玄言詩的衍生，故山水詩發生初期仍常帶有玄言說理的成分，而後逐漸發展爲純粹客觀的描寫。本節即探討玄言詩、遊仙詩對山水文學中物我同化的啓發。

一、神仙之鄉——遊仙、玄言、參佛的啓發

在宗教上，晉朝是個仙佛並行的時代，特別是東晉時代，文人追求風姿之美，是一種浪漫之風，任誕之行、蔑視禮教、放浪形骸，都是在追求特殊風致，是把老莊思想落實於生活的表現。而另一方面，道教修仙煉丹，也在文士中盛行，例如文人好食五石散，服用之後，行止若仙，雖非宗教之舉，卻也不無關聯，影響所及，詩文方面，自漢一直盛行的遊仙文學繼續蓬勃發展。

稍晚發展而出的玄言詩，很大程度上得力於佛教在中土的深入傳播，佛理詩發展的同時，強調名理思辨的玄言詩與之通融浸潤，順勢開啓，遂與佛理詩成爲東晉中期並生同榮的兩類詩作。

遊仙詩與玄言詩對後起之山水詩，都有同樣的啓引貢獻。就以〈蘭亭詩〉爲例，〈蘭亭詩〉可作爲東晉玄言詩的代表，在對自然風景的描寫與體悟中，展示其玄學人格。但〈蘭亭詩〉往往將玄理注入景物的描寫，使得玄言詩的憬悟深澀而少靈性，板滯而乏情趣。它雖以七分玄理，三分描景的方式呈現，但這三分的寫景的審美趨向，使得景物風致在詩文中攤開，逐漸贏得文人青睞。

至於遊仙詩大體有二類，一是著意描寫仙境者，一是取材遊仙創造虛幻意境以寄懷抱者，不論那一種，都通過對山水景致的描寫，把玄言中「淡乎寡味」的說理成分，變得更形象鮮明，山水清音因而得逐步響亮。

所以遊仙詩和玄言詩在整個詩歌史上雖算不上是主流，但在詩歌流變中，使山水詩意義蘊深化，自有其時代意義和價值：

（一）理性自覺的哲學高度

在政治混亂，統治者殘暴，士人深感生命無常的西晉時代，玄風大起是可以理解的，士人爲逃避統治者的刀斧，只好躲老莊玄佛中以求精神解脫，但玄風之盛卻促使知識份子最寶貴的精力多消耗在清談之中，鍾優民《中國詩歌史——魏晉南北朝・東晉詩歌》云：

> 西晉玄風大盛，是促成覆亡的重要因素之一，但東晉朝野上下，絕大多數顯要名流，並未認清玄學的危害，反而愈演愈烈。……玄風之盛，竟使某些佛門名僧也跟著鑽研《莊子》……更有人企圖引老莊道家之旨救儒家之弊，塞爭欲之門，提倡儒道調和，李充就在《學箴》裏主張「化之以絕聖棄智，鎮之以無名之樸。聖教救其末，老莊明其本，本末之塗殊而爲教一也。」（晉書・文苑傳）這些反映老莊之學在東晉泛濫橫流達到何種驚人的程度。〔註109〕

玄學誤國固爲學者認定的觀點，然處於名教虛僞的亂世，不願與虛僞統治者合流的士人，精神苦悶，追求自然是他們的出路。王弼認爲自然是名教之本，名教是自然的必然表現。《老子注》廿九章：「萬物以自然爲性，故可因而不可爲也，可通而不可執也。」在嵇康看來，名教不是出於自然，而是當時統治者有意編造出來的，故欲「越名教而任自然」，推崇道家的自然無爲，正是對司馬氏名教之治的抵抗。不論名教是否出於自然，「自然」一詞是被玄學家提出，而受到重視。影響所及，描寫山水景物詩歌多帶玄理。這些詩歌雖評價不高，但在詩歌發展上，引出詩的高度與深度，亦不可忽視。

1. 遊仙詩

遊仙詩的起源很早，《楚辭・離騷》借上下求索的遊仙經歷，抒發苦悶心懷；秦皇漢武時，亦代有繼作。《山海經》是集古代神話大成的經典之作，可以說也是一種遊仙文學。〔註110〕李瑞騰〈唐詩中

〔註109〕鍾優民《中國詩歌史—魏晉南北朝・東晉詩歌》高雄：麗文文化公司1994年5月初版，頁181。

〔註110〕袁珂《山海經校注・序》：「山海經匪特史地之權輿，乃亦神話之淵

的山水〉云：

> 原始人類身處榛莽之中，大自然莫測的變化現象給予他們強烈的刺激並產生反應，於是而有諸多看似怪誕卻意義深遠的現象反映在各種神話中。無疑的，「山海經」可以說是集中國古代神話之大成的一部最原始的經典之作。我們需特別注意，此書以山海命名，是因它記載禹、益於海外山表之所聞見。（王充論衡別通篇云：禹益並治洪水，禹主治水，益主記異物，海外山表，無遠不至，以所聞見，作山海經。）〔註 111〕

敘述海外山表所聞見，莽莽蒼蒼，參以神怪，非遊仙而何？是故遊仙起源甚早，只是到發展後來別有兩類，一是正格遊仙詩，如西晉張華：「雲霓垂藻旒，羽袿揚輕裾。飄登清雲間，論道神皇廬。蕭史登鳳音，王后吹鳴竽。守精味玄妙，逍遙無爲墟。」〔註 112〕或如何劭：「羨昔王子喬，友道發伊洛。迢遞陵峻岳，連翩御飛鶴。抗跡遺萬里，豈戀生民樂。長懷慕仙類，眇然心綿邈。」〔註 113〕連篇對仙界景物的描寫，創造一種虛幻、飄渺的境界，心羨蕭史、王子喬的逍遙，而不留戀生民之樂，這是純然的遊仙。塵世多災多難，只有皈依仙道，方能自由快樂。山水與仙境的結合，使得文人一見山水即作神仙聯想，山水之美遂隨著對仙境的渴望而擴大提升。

另一種類似屈騷，表面遊仙，實則另有所託寄抒懷，如嵇康〈遊仙詩〉：

> 遙望山上松，隆谷鬱青葱。自遇一何高，獨立迥無雙。
> 願想遊其下，蹊路絕不通。王喬棄我去，乘雲駕六龍。
> 飄颻戲玄圃，黃老路相逢。授我自然道，曠若發童蒙。

府。」台北：里仁書局 1995 年 4 月初版三刷，頁 1。

〔註 111〕李瑞騰〈唐詩中的山水〉載《古典文學第三輯》台北：學生書局 1981 年 12 月初版，頁 152。

〔註 112〕張華〈遊仙詩〉三首之一，載清・丁福保編《全漢三國晉南北朝詩・全晉詩・卷二》台北：世界書局 1962 年 4 月初版，頁 285。

〔註 113〕何劭〈遊仙詩〉載清・丁福保編《全漢三國晉南北朝詩・全晉詩・卷二》台北：世界書局 1962 年 4 月初版，頁 321。

採藥鍾山隅，服食改姿容。蟬蛻棄穢累，結友家板桐。
臨觴奏九韶，雅歌何邕邕？長與俗人別，誰能覩其蹤？
〔註 114〕

詩人通過高山青松，與仙俱遊，娛戲玄圃等的細緻描繪，反襯出現實環境的險惡，與屈原〈遠遊〉的精神是相通的。「臨觴奏九韶」寫出了詩人對虞舜清平政治的嚮往，「長與俗人別」寫出了不與濁世同污的孤高性情，完全是藉遊仙寫生命的理想。

又如郭璞《遊仙詩》之一：

京華遊俠窟，山林隱遯棲。朱門何足榮？未若托蓬萊。
臨源挹清波，陵岡掇丹荑。靈谿可潛盤，安事登雲梯。
漆園有傲吏，萊氏有逸妻。進則保龍見，退爲觸藩羝。
高蹈風塵外，長揖謝夷齊。〔註 115〕

名爲遊仙，實爲讚美隱逸，鄙夷世榮，通過對清波、丹荑的忻慕描繪，寫出對「未若托蓬萊」、「高蹈風塵外」的嚮往。其實是反映出當時士大夫對隱境、仙境的嚮往，而且塵俗與仙境的愛憎對比尤爲強烈。而描寫仙境的同時，山水之美被呈現了，仙境不可得而山水之美是可以擷取留連的。

2. 玄言詩

魏晉玄學認爲萬物的本原歸結爲一個精神本體——道，道法自然，崇尚自然遂成爲魏晉玄學的一個核心。可以說玄學促使人們的山水自然觀發生了深刻的變化。韋鳳娟《空谷流韻・魏晉南北朝卷・玄言與山水》云：

正是在崇尚自然的思想鼓勵下，人們以全新的眼光審視個體與自然山水的關係，審視個體在宇宙自然間的位置。他們對形體之外的自然萬物都抱著一種親切彌同的情緒，認

〔註 114〕清・丁福保編《全漢三國晉南北朝詩・全晉詩・卷四》台北：世界書局 1962 年 4 月初版，頁 209。
〔註 115〕清・丁福保編《全漢三國晉南北朝詩・全晉詩・卷五》台北：世界書局 1962 年 4 月初版，頁 423。

> 爲「自然生我，我自然生，故自然者即我之自然，豈遠之哉？」（郭象注《莊子‧齊物》）因此，他們把山水當作有靈性的、可與其心交通的對象。〔註116〕

東晉簡文帝云：「會心處不在遠，翳然林木，便自有濠濮間想也，不覺鳥獸禽魚自來親人。」〔註117〕山水可使人擴大胸襟，使人做天人之際的豪想，東晉玄言詩經常藉山水通往哲理思辨，例如湛方生（生卒年不詳）〈帆入南湖〉：

> 彭蠡紀三江，廬岳主眾阜。白沙淨川路，青松蔚巖首。
> 此水何時流，此山何時有。人運互推遷，茲器獨長久。
> 悠悠宇宙中，古今迭先後。〔註118〕

詩常以山水起興，觸景生情，由山水之久遠，進而念及宇宙之悠悠之哲理思考，顯示詩人闊大的胸襟。這種生活情趣與陶淵明頗爲相似。但有時爲顯示出詩人的胸懷，刻意帶著玄氣，不免使文字顯得生硬，如〈秋夜〉：

> ……拂塵衿於玄風，散近滯於老莊。攬逍遙之宏維，總齊物之大綱。同天地於一指，等太山於毫芒。萬慮一時頓渫，情累豁焉都忘。物我泯然而同體，豈復夭壽於彭殤。〔註119〕

物我同體、彭殤壽夭的重量說理，使詩歌前半的山水情境顯得輕而隱晦，形象矇朧未明，整首詩只像一首談玄說理的作品，逍遙、忘俗的感受只在詩人心中，未能透過鮮明的山水形象傳與讀者。

真正能把莊學逍遙境界實踐於人生，是耕讀田園的陶淵明，試看他的〈形神影‧神釋〉，亦是一首玄理詩：「大鈞無私力，萬理自森著……

〔註116〕韋鳳娟《空谷流韻‧魏晉南北朝卷‧玄言與山水》台北：中華書局1997年3月一版，頁87。

〔註117〕梁‧劉義慶撰，劉正浩等注譯《世說新語‧言語》第六一則。台北：三民書局，2005年5月初版六刷，頁88。

〔註118〕清‧丁福保編《全漢三國晉南北朝詩‧全晉詩‧卷七》台北：世界書局1962年4月初版，頁492。

〔註119〕清‧丁福保編《全漢三國晉南北朝詩‧全晉詩‧卷五》台北：世界書局1962年4月初版，頁493。

老少同一死，賢愚無復數。日醉或能忘，將非促齡具。立善常所欲，誰當為汝譽？甚念傷吾生，正宜委運去。縱浪大化中，不喜亦不懼。應盡便須盡，無復獨多慮。」沒有鮮明的山水形象，只有詩人任運自然的自我剖白，但其玄理不是抽象生硬的哲學說教，而是眞實的生活體驗。

東晉最重要之玄學家許詢與孫綽，其玄言詩深得當時士大夫王公貴族讚揚，但所言皆離不開「寄言上德，托意玄珠」的模式，如孫綽〈三月三日〉詩：

> 姑洗斡運，首陽穆闡。嘉卉萋萋，溫風暖暖。言滌長瀨，聊以遊衍。縹蓱濴流，綠柳蔭坂。羽從風飄，鱗隨浪轉。〔註 120〕

把山水形象作爲表現玄理的導體，山水景物自身的美的價值反被忽略，這是當時一般的風尚，許、孫以才華稱於時，但缺乏個性眞情的文字，興味索然，很快就被詩評家所鄙夷，故鍾嶸《詩品》將之列爲下品，責其「平典似《道德論》，建安風力盡矣」，劉勰《文心雕龍・明詩》亦批評道「江左篇制，溺乎玄風」，「雖各有雕采，而辭趣一揆」，認爲千篇一律，雖枯淡寡味，但玄言詩對山水詩的貢獻，在於使山水除了美的描寫外，也有承載玄思的厚度深度。

3. 佛理詩

佛教於東漢末年傳入中國，但永嘉南渡後才形成一股社會力量，佛理開始引入文學作品中，佛理詩開始出現。東晉高僧多擅長玄理，宣揚佛門教義亦多玄學化之佛理。如惠遠（334～416）〈廬山東林雜詩〉：

> 崇巖吐清氣，幽岫棲神跡。希聲奏群籟，響出山溜滴。
> 有客獨冥遊，徑然忘所適。揮手撫雲門，靈關安足闢。
> 流心叩玄扃，感至理弗隔。孰是騰九霄，不奮沖天翮。
> 妙同趣自均，一悟超三益。〔註 121〕

〔註 120〕清・丁福保編《全漢三國晉南北朝詩・全晉詩・卷五》台北：世界書局 1962 年 4 月初版，頁 435。

〔註 121〕清・丁福保編《全漢三國晉南北朝詩・全晉詩・卷七》台北：世界書局 1962 年 4 月初版，頁 505。

沈德潛《古詩源》稱許道：「高僧詩自有一種清奧之氣，唐時詩僧，以引用內典爲長，便染成習氣，不可嚮邇矣。」〔註 122〕「崇巖吐清氣，幽岫棲神迹」，若無崇巖則無清氣，若無幽岫亦少奧氣，此「清奧之氣」自與山林清幽有關，從自然山水中，方外高僧更能穎悟。

盧山居道人〈遊石門詩〉敘述惠遠率徒眾遨遊山水的盛況曰：

超興非有本，理感興自生。忽聞石門遊，奇唱發幽情。
褰裳思雲駕，望崖想曾城。馳步乘長巖，不覺質有輕。
矯首登雲闕，眇若凌太清。端居運虛輪，轉彼玄中經。
神仙同物化，未若兩俱冥。〔註 123〕

沈德潛《古詩源》評曰：「一序其情深理發，而爲文無禪習氣，亦無文士氣，詩復清灑不滓。」神仙物化未若俱冥之語，頗具玄言或仙道之氣息。從石門而發幽情，乃至發「登雲闕、凌太清」之想，擴大了山水描景的氣象。

總之，遊仙詩、玄言詩、佛理詩對自然的推崇，不管是重在自然的功能義、物質義，還是兼顧二義，都對魏晉時期山水自然美的發現產生重大影響，而且也影響了重在自然天成的文學藝術理論。這些詩將宗教新詞匯引入詩歌，不能說爲詩壇增添了什麼色彩，但使得詩的思想高度上有所提升，至少讓山水不僅是純然客觀寫景或主觀寄情而已，它在文學史上宣告：山水可以對應人生境界，使後來的山水詩在內涵有了相當的深度。

（二）安放心靈的人生企圖

自竹林名士開始，玄學以《莊子》爲中心，而莊學藝術精神，只

〔註 122〕清・沈德潛《古詩源・卷九・晉詩》台北：世界書局 1999 年 1 月二版二刷，頁 137。

〔註 123〕清・沈德潛《古詩源・卷九・晉詩》台北：世界書局 1999 年 1 月二版二刷，頁 136。清・丁福保編《全漢三國晉南北朝詩・全晉詩・卷七》作「盧山諸道人」，本論文依《古詩源》。又，《盧山新志》據《方輿紀要》訂爲慧遠大師所作。參晉・慧遠大師《盧山慧遠法師文鈔・盧山諸道人遊石門》法嚴寺出版社 1998 年 6 月，頁 69。

有在自然中方可得到安頓。所以玄學對文人一重大影響，爲人與自然的融合。此較之人倫品藻上的影響，實更切近玄學——尤其莊學的本質。〔註 124〕而所謂自然，固可指山林溪澗，然不能至山林溪澗者，亦可在精神上尋一超脫塵俗的境界，湯用彤〈言意之辨〉云：

> 魏晉名士之人生觀，既在得意忘形骸。或雖在朝市而不經世務，或遁跡山林，遠離塵世。或放弛以爲達，或佯狂以自適。既然旨在得意，自指心神之超然無累。〔註 125〕

爲求超然無累，魏晉人一方面服藥行散以求形體的成仙，更要求神靈的超脫。遊仙詩在此背景下應運而生。

由於遊仙詩多寫隱逸生活，故評論家多將其與玄言詩聯繫起來，但以遊仙詩名家郭璞而言，鍾嶸《詩品》卻評其「辭多慷慨，乖遠玄宗」，玄言詩並不符合其爲人和實際創作。遊仙詩的抒寫目的，李豐楙以神話學大師坎伯「千面英雄」所認爲英雄的路徑「出發——歷程——回歸」，作爲遊仙詩的母題，其動機可以用《莊子・齊物篇》所言「遊乎塵垢之外」爲註解，而最終的目的是要回歸，也就是找尋人生的歸宿，爲心靈找到一可安放的所在，李豐楙〈山水詩傳統與中國詩學〉云：

> 士大夫從屈原以下，本就有遠遊、抒憂的傳統，由於現實政治的挫折感，屈原採用其熟悉的遊仙知識，寄託其超越時空的心願，此一抒憂傳統在漢賦與魏晉遊仙詩中繼續發揚。〔註 126〕

所以遊仙詩和阮籍〈詠懷〉詩有同一旨趣，均以抒發心靈深處的情懷爲目的，唯增加了更多浪漫想像成分。例如郭璞的〈遊仙詩〉之五：

> 逸翮思拂霄，迅足羨遠游。清源無增瀾，安得運吞舟。
> 珪璋雖特達，明月難闇投。潛穎怨清陽，陵苕哀素秋。

〔註 124〕參徐復觀《中國藝術精神・魏晉玄學與山水畫的興起》台灣學生書局 1998 年 5 月初版十二刷，頁 225。

〔註 125〕湯用彤《湯用彤學術論文集・言意之辨》北京：中華書局 1983 年 5 月一版一刷，頁 227。

〔註 126〕李豐楙〈山水詩傳統與中國詩學〉載《中國詩歌研究》台北：中央文物供應社 1985 年 6 月，頁 100。

悲來惻丹心，零淚緣纓流。〔註 127〕

山水景物寫的悽惻，毫無仙遊之樂，反倒寄寓現實之悲，「珪璋雖特達，明月難暗投」，寫出了有識之士懷才不遇，壯士難酬苦悶，即便一時顯達，又飽受摧殘，士人普遍有生不逢時的悲哀，心靈深處亦普遍有「天地無寄」之慨，仙鄉之寄遂成爲文士的一個通路，在這裡，文人找到一個可以安放心靈的處所。徐復觀《中國藝術精神・魏晉玄學與山水畫的興起》云：

> 沒有人會在活生生地人的對象中，眞能發現一個可以安放自己生命中的世界。……一切偉大藝術家所追求的，正是可以完全把自己安放進去的世界，因而使自己的人生、精神上的擔負，得到解放。〔註 128〕

遊仙詩尋求的正是一個可以把自己的生命完全安放進去的境界。與其在濁世中與人周旋，落得一身傷痕，未若求仙煉丹，以求一己身心安泰。葉太平《中國文學的精神世界・生命情調》云：

> 求仙煉丹，大概要算古代中國的專利。……這是人的自我意識的覺醒，是人的生命意識的高張，從尋找神秘的現成的不死藥，到親手製作仙丹，甚至發展成中國唯一獨具特色的宗教——道教。……這種光怪陸離的世界是人們的理想、願望、期待所構建，揭開它的表層可以看到隱藏在深處的激蕩這個民族心靈的生命情調！正是由於這種生命情調，在永恆的宇宙面前領悟了人生的一次性、短暫性，才使得道教逐漸成熟並居然由山野堂而皇之地升入廟堂。這種貪生戀生宗教自魏晉以來逐漸向文學滲透，正好與魏晉時期人的覺醒、人的價值的高揚、人的生命得到珍視相同步，正好表明文學家內心世界對生命的熱愛和渴望。〔註 129〕

〔註 127〕清・丁福保編《全漢三國晉南北朝詩・全晉詩・卷五》台北：世界書局 1962 年 4 月初版，頁 424。

〔註 128〕　徐復觀《中國藝術精神・魏晉玄學與山水畫的興起》台灣學生書局，1998 年 5 月初版十二刷，頁 226。

〔註 129〕葉太平《中國文學的精神世界・生命情調》台北：正中書局 1994 年 12 月初版，頁 27。

郭璞遊仙詩會合道家之言而作，內容俱屬談玄，但他文才奇肆，語言精粹，能夠創造鮮明形象，具有飽滿感情，並逞其極高的想像力，發揮了極有深度的感性，如〈遊仙詩〉之九：

採藥遊名山，將以救年頹。呼吸玉滋液，妙氣盈胸懷。
登仙撫龍駟，迅駕乘奔雷。鱗裳逐電曜，雲蓋隨風回。
手頓羲和轡，足蹈閶闔開。東海猶蹄涔，崑崙螻蟻堆。
遐邈冥茫中，俯視令人哀。〔註 130〕

「手頓羲和轡，足蹈閶闔開」氣象格局之大，使得「人間無寄，天地可託」的宏偉令人震盪，而「遐邈冥茫中，俯視令人哀」的悲哀惻隱亦令人同慨，此與當時社會上流行的「淡乎寡味」的玄言詩大不相同，因爲玄言詩只著重理性的思辨，缺乏感性的情味，故玄言詩與遊仙詩在藝術表現上是有所不同的。

不論玄言或遊仙，都是以老莊爲骨架，其至與佛教般若「空、無」的本體論相融結果，爲兩晉時代士人「不嬰世務棲息塵表，在大自然中逍遙自適的生活行爲提供了理論根據，可以更心安理得的享受包括山水閒遊的現實人生」。〔註 131〕

（三）感性審美的藝術表現

玄言詩行於詩壇百餘年之久，但大量作品早已散亡，從現存玄言詩可以看出缺乏形象、遠離現實是它的基本特徵。遊仙詩雖也遠離現實，但至少仙境形象的描寫，在藝術表現上較之玄言詩爲佳。雖然在當時玄風瀰漫的詩壇上並未產生重大作用，但對後代卻影響深遠。故山水詩是承接遊仙與玄言之緒而發展出的，所以具有玄言詩玄理思辨的深度、生命起伏的感懷，也有遊仙詩山水美境的描繪。在藝術表現方面，可分以下說明：

〔註 130〕清・丁福保編《全漢三國晉南北朝詩・全晉詩・卷五》台北：世界書局 1962 年 4 月初版，頁 424。

〔註 131〕何淑貞《嘯傲東軒・別眼識山川——談中國古典詩中山水意象的歸隱與流浪意識》台北：國立歷史博物館 2004 年 4 月，頁 42。

1. 遊目騁懷

「詩雜仙心」的遊仙詩產生，使得遠離塵囂的山水美境常在詩中出現，這些遊仙詩的背景，不是在高崖深谷，就是在飛泉流水之上。如郭璞〈遊仙詩〉第三首所敘之景：

翡翠戲蘭苕，容色更相鮮。綠蘿結高林，蒙籠蓋一山。
中有冥寂士，靜嘯撫清絃。放情凌霄外，嚼蕊挹飛泉。
赤松臨上游，駕鴻乘紫煙。左挹浮丘袖，右拍洪崖肩。
借問蜉蝣輩，寧知龜鶴年？〔註132〕

一幅色彩飽滿的景象，是足以遊目騁懷，故山中冥寂之士能「放情凌霄外，嚼蕊挹飛泉」，能左雲右崖，冥想無涯生年。詳審魏晉大部分遊仙詩，均在山巔水湄，可知山水深處最接近遊仙詩人心目中的仙鄉。《文心雕龍・明詩》云：「景純遊仙，挺拔而為俊。」山水景致挺峻，詩自「挺拔而為俊」，故山巔水湄之景正足以遊目騁懷，發一己幽思。

2. 托景言志

沈德潛評郭璞〈遊仙詩〉云：「遊仙詩本有託而言坎壈詠懷其本旨也。鍾嶸貶其少列仙之趣，謬矣。」〔註133〕詩有所託志，所託者或對隱境仙界的嚮往，或詠仙兼詠隱，暗喻隱遯即仙鄉。對仙境的嚮往以仕隱對比或塵俗仙界的映襯來表現，如〈遊仙詩〉之一「京華遊俠窟，山林隱遯棲。朱門何足榮？未若託蓬萊」；喻隱逸為仙者，如〈遊仙詩〉之二「借問此阿誰？云是鬼谷子。翹迹企潁陽，臨河思洗耳」，說明了欲得仙人之境，隱遯是唯一的路，此與郭璞胸懷匡世之志卻屈居卑位，經歷坎壈有關，遊仙不過是藉以抒懷言志罷了。

玄言詩更是如此。如玄言詩大家孫綽〈三月三日詩〉名為寫景，

〔註132〕清・丁福保編《全漢三國晉南北朝詩・全晉詩・卷五》台北：世界書局1962年4月初版，頁423。

〔註133〕清・沈德潛《古詩源・卷八・晉詩》台北：世界書局1999年1月二版二刷，頁115。

實則詠老莊之旨，托懷抒志，借山水靈氣表達與玄理相冥合的精神境界與玄趣，山水形象其實只是表現玄理的導體。如〈秋日〉：

> 蕭瑟仲秋日，飆唳風雲高。山居感時變，遠客興長謠。
> 疏林積涼風，虛岫結凝霄。湛露灑庭林，密葉辭榮條。
> 撫菌悲先落，攀松羨後凋。垂綸在林野，交情遠市朝。
> 澹然古懷心，濠上豈伊遙。〔註 134〕

「撫菌悲先落」用《莊子・逍遙遊》「朝菌不知晦朔」語義，寫人生短促，「攀松羨後凋」用《論語・子罕》「歲寒然後知松柏之後凋」語義，末二句則直引莊子濠上之遊的典故，仲秋的蕭瑟之景與典故成語的借用，來寫一己的感慨，畢竟這樣的借景說玄，比單純說理的語言更能引人入勝，這是東晉詩壇普遍的風尚。

3. 一體物化

六朝盛行老莊玄學，莊子的逍遙是文士追求的生命境界，《南華經》的藝術性格也會在六朝的詩文出現。徐復觀《中國藝術精神・魏晉玄學與山水畫的興起》云：

> 他（莊子）實際是過著與大自然相融合的生活。……由他虛靜之心而來的主客一體的「物化」意境，常常是以自然作象徵；……自然進入到莊子純藝術性格的虛靜之心裡面，實遠較人間世的進入，更怡然而理順。所以莊學精神，對人自身之美的啓發，實不如對自然之美的啓發來得更爲深切。〔註 135〕

所謂「主客一體的物化」在佛子道人詩中常有此表達，如廬山居道人〈遊石門詩〉：「……馳步乘長巖，不覺質有輕。矯首登雲闕，眇若凌太清。端居運虛輪，轉彼玄中經。……神仙同物化，未若兩俱冥。」詩中言物化未若兩冥，而馳步質輕，矯首登雲，若凌太清的描寫，已

〔註 134〕清・丁福保編《全漢三國晉南北朝詩・全晉詩・卷五》台北：世界書局 1962 年 4 月初版，頁 436。

〔註 135〕徐復觀《中國藝術精神・魏晉玄學與山水畫的興起》台灣學生書局 1998 年 5 月初版十二刷，頁 226。

達物我同化之境。

郭璞的〈遊仙詩〉中物我同化的境界亦所在多有：

> 青谿千餘仞，中有一道士。雲生梁棟間，風出窗戶裏。
> 借問此何誰？云是鬼谷子。翹迹企潁陽，臨河思洗耳。
> 閶闔西南來，潛波渙鱗起。靈妃顧我笑，粲然啓玉齒。
> 蹇修時不存，要之將誰使？〔註 136〕

「雲生棟樑間，風出窗戶裏」是景，是整個氣氛的飛動，是道士的神出鬼沒，更是作者心思的靈動。「翹迹企潁陽，臨河思洗耳」是隱士的作爲，也是詩人嚮往的境界。「靈妃顧我笑，粲然啓玉齒」是想像中的景，也是詩人心思靈動的具體顯象。所有客體的景和主體的靈思都化合爲一體。

4. 理過其辭

至於玄言詩最大的缺點就是理過其辭。由於清談者多爲貴游子弟，他們既享優裕的生活，又得山水清景之遊，儘管玄風盛行，但玄遠虛無境界的追求與個人的出處進退並無太大關係。仙遊或談玄對這些名士來說，只是一種茶餘飯後的娛興而已，並無抒憤寄情的價值，只作爲一種身分風儀的裝飾。故玄言詩中的山水，只是作爲詩人藉以表意的象徵，是陪襯的配角。其詩主要想表達的是老莊面貌，鍾優民《中國詩歌史——魏晉南北朝》云：

> 這些取老莊面貌，融佛家哲理的作品，完全背離了詩經、離騷所創的中國古典詩歌的光輝傳統，極端缺乏藝術形象和眞摯感情，近似傳論宗教教義的偈語，因而從其問世之日始，就注定了是要短命的。〔註 137〕

在玄言詩中，見不到山水可親的一面，卻見詩人道貌岸然，只想炫耀生命的高情逸志的境界，如蘭亭盛會中的諸家作品：

〔註 136〕清・丁福保編《全漢三國晉南北朝詩・全晉詩・卷五》台北：世界書局 1962 年 4 月初版，頁 423。

〔註 137〕鍾優民《中國詩歌史——魏晉南北朝》台北：麗文文化公司 1994 年 5 月初版，頁 182。

去來悠悠子，披褐良足欽。超跡脩獨往，眞契齊古今。〔註 138〕
先師有冥藏，安用羈世羅。未若保沖眞，齊契箕山阿。〔註 139〕
馳心域表，寥寥遠邁。理感則一，冥然斯會。〔註 140〕
莊浪濠津，巢步潁湄。冥心眞寄，千載同歸。〔註 141〕

集良辰美景賞心樂事於一爐的千古盛會，卻因清談老莊，掉弄玄虛，使作品毫無生氣，根本無法從這幾首詩中去想像盛會之況，也無法從這幾首詩中體會時人的情致。如果以文章形式談玄理猶可暢所欲言（如王羲之〈蘭亭敘〉），但以詩歌去承載如許多的玄理，則理過其辭，不堪負荷了。

正如劉勰《文心雕龍・時序》所指出的：「自中朝貴玄，江左稱盛。因談餘氣，流成文體。詩以世極迍邅，而辭意夷泰，詩必柱下之旨歸，賦乃漆園之義疏。」詩歌由太康的「緣情而綺靡」，一變而爲江左的「理過其辭，淡乎寡味」，難怪要爲評家所斥，而不得退讓給山水詩了。

（四）莊老告退而山水方滋

大象轉四時，功成者身退，當一種文學風潮退去之後，自然要被另一波取代。山水詩代玄言詩而起，是自然而然的現象。劉勰《文心雕龍・明詩》云「莊老告退，而山水方滋」。莊老喚醒了文人的山水意識，當然不可能告退，《文心雕龍・明詩》所謂「莊老」是玄學的符號代碼，是指玄言詩退去，被山水詩所取代。如此說來似乎山水與玄學是對立的，其實不然。如蘭亭詩寫玄理、寫山水，雖藝術價值不高，但詩人開始留意山水審美，由山水中體悟玄理，談玄理和遊山水是以

〔註 138〕王渙之〈蘭亭〉載清・丁福保編《全漢三國晉南北朝詩・全晉詩・卷五》台北：世界書局 1962 年 4 月初版，頁 437。
〔註 139〕王徽之〈蘭亭〉載清・丁福保編《全漢三國晉南北朝詩・全晉詩・卷五》台北：世界書局 1962 年 4 月初版，頁 438。
〔註 140〕庾友〈蘭亭〉載清・丁福保編《全漢三國晉南北朝詩・全晉詩・卷五》台北：世界書局 1962 年 4 月初版，頁 442。
〔註 141〕王凝之〈蘭亭〉載清・丁福保編《全漢三國晉南北朝詩・全晉詩・卷五》台北：世界書局 1962 年 4 月初版，頁 437。

不同形式去做同一件事，玄言詩是以玄以道對山水，而山水詩是以美以情對山水。韋鳳娟《空谷流韻·魏晉南北朝卷·玄言與山水》云：

> 正如揮灑談玄和游賞山水都是體悟玄理的方式一樣，玄言詩和山水詩都在魏晉玄學這一龐大的哲學思想體系中孕育的——只不過山水詩借助於鮮明生動的藝術形象和日趨成熟的寫景技巧，最終突破了玄學的外殼，走上獨立的道路。〔註142〕

像謝靈運山水詩總會帶著玄言的尾巴，正說明玄言與山水之間有著一種辨證關係和承繼關係，也正說明了早期的山水詩是作爲玄言的工具。王力堅《六朝唯美詩學·生命意識：覺醒與迷誤》亦云：

> 體物玄思的玄言詩，演進爲狀物形山水詩，正是這一創作思維定勢的必然結果。超然飄逸的情趣，雖然有脱離現實社會的缺陷，但其本身也不失之爲一種美的形態表現。〔註143〕

玄言詩有超然物外的理趣，山水詩也有超然物外的情趣。其實二者同質性很高。李豐楙〈山水詩傳統與中國詩學〉云：

> 山水詩代遊仙詩而起，成爲一種較實際的山水經驗，「山水隱逸」的嘉遯思想注入山林文學中，……所以山水詩的寫作，是形在魏闕、心存山林的產物。〔註144〕

處在仕途不能得意，理想不能發揮的時代，不論是談玄或遊樂，都是一種逃避，文人心繫烟霞往往是表象，背後其實是對仕途的患得患失或無奈。

求仙和隱逸同樣是爲逃避現實，只是隱士易爲，而神仙難求，隱逸的結果，可能歸於清靜，求仙的結果，則終究歸於渺茫。唯遊仙詩作中的山水，經過仙心過濾之後，往往不是以本來的面目出現，而會

〔註142〕韋鳳娟《空谷流韻·魏晉南北朝卷·玄言與山水》台北：中華書局1997年3月一版，頁89。

〔註143〕王力堅《六朝唯美詩學·生命意識：覺醒與迷誤》台北：文津出版社1997年7月一版一刷，頁17。

〔註144〕李豐楙〈山水詩傳統與中國詩學〉載《中國詩歌研究》台北：中央文物供應社1985年6月，頁100。

表現出無限虛妄與落空的情緒。所以無論遊仙詩或玄言詩，都在爲通往山水詩的發展鋪設開一座橋。王國瓔《中國山水詩研究・求仙與山水》云：

> 一般詠仙的詩人賞愛山水，是愛山水在心目中呈現的仙趣或玄意，他們如果「登臨山水，經日忘歸」，是一種離世避俗的姿態，或心懷玄遠的寄託，並不含有因愛山水本身的美而流連忘返的意味。因此，即使有的詩人已經擁有山水的美感意識，但是由於心神繫於求仙的概念，卻只能與山水相對而立，不能與山水融而爲一。於是若以山水入詩，有的只以幾句山水景物的速寫作爲志託玄遠的跳板；有的將山水刻意著色，加以仙化；有的甚至完全忽略了眞實山水的存在。可是魏晉時代入山求仙、採藥的觀念或生活方式，卻是推動山水詩產生的重要因素之一。〔註 145〕

在玄風盛行的時期，啓發了文人名士企慕隱逸而遊憩山水的心，「尙嘉遯」與「好山水」遂成了許多追求老莊玄遠之境的文人名士的生活標誌。謝靈運每每「尋山陟嶺，必造幽峻。巖障千重，莫不備盡登躡」，〔註 146〕是追尋山水之美極端典型的例子。反映在詩歌中，就如劉勰《文心雕龍・物色》所說「窺情風景之上，鑽貌草木之中」的心情、態度，這正是魏晉玄學的產物。〔註 147〕

總之，劉勰《文心雕龍・明詩》「莊老告退，而山水方茲」的幾句話，不僅不是表示山水詩與老莊的思想無關，更非表示只有在老莊告退以後，山水詩才可以成立。相反的，山水詩正是在玄學盛行時期的產物。山水詩大家謝靈運的作品中，就含有不少的老莊思想，只是謝靈運並不曾眞正安於老莊的人生態度，所以他的山水詩，缺乏恬適

〔註 145〕王國瓔《中國山水詩研究・求仙與山水》台北：聯經出版社 1996 年 7 月初版四刷，頁 92。

〔註 146〕《二十五史精華・亨・宋書・謝靈運傳》台北：讀者書店 1978 年 1 月，頁 49。

〔註 147〕參徐復觀《中國藝術精神・魏晉玄學與山水畫的興起》台灣學生書局 1998 年 5 月初版十二刷，頁 231。

自然之致，但依然是老莊玄學的產物。徐復觀《中國藝術精神‧魏晉玄學與山水畫的興起》云：

> 凡屬於概念性的詩，必是抽象地、惡劣地詩……劉勰所說的莊老告退，僅就詩而論，乃是上述這類玄學概念性的詩的告退。而「山水方滋」，正是老莊思想在文學上落實的必然歸結。〔註148〕

玄言詩和遊仙詩是僅有老莊思想的思辨或概念，思辨至極，必然要落實於人生，山水詩的產生即應此運而生的題材。

六朝人追求神仙之鄉，所以發展出遊仙詩；追求老莊玄虛曠遠的生命境界，所以發展出玄言詩；追求身心的安頓，所以發展出佛理詩。但這些都未能爲文人心靈安頓找到出路。劉勰以何宴爲「詩雜仙心」的代表，給予「率多浮淺」的評語；以孫綽爲玄言詩代表，而給予「嗤笑徇務之志，崇盛亡機之談」的批評；從歷史觀點出發，分析出山水詩是在玄言泛濫之際必然走出來的一條路。王力堅《六朝唯美詩學‧生命意識：覺醒與迷誤》云：「玄思型的生命意識，並未能使六朝文人走向理性自覺的哲學高度，卻促成了他們感性審美的藝術追求。」〔註149〕袁行霈《中國文學史‧兩晉詩壇》云：「東晉玄言詩本身的藝術價值並不高，但它對後世的影響卻相當深遠，如謝靈運的山水詩，……都或多或少受其薰染。」〔註150〕當玄理遊仙僅有老莊概念枯淡到令文士不耐的時候，山水詩就自然取而代之了。它的取代是一種審美意識追求的提升，本質上，仍然是老莊玄學的產物。

二、與道逍遙——人格與山林的對話

山水詩是從遊仙詩、招隱詩、玄言詩的舊形態裡脫胎出來的，難

〔註148〕徐復觀《中國藝術精神‧魏晉玄學與山水畫的興起》台灣學生書局1998年5月初版十二刷，頁230。

〔註149〕王力堅《六朝唯美詩學‧生命意識：覺醒與迷誤》台北：文津出版社1997年7月一版一刷，頁16。

〔註150〕袁行霈《中國文學史‧兩晉詩壇》台北：五南圖書出版公司2003年1月一版一刷，頁406。

免帶著舊形態的痕跡，但它不同於遊仙、玄言之處在於，遊仙和玄言為部分特殊文士所專，而山水詩卻成為所有文士共同關注的體裁，甚至發展成詩材主流。山水景物，並非只為玄學家、神仙方士、隱者而設，離開了老莊、仙家、隱士，山水逐步變成了文士們日常觀賞的對象，甚至山水詩成為文士寄情託志的載體，山水成了人格的投射，文人見山水的情狀，正是文人內蘊心志的情狀，山水遂與人格密附，形成豐富的文學傳統。

（一）安身立命的追求

山水何以成為心靈的安頓之鄉？這可追溯到先秦莊子。在中國文學史、美學史上，最早打出了個性自由旗幟的，是莊子。莊子那種對現世的不屑，對域外的追求，那「獨與天地精神往來」（《莊子・天下》）自由狂放的人格精神，幾千年來，成了文人藝術家最根本的精神。葉太平《中國文學的精神世界・生命情調》曰：「莊子的精神就是中國古代作家的精神特徵。」又曰：「歷來以狂著稱的作家，在不同程度上都是自己時代的先覺者。」〔註151〕魏晉風度的瀟灑浪漫的人生態度，正是一種繼承莊子的自由狂放的人格精神。遊仙詩、招隱詩、玄言詩在文學史上都是新的開創，敢於創新，就是一種先覺，山水詩在六朝時被開創成一種重要題材，而且成為主流，無疑是文人強烈自覺所致。

文人的自覺來自仕途的朝不保夕，也來自精神上的苦悶無寄。傳統文人被教化「達則兼善天下，窮則獨善其身」，這是知識份子出處進退的至理名言，如此一來，入世和隱世，都可優游自得。當春風得意、直上青雲時，自然會唱出「都邑可優遊，何必棲山林」（嵇喜〈答嵇康〉）一類的高調；但面臨到詭譎多變、朝不保夕的政治困境時往往優遊山水，便到大自然中去尋安身立命之道。文人遇困境時，不論是棲隱或抗爭，都是對生命的熱愛不妥協，魏晉玄學的主調正是熱愛自然、熱

〔註151〕葉太平《中國文學的精神世界・生命情調》台北：正中書局 1994 年 12 月初版，頁 53。

愛生命、熱愛人生、熱愛萬物的本然眞性。阮籍「超世而絕群，遺俗而獨往」的精神，強調「不害於物而形以生，物無所毀而神以清」(〈達莊論〉)，是追求對物的「不害」、「無所毀」，而又能適性會心；嵇康的〈養生論〉認爲「形持神以主，神須形以存，悟生理之易失，知一過之害生，故修性以保神，安心以全身」，正如其「越名教而任自然」口號一樣，全在於對自然生命體本然眞性的珍愛。〔註 152〕堅持對自然生命熱愛，又能不傷一己的理想和本性，唯有到自然山水中去。

唯有大自然是安全無危之域，唯有大自然是可以託寄心靈的對象，文人從大自然中尋得一種一貫不變的道體，較之現世的政爭可愛多了。王力堅《六朝唯美詩學・生命意識：覺醒與迷誤》云：

> 萬物齊一、物我渾融，雖然有理性思辨的內涵——悟道、體道；但其表現形式，又無疑是十分直觀感性的；一方面希望在自然萬物和和諧相處的現象世界裡建構自由適性的生命形態，一方面更強調通過自然萬物的外觀去悟道體道。〔註 153〕

玄言詩雖枯淡寡味，卻是爲尋找生命的安頓，從清談中體道悟道，總不失是爲尋生命寄託。山水詩從玄言詩代起，創作時常以玄言尾巴收拾全詩，有藉山水尋找道體的明顯意識。山水詩藉山水負載道體的現象，大約有兩類：

1. 觀山水而收束以道

文人一面觀覽山水，一面從山水中體悟道，如謝靈運〈石壁精舍還湖中作〉詩：

> 昏旦變氣候，山水含清暉。清暉能娛人，遊子憺忘歸。
> 出谷日尚早，入舟陽已微。林壑斂暝色，雲霞收夕霏。
> 芰荷迭映蔚，蒲稗相因依。披拂趨南逕，愉悅偃東扉。

〔註 152〕葉太平《中國文學的精神世界・天然崇拜》台北：正中書局 1994 年 12 月初版，頁 153。

〔註 153〕王力堅《六朝唯美詩學・生命意識：覺醒與迷誤》台北：文津出版社 1997 年 7 月一版一刷，頁 16。

慮澹物自輕，意愜理無違。寄言攝生客，試用此推道。〔註154〕

較之玄言詩，謝詩中大量的山水描繪，已使山水成爲主體，「林壑斂暝色，雲霞收夕霏。芰荷迭映蔚，蒲稗相因依。」的描寫精工富麗，但最後「慮澹物自輕，意愜理無違。寄言攝生客，試用此推道」仍不免大談玄理，不論「慮澹」、「意愜」是否詩人所主要表達的意思，帶著這麼一個玄言尾巴，與前面專注於描景的詩境不能全然融合，有斧鑿之痕。事實上如若把末四句去掉，也不影響全詩的美感，故其玄言實爲累贅，尤其末二句淪爲說理、說教，影響了全詩的藝術性。

再如謝靈運〈登池上樓〉：

潛虬媚幽姿，飛鴻響遠音。薄霄愧雲浮，棲川怍淵沈。
進德智所拙，退耕力不任。徇祿返窮海，臥痾對空林。
衾枕昧節候，褰開暫窺臨。傾耳聆波瀾，舉目眺嶇嶔。
初景革緒風，新陽改故陰。池塘生春草，園柳變禽鳴。
祁祁傷豳歌，萋萋感楚吟。索居易永久，離群難處心。
持操豈獨古，無悶徵在今。〔註155〕

雖然此詩也帶個玄言之尾，但末句所言「索居易永久，離群難處心。持操豈獨古，無悶徵在今」已無說教之氣，沈德潛《古詩源》評：「虬以深潛而保眞，鴻以高飛而遠害，今以嬰世網，故有愧虬與鴻也。」〔註156〕以形象表意，且著重於表達一己感受，在苦悶中道不以說教呈現，而以表現手法呈現，藝術性較之前首爲高。

2. 融山水而寄之以情

不以說教爲終，而以一己悲情爲訴求的，不論寫什麼樣的山水景物都寄託了個人情懷，並隱約表達對社會對世間的看法者，如鮑照〈行

〔註154〕清・丁福保編《全漢三國晉南北朝詩・全宋詩・卷三》台北：世界書局1962年4月初版，頁642。

〔註155〕清・丁福保編《全漢三國晉南北朝詩・全宋詩・卷三》台北：世界書局1962年4月初版，頁638。

〔註156〕清・沈德潛《古詩源・卷十・宋詩》台北：世界書局1999年1月二版二刷，頁151。

京口至竹里〉：

高柯危且竦，鋒石橫復仄。複澗隱松聲，重崖伏雲色。
冰閉寒方壯，風動鳥傾翼。斯志逢凋嚴，孤遊值曛逼。
兼塗無憩鞍，半菽不遑食。君子樹令名，細人効命力。
不見長河水，清濁俱不息。〔註 157〕

首句「高柯危且竦，鋒石橫復仄」寫大樹高聳，巨石橫斜，予人壓迫之感；又寫山澗作響壓過了松濤聲，重巖疊障隱入雲霧中，所描繪景致不明朗，暗示作者心中充滿一股不得志的鬱憤。「君子樹令名，細人效命力」之句表達了詩人對社會不公的無奈，內心充滿了夙志不遂的悲涼，與前段幽晦之景呼應。鍾嶸《詩品》卷中評他「才秀人微，故取湮當代」，〔註 158〕不幸的身世，促使他要在詩歌中宣洩不平，但和謝靈運一般，在山水中，身既不安，命亦難立，他們的追求都是苦悶的。

3. 處山水而融之以理

不同於謝鮑二人立於山水之外的，陶淵明表現了另一種追求。

謝靈運一生並未離開官場，自然山水是他所構築的精神避難所，他的山水詩表現了一種退避性的處世哲學。是以山水作爲自己的精神調劑，是將自身放在山水旁邊的方式創作。而陶淵明所寄託的那份寧靜、和諧和自然，是以天地之性來融化人之性，是將自身安放在山水裡面來創作。可以說謝靈運是「觀山水」，而陶淵明則是「處山水」。

例如陶淵明〈丙辰歲八月中於下潠田舍穫〉：

貧居依稼穡，戮力東林隈。不信春作苦，常恐負所懷。
司田眷有秋，寄聲與我諧。飢者歡初飽，束帶候鳴雞。
揚楫越平湖，汎隨清壑迴。鬱鬱荒山裏，猿聲閑且哀。
悲風愛靜夜，林鳥喜晨開。曰余作此來，三四星火頹。

〔註 157〕清・丁福保編《全漢三國晉南北朝詩・全宋詩・卷四》台北：世界書局 1962 年 4 月初版，頁 692。

〔註 158〕梁・鍾嶸撰，成琳、程章燦注譯《詩品・中卷》台北：三民書局 2003 年 5 月初版一刷，頁 107。

姿年逝已老，其事未云乖。遙謝荷蓧翁，聊得從君棲。〔註 159〕

雖然詩中也有悲苦的聲音，但悲苦的調子總會被化去。春作雖苦，但其事未乖；猿聲雖哀，但林鳥喜晨；稼穡雖貧，但末了「遙謝荷蓧翁，聊得從君棲」之句又寫出了農事使自己「得其所哉」的暢快。

陶淵明在山水田園中找到了安身立命之所，故其詩作中的每一山水草木，都擴散出詩人安適自足的心靈，如〈擬古〉其三「眾蟄各潛駭，草木縱橫舒。翩翩新來燕，雙雙入我廬」、〈和郭主簿〉其一「藹藹堂前林，中夏貯清陰」、〈飲酒〉其五「採菊東籬下，悠然見南山」，詞面上的每一字都與其心境緊密扣合，萬物自欣然而詩人心境自亦安適歡欣。

總之，無論山水如何精細描繪，要能以山光水色安身立命，必要能撇開以山水說理的心態，而能當下活在山水的美境，以山水忘我，以山水化我，道體方能由山水現身。

（二）美感經驗的開拓

玄言詩所雜有的山水描寫，往往是道或哲理的形象化。到了謝靈運，詩中模山範水的成分增多，而且精心刻鏤，準確地捕捉了大自然的各種形象，形成鮮麗清新的藝術風格。從詩人的主觀上來說，面對自然山水，也許的確從中感悟出了永恆的道，然而這種道往往索然，而那爲悟道而鋪成的山水佳句卻具有持久生命力。謝靈運的詩是玄言和山水的混合物，但之後，玄言詩就幾乎銷聲匿跡了。故謝靈運可說結束了玄言詩的枯淡，開創了山水詩的藝術性。

茲將六朝山水詩美感經驗的新開創，分下列三點說明：

1. 體物為妙，功在密附

謝靈運的詩，山水與哲理往往各行其是，未必有深切的密合，山水雕鏤美，體道詩句佳，但二者之間不一定有深切的關連，也未必是非要共存的化合體。但若與之前的詩相較，物與理的連結已緊密得

〔註 159〕《陶靖節集注・卷三》台北：世界書局 1999 年 2 月二版一刷，頁 40。

多。如〈石壁精舍還湖中作〉詩：「昏旦變氣候，山水含清暉。……披拂趨南徑，愉悅偃東扉。慮澹物自輕，意愜理無違。寄言攝生客，試用此推道。」勸言以此道攝生之理，與山水含清暉未必是絕對關係，但至少「慮澹物自輕，意愜理無違」是由「林壑斂暝色，雲霞收夕霏。芰荷迭映蔚，蒲稗相因依。披拂趨南徑，愉悅偃東扉。」之景引發，是聯想，是結論。詩人已朦朧意識到一己的情與自然之氣相感，芰荷與蒲稗在夕霏下的輕澹，與自己思慮輕澹步履輕快是相應的。此已初步體驗實踐了老莊所追求「與萬物爲一」的境界。

謝靈運之後的詩人，山水不再加玄言尾巴，個人情志與山水景物更爲有機的連結，如詩人謝朓〈離夜〉：

> 玉繩隱高樹，斜漢耿層臺。離堂華燭盡，別幌清琴哀。
> 翻潮尚知恨，客思眇難裁。山川不可盡，況乃故人杯。〔註 160〕

離夜之清淒與客思之渺茫對應，山川不可盡之綿邈與故人杯盡情未了的憾恨對應，每一字均投射出詩人的情志。

再如簡文帝蕭綱和湘東王橫吹曲〈折楊柳〉：

> 楊柳亂成絲，攀折上春時。葉密鳥飛礙，風輕花落遲。
> 城高短簫發，林空畫角悲。曲中無別意，併爲久相思。〔註 161〕

藉春景花葉寫相思，楊柳亂如思緒之紛亂，「葉密鳥飛礙」、「風輕花落遲」，爲後句的相思創造意境，相思密而相見礙難，花落於當令的春日，而「遲」字又顯出依違繾綣之意。可以說字句都與詩心情志相密切鈎連。

劉勰《文心雕龍・物色》云：

> 近代以來，文貴形似，窺情風景之上，鑽貌草木之中。吟詠所發，志惟深遠；體物爲妙，功在密附。故巧言切狀，如印之印泥，不加雕削，而曲寫毫芥。故能瞻言而見貌，

〔註 160〕清・丁福保編《全漢三國晉南北朝詩・全齊詩・卷三》台北：世界書局 1962 年 4 月初版，頁 824。

〔註 161〕清・丁福保編《全漢三國晉南北朝詩・全梁詩・卷一》台北：世界書局 1962 年 4 月初版頁 887。

即字而知時也。

如以「體物爲妙，功在密附」爲描繪山水的一個標準，那麼就可以了解六朝山水詩人在描繪山川景物藝術性的開創價值了。即使謝靈運那樣帶著玄言尾巴的山水描寫，都能讓人「瞻言而見貌」，甚至「情貌無遺」地透過文字觀山見水。

〈物色〉又云：「詩人麗則而約言，辭人麗淫而繁句」，詩經作者以景物引發起興，並與主觀情思做初步連結，在景物與情志之間往往簡約到不一定能直接引動讀者，如《魏風・伐壇》：「坎坎伐壇兮，置之河之干兮，河水清且漣漪。不稼不穡，胡取禾三百廛兮？不狩不獵，胡瞻爾庭有懸貆兮？彼君子兮，不素餐兮。」河水清漣的形象，和君子的「素餐」有何關連？讀者不必然了解，因作者並未說清。至若漢賦作家，文辭又過度繁麗，往往文過其情，太多的鋪陳掩蓋了辭人眞性情。六朝詩人在山水詩的創作中，能藉文辭精準呈現山水美象，藉文辭精準表達個人情志，使情志與文辭以密附爲功，這是美感經驗的新開創。

2. **觸物圓覽，辭生互體**

六朝詩人不論在仕途上是否得意，都關注秀美的事物、風采的人物、俊麗的山水，時代風尚是讓文人把眼光朝向美麗的物事上，文人對外在秀美的物事有一種敏銳的感受力，文學評論也常以景物之搖蕩人心爲創作之源。陸機《文賦》：「遵四時以歎逝，瞻萬物而思紛，悲落葉於勁秋，喜柔條於芳春，心懍懍以懷霜，志眇眇而臨雲。」鍾嶸《詩品》云：「氣之動物，物之感人，故搖蕩性情，形諸舞詠。」文論家都注意到外在物事的牽動影響創作。

《文心雕龍・隱秀》贊曰：「文隱深蔚，餘味曲包。辭生互體，有似變爻。言之秀美，萬慮一交。動心驚耳，逸響笙匏。」文辭內在的本義和文外的纖旨應該是層層開展。山水詩常借景抒情，借景抒志，內在的情志與文外的纖旨互爲體用，往往得以少總多的警策效果。例如謝朓〈晚登三山還望京邑〉：

灞涘望長安，河陽視京縣。白日麗飛甍，參差皆可見。

餘霞散成綺，澄江靜如練。喧鳥覆春洲，雜英滿芳甸。

去矣方滯淫，懷哉罷歡宴。佳期悵何許，淚下如流霰。

有情知望鄉，誰能鬒不變。〔註 162〕

「餘霞散成綺，澄江靜如練」寫出了明媚秀麗的春景，景致色彩亮麗，卻幽靜而消沈，景中的煙霞與詩人如流霰的眼淚呼應，與詩人思鄉之情正相融合，「白日麗飛甍，參差皆可見」隱約可見的景致，與後句望鄉不可見的憂鬱情懷相呼應，顯得含蓄婉轉，具很強的藝術感染力。

再如南齊張融〈別詩〉：「白雲山上盡，清風松下歇。欲識離人悲，孤臺見明月。」〔註 163〕白雲、清風、山、松、明月，都是詩人常用的題材，然而如何把這些題材鋪成一種意象，根源仍在心靈與外物的交感。白雲與清風可以優美，可以閑散，但作者以「盡」、「歇」，把一種無可再續的情境鋪開，而一在山上，一在松下，兩頭延伸不交的情境又出，到了下句再點出離人之悲，又以孤臺和明月相對比，所有的景物都細膩地爲一種情懷妝點，極富感染力。

文學意象之成爲典型的創造，最根本之要不在於語言表達技巧，而是方寸之間能涵納宇宙萬象，彌綸群言之際，能抒發個人眞情與才性。六朝人重才情和個性的抒發，所以許多優秀詩人心靈與外物相接觸時，總能把外在景物和內心情感作適當的牽合，即使是南越北胡，遠不相涉，也能營造出動人的情境。心爲體，辭爲用，體用之間，相與映照。如南齊孔稚珪〈遊太平山〉：「石險天貌分，林交日容缺。陰澗落春榮，寒巖留夏雪。」〔註 164〕沈德潛評曰「陰森」，〔註 165〕陰

〔註 162〕清・丁福保編《全漢三國晉南北朝詩・全齊詩・卷三》台北：世界書局 1962 年 4 月初版，頁 811。

〔註 163〕清・丁福保編《全漢三國晉南北朝詩・全齊詩・卷四》台北：世界書局 1962 年 4 月初版，頁 836。

〔註 164〕清・丁福保編《全漢三國晉南北朝詩・全齊詩・卷四》台北：世界書局 1962 年 4 月初版，頁 838。

〔註 165〕清沈德潛《古詩源・卷十二・齊詩》台北：世界書局 1999 年 1 月二版二刷，頁 183。

森是方寸之間的感受，爲體；辭意的表達，爲用。石險、林交是令人竦懼的陰暗之景，「分」、「缺」又呈現出一片不圓滿的、不適意的情境，而春榮落、夏雪留都是違反自然的現象，令人不舒服，詩人內心必有不適的陰沈心境，才會驅策這樣的題材入詩，而又出以這樣的字句。

詩境成功與否，關乎詩人才情，覽物能圓遍周到，體察入微，遣詞足以將方寸之間深層感受貼合表出，則稱「觸物圓覽、辭生互體」，〔註 166〕六朝文人在這方面的細膩表達，凌越前代，此乃六朝美感經驗的開創。

3. 辭動有配，精末兼載

先秦作家，發言成文，多有自然率意的對偶，漢魏以降，對偶成爲文人文采的標誌，曹植「以曠世逸才，專唱駢儷於前，鄴下七子之徒，奮而附和於後」〔註 167〕此後六朝作家，崇盛麗辭，刻形鏤法，審音煉字，銳意求工，詩人下筆成偶，使得詩篇「麗句與深采並流，偶意共逸韻俱發」(《文心雕龍・麗辭》)。山水詩中描繪天地自然，領域寬闊，更是偶麗繽紛。如：「朝發廣莫門，暮宿丹水山。左手彎繁弱，右手揮龍淵。」(劉琨〈扶風歌〉)、「望雲慚高鳥，臨水愧游魚」(陶淵明〈始作鎮軍參軍經曲阿詩〉)、「餘雪映青山，寒霧開白日。曖曖江村見，離離海樹出。」(謝朓〈高齋視事〉)、「餘霞散成綺，澄江靜如練。喧鳥覆春洲，雜英滿芳甸。」(謝朓〈晚登三山還望京口〉)、「客心已百念，孤遊重千里。江暗雨欲來，浪白風初起。」(何遜〈相送〉)、「荷風驚浴鳥，橋影聚行魚」(庾信〈奉和山池〉)等，工偶精對，不勝枚舉。

甚至如謝靈運之名作〈入彭蠡湖口〉:

〔註 166〕《文心雕龍・比興》贊：「詩人比興，觸物圓覽」，〈隱秀〉贊：「深文隱蔚，餘味曲包。辭生互體，有似變文。」

〔註 167〕王更生《文心雕龍讀本・麗辭解題》台北：文史哲出版社 1999 年 9 月初版七刷，頁 131。

客遊倦水宿，風潮難具論。洲島驟迴合，圻岸屢崩奔。
乘月聽哀狖，浥露馥芳蓀。春晚綠野秀，巖高白雲屯。
千念集日夜，萬感盈朝昏。攀崖照石鏡，牽葉入松門。
三江事多往，九派理空存。靈物吝珍怪，異人祕精魂。
金膏滅明光，水碧綴流溫。徒作千里曲，絃絕念彌敦。
〔註 168〕

自第二聯至第八聯對偶，十中有七，極盡靡麗。至若南齊永明年間，沈約聲律說興起，更助長儷辭美句的發展。沈約之作常是句句對偶，如〈早發定山〉：

夙齡愛遠壑，晚蒞見奇山。標峰綵虹外，置嶺白雲間。
傾壁忽斜豎，絕頂復孤圓。歸海流漫漫，出浦水濺濺。
野棠開未落，山櫻發欲然。忘歸屬蘭杜，懷祿寄芳荃。
眷言採三秀，徘徊望九仙。〔註 169〕

在句句對偶的鋪陳中，如三步一榭，五步一亭，全篇華麗曜目，不但注意到章句的麗辭偶意，也藉由雕章琢句使更凸顯深采逸韻的內容。

劉勰《文心雕龍・明詩》對宋初文詠的評價，所謂「儷采百字之偶，爭價一字之奇，情必極貌以寫物，辭必窮力而追新」，對於形式主義傾向似是譴責之意。但是，如若從另一角度來看，這也可以說是肯定這一時代美感經驗的開拓。王元化〈《文心雕龍・明詩》篇山水詩興起說柬釋〉云：

表面看來，「儷采百字之偶，爭價一字之奇」，似乎有傷刻飾，流爲繁巧，但是我們同樣應該以歷史的眼光來看待這個問題，認識到這是爲了排除膚語，洗蕩庸音，振以新詞，從而是對玄言詩的矯枉的必然結果。黃侃以「有賴於深思，亦資於博學」作爲達到「極物寫貌，窮力追新」的必要條

〔註 168〕清・丁福保編《全漢三國晉南北朝詩・全宋詩・卷三》台北：世界書局 1962 年 4 月初版，頁 647。

〔註 169〕清・丁福保編《全漢三國晉南北朝詩・全梁詩・卷四》台北：世界書局 1962 年 4 月初版，頁 1004。

件，眞可說是燭隱發微，完全揭示了劉勰的本意。〔註 170〕

排除庸語，洗蕩庸音，是消極的說法，積極來說，是深思博學的運用，是把才與學的條件糅合成作品，刻意求美求工，這是一種開創，對後世近體詩的發展有極大影響。

周振甫《文心雕龍注釋・前言》曰：「他（劉勰）總結出的規律，即如依傍一種思想，不論是儒家的、道家的，都會妨礙創作，只有『師心獨見』『自開戶牖』，才能創作出傑出作品來。」〔註 171〕每一個時代最偉大的成就，都在於創造，六朝最了不起的創造，不是玄學，不是老莊思想的發揚，而是美感經驗的開創。陳昌明《緣情文學觀・緣情與感物》云：

> 雖說是『師心獨見』『自開戶牖』，卻並非在儒、道之外別有一派思想，而是表現生命的「美感經驗」上，開創了一番前所未有的境界，提供作者與讀者一個生命歷程的想像空間。而玄言詩受到「感物」思潮的影響，言理的形式乃逐漸轉化……山水物色逐漸從陪襯的地位，提升爲詩中的主角。〔註 172〕

在六朝美感經驗的開創中，山水文藝之起是極亮麗的成就。

（三）微觀宏觀的並存

由於時代充滿亂離，人心充滿不安定感，六朝士人如非放棄現實，追求永恆不朽的生命（如宗教的依皈），即拋開恆久價值，執著追求眼下瞬間的美感歡樂。走訪山林水景之際，士人不是藉山水修仙修佛，即是藉山水之美排遣鬱悶。

在山水中文人想尋找人生的價值，體悟大自然生生不息的力量，這是在山水中做宏觀的的思維開創，可抒發萬象渾一，物我同化的境

〔註 170〕王元化〈《文心雕龍・明詩》篇山水詩興起說柬釋〉載伍蠡甫編《山水與美學》台北：丹青圖書公司 1987 年 1 月，頁 351。

〔註 171〕周振甫《文心雕龍注釋・前言》台北：里仁書局 1984 年 5 月，頁 58。

〔註 172〕陳昌明《緣情文學觀・緣情與感物》台灣書店 1999 年 11 月初版，頁 123。

界。天地寬闊，宇宙無極，在大自然中詩人開拓視野胸襟，把個人得失的關切，轉移到大自然生滅消長的訊息，詩作也自然宏偉起來，即便只寫山水，亦自有宏大的氣度。何師淑貞《嘯傲東軒・別眼識山川》云：

> 詩人對宇宙自然之理有一番詩意的領悟，生命與玄理交融，發現山水更恰當象喻道體運行的神妙。……道是自本自根，物各自然，「自然」就是天理，就是道。道在時空上是無窮盡的，他把人類面對的世界，描述成磅礴、混茫的存在，引導人類的目光，投向有限的感覺功能以外的無限。魏晉人又將抽象的自然落實到具象的山水中。……讓人果眞「目擊而道存」，山水即天理山風林濤，修竹清流，都是生命存在的表現形式。〔註 173〕

理性的宏觀知解，消融在微觀的景物描寫中。詩人在身歷目擊大自然山光水色的生機，從而展現了含融萬殊的襟懷，和均平天下的意趣。讀蘭亭詩感知詩人化入宇宙最深處的從容、超脫、寧靜、閒雅風度。

論山水詩之氣格，有以山水大景寓個人生命者，如最與東晉詩人精神旨趣、審美意識相續的謝靈運，其〈登江中孤嶼〉詩：

> 江南倦歷覽，江北曠周旋。懷新道轉迥，尋異景不延。
> 亂流趨正絕，孤嶼媚中川。雲日相輝映，空水共澄鮮。
> 表靈物莫賞，蘊眞誰爲傳。想像崑山姿，緬邈區中緣。
> 始信安期術，得盡養生年。〔註 174〕

江南江北的歷遊周旋，已使空間延展，景致的描寫也都開闊，雲日、空水、崑山，都是大山大水大景，最後以盡養天年的生命大安頓作結。全詩由欣賞進到解脫，是謝靈運在永嘉時期詩作中的普遍模式。這種有意作宏觀大論的詩作自也有其微觀的細緻描寫，截流橫渡而過，唯見川中的孤嶼，孤嶼歷覽江南江北後眼前所見小景，暗示一己生命之

〔註 173〕何淑貞《嘯傲東軒・別眼識山川——談中國古典詩中山水意象的歸隱與流浪意識》台北：國立歷史博物館 2004 年 4 月，頁 47。

〔註 174〕清・丁福保編《全漢三國晉南北朝詩・全宋詩・卷三》台北：世界書局 1962 年 4 月初版，頁 639。

孤微，而尾句仍不免對一己生命出路小關懷。謝靈運詩是在大格局中作小格局的抒寫。此其一。

陶淵明則不然，其〈與子儼等疏〉云：

> 開卷有得，便欣然忘食，見樹木交蔭，時變鳥聲，亦復歡然有喜，常言五六月中，北窗下臥，遇涼風暫至，自謂是羲皇上人。〔註 175〕

最家常的田園景色中，意會一種不可言傳的欣然之意，便樂以忘憂，人生可以在斗室中自足，可以在北窗下見永恆。葉太平《中國文學的精神世界・生命情調》評這段文字云：

> 這裡沒有對虛幻的天國的迷戀，沒有對神仙方術的搜尋，沒有對生命被時空所吞噬的絕望的長嘆；所具有的，所執著的，所熱戀的，就在當下，就在眼前，就在生活中有血有肉有形有聲的一切。人就是自然，瞬間就是永恆，微觀就是宏觀，偶然就是必然，現象就是本體。……應該無是無非、無憂無慮、無欲無求地痛痛快快地活著，……「且極今朝樂，明日非所求」，顯然，這是以道家爲標誌的對生命之謎的解答。〔註 176〕

故山水詩亦有山水小景寓大生命格局者，如陶淵明所作〈飲酒詩〉二十首之五：

> 結廬在人境，而無車馬喧。問君何能爾，心遠地自偏。
> 采菊東籬下，悠然見南山。山氣日夕佳，飛鳥相與還。
> 此中有眞意，欲辨已忘言。〔註 177〕

寫的是平凡的題材，可是展現的卻是人生最重要的課題——如何安頓自己。第一聯敘述，第二聯說理，萬象由心而造，有寧靜的心懷，車馬喧囂雖有若無，所處的地方雖窄猶寬。末聯記一己神思玄理。中二聯則情景融化，物我兩忘。南山呈現的非其景貌，而是詩人的心境，

〔註 175〕《陶清節集注・卷七》台北：世界書局 1999 年 2 月二版一刷，頁 92。
〔註 176〕葉太平《中國文學的精神世界・生命情調》台北：正中書局 1994 年 12 月初版，頁 31。
〔註 177〕《陶靖節集注》台北：世界書局 1999 年 2 月二版一刷，頁 42。

詩人心境悠然，使南山無意見而自見，非刻意去看。「山氣日夕佳，飛鳥相與還」二句，寫的是最平凡之景，萬象就如鳶飛魚躍般自然，而此中的眞意卻難以言說，這又提出了六朝時被熱烈討論的美學哲學命題「言——意——象」，陶淵明因能安貧樂道，守拙歸耕，所以根本不重外在世俗的價値，得意自可忘言，得魚自可忘筌，如此又可推出，只要得著眞正的價値，一切的外在形式可以不拘，即便做一躬耕小農，亦可安頓生命，此陶淵明雖貧卻樂以忘憂的原因。陶淵明不刻意說理，卻由小山小水景致，寓宏大的生命關懷。莊子的逍遙境界，山水詩人個個追求，卻只有陶淵明無欲無求能得之。此其二。

其後，有在山水中以靈心妙悟寄情深厚者，即齊之謝朓。《古詩源》稱謝朓「淵然泠然，覺筆墨之中筆墨之外，別有一段深情妙理。」〔註 178〕如其名句「大江流日夜，客心悲未央」(〈暫使下都夜發新林至京邑贈西府同僚〉)、「天際識歸舟，雲中辨江樹」(〈之宣城出新林浦向板橋〉)，氣象之大，直欲吞吐日月。其〈之宣城郡出新林浦向板橋〉：

江路西南永，歸流東北騖。天際識歸舟，雲中辨江樹。
旅思倦搖搖，孤遊昔已屢。既歡懷祿情，復協滄洲趣。
囂塵自茲隔，賞心於此遇。雖無玄豹姿，終隱南山霧。〔註 179〕

其詩以大喻小，與謝靈運同樣以大景寄託個人生命，個人存在猶如天際一舟、雲天江樹，所以讀其詩若見其胸襟之大，也感受到個人生命的渺小，及詩人深心一片。此其三。

謝朓與謝靈運不同者在於謝朓看得到天地之大，但也很清楚自己無法壯大，願把個人情懷訴之於詩文；謝靈運則是明知天地之大，自己的性情隱藏閃躲在天地之中，讀者不易得見；而陶淵明則以微觀態度看天地山水，卻寄寓了個人全部的性情。

〔註 178〕清・沈德潛編《古詩源・卷十二・齊詩》台北：世界書局 1999 年 1 月二版二刷，頁 174。

〔註 179〕清・丁福保編《全漢三國晉南北朝詩・全齊詩・卷三》台北：世界書局 1962 年 4 月初版，頁 810。

總之，詩人寫山水之象，可由宏觀角度著筆，亦可由微觀角度著筆；以宏觀角度著筆，則天地之大掩蓋了個體的委瑣，以微觀角度著筆，則個人的心靈涵融了萬事萬物的本性。山水詩不論描摩的是風雲草木，都可見詩人氣度和性情。

三、人化自然——投射情志的山水

山水是人類活動的大舞台，從《詩經》始，許多人情事故都在這舞台搬演，《楚辭》中充滿了人與自然節律的相通交感。藉由六朝的山水詩文，不但可以想見當時風物，更可以看到六朝人愛山愛水的心情，和隱藏在文句中詩人的性情，包含豁達、抑鬱、喜悅、憂傷等等。這種窺見不是借助於詩人的陳述，而是詩人所描繪的山水筆墨。

朱光潛〈山水詩與自然美〉云：

> 山水詩所表現的並非單純的客觀自然，而是有詩人自己在內。山水詩所用的手法大半屬於中國傳統詩所用的「興」或隱喻，用自然事物的某一「鏡頭」隱喻詩人自己的情趣或觀感。〔註 180〕

其實不僅是「自然事物的某一『鏡頭』隱喻詩人自己的情趣或觀感」，甚至可以說詩人筆下的山水，根本就帶著詩人的表情。

六朝文人重視人的才性，曹丕《典論・典文》云：「夫文以氣爲主，氣之清濁有體，不可力強而至。」〔註 181〕標出文如其人的觀念，文因才性不同，而表達出不同的情味。描寫山水，山水也是作者人格的投射，故詩人筆下的山水，都是人化了的山水，從筆墨中可透出山水所帶著的人的性格。例如左思筆下的山水，就有著左思渴望青雲直上的壯思，如「皓天舒白日，靈景耀神州。列宅紫宮裏，飛宇若雲浮。」（〈詠史〉之五），也有著有志難伸的抑鬱，如「習習籠中鳥，舉雪觸

〔註 180〕朱光潛〈山水詩與自然美〉載伍蠡甫編《山水與美學》台北：丹青圖書公司 1987 年 1 月一版，頁 204。

〔註 181〕載郁沅、張明高編《魏晉南北朝文論選》北京人民文學出版社 1999 年 1 月一刷，頁 14。

四隅」（〈詠史〉之八）；陶潛筆下的山水，是粘合著他悠然自得的性情的，「曖曖遠人村，依依墟里煙」（〈歸田園居〉之一）、「平疇交遠風，良苗亦懷新」（〈癸卯歲始春懷古田舍詩〉之二）風煙草木都沾著詩人曠達悠然。六朝文人筆下的山水有情有志，藝術性較之前朝跨越甚多。

宗白華〈關於山水詩畫的點滴感想〉云：「山水是大物，對我們思想情感的啓發是非常廣泛而深厚的。人類所接觸的山水環境本是人類加工的結果，是人化的自然。」〔註 182〕喜愛山水就是喜愛人類自己的成就，因爲山水中有自己的情志的投射，山水詩中有自己情志的抒發。茲分類列敘如下：

（一）抒鬱憤

六朝山水詩中，山水常帶著詩人的表情，處於亂世，詩人不得志，或對政治不滿又不能直說時，詩中就充滿鬱憤之情，寫山，山有憤懣，寫水，水亦悽然，眞是「登山則情滿於山，觀海則意溢於海」，詩人的情懷與山水並驅。

阮籍是一生充滿憂憤的文人，不想和政治周旋，又不能不與之逶迆，其詩對政治的不滿不能直說，又不得不說，於是充滿難解的謎，劉勰《文心雕龍・明詩》云「阮旨遙深」正因如此。如〈詠懷詩〉二十：

> 於心懷寸陰，羲陽將欲冥。揮袂撫長劍，仰觀浮雲征。
> 雲間有玄鶴，抗志揚哀聲。一飛沖青天，曠世不再鳴。
> 豈與鶉鷃遊，連翩戲中庭。〔註 183〕

阮籍之世，是「正始明道，詩雜仙心」（《文心雕龍・明詩》）的時代，山水詩未滋，詩中的山水景物是寄寓、引發和陪襯。此詩五六句所述

〔註 182〕宗白華〈關於山水詩畫的點滴感想〉載伍蠡甫編《山水與美學》台北：丹青圖書公司 1987 年 1 月，頁 190。

〔註 183〕清・丁福保編《全漢三國晉南北朝詩・全三國詩・卷五》台北：世界書局 1962 年 4 月初版，頁 217。

雲中之鶴，實則藉鶴發抗志之聲，表達詩人身處沉潦，窮且益堅，不甘沉淪的鬱憤。主角固不是鶴，而是詩人自己。慨歎自己不能伸展高志，只能在宦海中載浮載沉，無奈得只能「揚哀聲」。

西晉左思〈詠史詩〉的山水表達更多鬱憤之意，如其第二：

鬱鬱澗底松，離離山上苗。以彼徑寸莖，蔭此百尺條。
世胄躡高位，英俊沉下僚。地勢使之然，由來非一朝。
金張藉舊業，七葉珥漢貂。馮公豈不偉，白首不見招。
〔註 184〕

澗底松與山上苗的對舉，十分形象地表達了詩人長期不得志的鬱悶，自比沉下僚的英俊，對那些躡高位的世胄壟斷仕途，即便不滿，又能奈何？因爲門閥制度是松苗的地勢，自己處於澗底，就只能仰望著山上草苗憤慨，一腔雄心，滿腹才華，只好付諸詩歌。又如阮籍〈詠史詩〉十三：

開秋兆涼氣，蟋蟀鳴牀帷。感物懷殷憂，悄悄令心悲。
多言焉所告，繁辭將訴誰？微風吹羅袂，明月耀清暉。
晨雞鳴高樹，命駕起旋歸。〔註 185〕

蟋蟀鳴牀暗示大氣生機已轉入末葉，「微風吹羅袂，明月耀清輝」是詩中唯一調子較明朗之句，然而只有在決心與宦途不爭，離群來歸時，方能暫得輕鬆。所以趁雞鳴高樹之晨，當下命駕起歸。這樣的歸去不是陶淵明式的輕快，而是「感物懷殷憂」的沈重。

其他如左思〈詠史詩〉之八：「習習籠中鳥，舉翮觸四隅。落落窮巷士，抱影守空廬。出門無通路，枳棘塞中塗。計策棄不收，塊若枯池魚。」〔註 186〕「舉翮觸四隅」寫的是詩人無法展翅的鬱鬱心結，「枳棘塞中塗」更在慨嘆路途維艱的人生。當時詩人對自然界豈有多

〔註 184〕清・丁福保編《全漢三國晉南北朝詩・全晉詩・卷四》台北：世界書局 1962 年 4 月初版，頁 385。
〔註 185〕清・丁福保編《全漢三國晉南北朝詩・全晉詩・卷四》台北：世界書局 1962 年 4 月初版，頁 216。
〔註 186〕清・福保編《全漢三國晉南北朝詩・全晉詩・卷四》台北：世界書局 1962 年 4 月初版，頁 386。

少關注，只聊作心境投射罷了！

（二）遣悲懷

日本廚川白村認爲文學是苦悶的象徵，當人們嘗著種種的苦惱，所發出來的呻吟、叫喊、怨歎、泣號以及歡呼之聲音，那就是文藝。〔註 187〕六朝文人由於處顛沛流離、政爭殘暴的亂世，許多事令文人深感身不由己的無奈，詩文中多有悲懷。山水文學興起時，山水就常做爲悲情的投射對象。

阮籍五言〈詠懷詩〉之一，以「孤鴻號外野，翔鳥鳴北林」具體的意象，來寫心中難以明言的痛苦；鮑照〈行京口至竹里〉以「冰閉寒方壯，風動鳥傾翼」寫出「斯志逢凋嚴，孤遊值曛逼」的艱難困頓；謝朓〈京口夜發〉以「曉星正寥落，晨光復瀁漭」寫「行倦路長」艱辛的人生路。〔註 188〕詩中的山水景物可以是美景，但詩人都以悲哀筆調出之，實乃作者之心境已轉化山水意象了。

又如庾信〈詠懷〉第十八首：

尋思萬户侯，中夜忽然愁。琴聲遍屋裏，書卷滿牀頭。
雖言夢蝴蝶，定自非莊周。殘月如秋月，新秋似舊秋。
露泣連珠下，螢飄碎火流。樂天乃知命，何時能不憂！

〔註 189〕

作者出使北朝被留不得南返，雖宦途得意，而內心羞愧惆悵，時發悲怨語。「殘月如秋月，新秋似舊秋」二句中出現三秋二月字，卻出語天然，殘月與秋月、新秋與舊秋的對比，很自然地把自己宦途今昔對

〔註 187〕廚川白村著，吳忠林譯《苦悶的象徵·創作論》台北：金楓出版社，1990 年 11 月，頁 19。

〔註 188〕謝朓〈京口夜發〉：「擾擾整夜裝，肅肅戒徂兩。曉星正寥落，晨光復瀁漭。猶沾餘露團，稍見朝霞上。故鄉邈已敻，山川脩且廣。文奏方盈前，懷人去心賞。敕躬每跼蹐，瞻恩惟震蕩。行矣倦路長，無由稅歸鞅。」載清·丁福保編《全漢三國晉南北朝詩·全齊詩·卷三》台北：世界書局 1962 年 4 月初版，頁 811。

〔註 189〕清·丁福保編《全漢三國晉南北朝詩·全北周詩·卷二》台北：世界書局 1962 年 4 月初版，頁 1583。

映出來，孰樂孰憂實不可言說。其〈秋夜望單飛雁〉：「失群寒鴈聲可憐，夜半單飛在月邊。無奈人心復有憶，今暝將渠俱不眠。」〔註190〕更將自己比作孤獨、悲哀的失群孤雁。

王融是永明詩人群之一，其詩作婉轉細膩，如〈巫山高〉：

想像巫山高，薄暮陽臺曲。煙霞乍舒卷，蘅芳時斷續。

彼美如可期，寤言紛在矚。憮然坐相思，秋風下庭綠。〔註191〕

「煙霞乍舒卷，蘅芳時斷續」把想像中的巫山，寫得煙霞舒卷變幻，芳香時有若無，與自己的時起時斷的惆悵之情暗合，寫來含蓄不露，予讀者無限的想像。

（三）寄離苦

儒家自有「仁者樂山，智者樂水」之喻，山水遂形成智慧胸懷的意喻象徵，兩晉時代，山水詩尚未蔚爲風氣，山水在詩中的呈現，必有所託。例如郭遐周（嵇康同時人，生卒不詳）〈贈嵇康〉三首之二：

風人重離別，行道猶遲遲。宋玉哀登山，臨水送將歸。

伊此往昔事，言之以增悲。歎我與嵇生，倏忽將永違。

俯察淵魚遊，仰觀雙鳥飛。厲翼太清中，徘徊於丹池。

欽哉得其所，令我心獨違。言別在斯須，惄焉如調饑。〔註192〕

嵇康在司馬昭威逼下不得已避地他遷，郭遐周爲其好友，對嵇康爲時俗所迫，不得外出遠行寄予很大的同情，此贈別詩寫於嵇康避居河東時。「宋玉哀登山，臨水送將歸」將山水與送別的關聯點出，「俯察淵魚遊，仰觀鳥雙飛。厲翼太清中，徘徊于丹池。」道出山中飛鳥、淵中游魚得其所哉，爲高壓所迫的詩人臨難雖表現令人欽慕的風神，作者難免戚戚不捨。此處的鳥飛太清、魚游丹池，都是對嵇

〔註190〕清・丁福保編《全漢三國晉南北朝詩・全北周詩・卷二》台北：世界書局1962年4月初版，頁1614。

〔註191〕清・丁福保編《全漢三國晉南北朝詩・全齊詩・卷二》台北：世界書局1962年4月初版，頁780。

〔註192〕清・丁福保編《全漢三國晉南北朝詩・全三國詩・卷四》台北：世界書局1962年4月初版，頁212。丁注：「毛詩惄如調饑，韓詩調作朝，訓云朝饑難忍也。」

康人格的化寫。

又如庾信〈烏夜啼〉：

桂樹懸知遠，風竿詎肯低。獨憐明月夜，孤飛猶未棲。

虎賁誰見惜，御史詎相攜。雖言入絃管，終是曲中啼。〔註193〕

「桂樹懸知遠」寫出了家鄉路遙難歸，「風竿詎肯低」影射了自己不甘就此放棄歸鄉心意！詩的前四句寫的是景物，又豈是景物而已！

又如〈重別周尚書〉：

陽關萬里道，不見一人歸。惟有河邊鴈，秋來南向飛。〔註194〕

周尚書即周弘正，梁元帝左戶尚書，庾信送別時想到自己離鄉萬里，不能歸去，不免傷感。「陽關萬里道」指詩人自己身在長安，「惟有河邊雁，秋來南向飛」指周弘正自周還陳。小詩寄情，寫來氣象開闊，情思蕩然。

陰鏗詩〈晚出新亭〉：

大江一浩蕩，離悲足幾重？潮落猶如蓋，雲昏不作峰。

遠戍唯聞鼓，寒山但見松。九十方稱半，歸途詎有蹤？

〔註195〕

奔騰浩蕩的大江與不能平靜的心境相映，「潮落猶如蓋，雲昏不作峰」二句把離情寫得波盪起伏。這些山水景色的描寫，早已是「見山不是山」的人化山水了。

（四）詠慷慨

慷慨之氣在漢魏時最多見。亂離中，士人建功立業的企圖表現得強烈，詩中山水常爲比興。例如曹植〈鰕䱇篇〉中以「鰕䱇游潢潦，不知江海流。燕雀戲藩柴，安識鴻鵠遊？」以對比的手法寫出自己心

〔註193〕清・丁福保編《全漢三國晉南北朝詩・全北周詩・卷二》台北：世界書局1962年4月初版，頁1570。

〔註194〕清・丁福保編《全漢三國晉南北朝詩・全北周詩・卷二》台北：世界書局1962年4月初版，頁1607。

〔註195〕清・丁福保編《全漢三國晉南北朝詩・全陳詩・卷一》台北：世界書局1962年4月初版，頁1362。

懷壯志，「駕言登五嶽，然後小陵丘」〔註 196〕更表現了一股慷慨之氣。劉楨〈贈從弟〉：「亭亭山上松，瑟瑟谷中風。風聲一何盛，松枝一何勁。冰霜正慘悽，終歲常端正。豈不罹凝寒？松柏有本性。」〔註 197〕不假雕琢，氣勢一洩而下，語多慷慨。

至於正始年間，阮籍詩亦時有慷慨之氣，如其〈詠懷詩〉三七：

炎光延萬里，洪川蕩湍瀨。彎弓掛扶桑，長劍倚天外。
泰山成砥礪，黃河爲裳帶。視彼莊周子，榮枯何足賴？
捐身棄中野，烏鳶作患害，豈若雄傑士，功名從此大。〔註 198〕

全詩塑造了一個豪傑的形象，「萬里」、「天外」把詩境空間擴展得極大，「泰山成砥礪，黃河爲裳帶」更具體地用映襯方式，把天地空間擴大到令人心神震盪的程度，其實這是詩人包舉宇內的豪氣所建構出如此壯偉的詩句。

又如左思〈詠史〉之五：

皓天舒白日，靈景耀神州。列宅紫宮裏，飛宇若雲浮。
峨峨高門內，藹藹皆王侯。自非攀龍客，何爲欻來游？
被褐出閶闔，高步追許由。振衣千仞岡，濯足萬里流。〔註 199〕

詩一起始就以光明皓大的氣象出筆，而末句更是名句，將個人志意通過有感發力量的形象表現出來。葉嘉瑩《漢魏六朝詩·太康詩歌》云：

左思的詠史詩，……並沒有很複雜的思想性，只是以盛氣、大言、壯志和高懷取勝。……用別人的酒杯澆自己的塊壘，

〔註 196〕曹植〈鰕䱇篇〉：「鰕䱇游潢潦，不知江海流。燕雀戲藩柴，安識鴻鵠遊？世士此誠明，大德固無儔。駕言登五嶽，然後小陵丘。俯觀上路人，勢利惟是謀。讎高念皇家，遠懷柔九州。撫劍而雷音，猛氣縱橫浮。汎泊徒嗷嗷，誰知壯士憂。」載清沈德潛編《古詩源·卷五·魏詩》台北：世界書局 1999 年 1 月二版二刷，頁 70。

〔註 197〕清·丁福保編《全漢三國晉南北朝詩·全三國詩·卷三》台北：世界書局 1962 年 4 月初版，頁 186。

〔註 198〕清·丁福保編《全漢三國晉南北朝詩·全三國詩·卷五》台北：世界書局 1962 年 4 月初版，頁 219。

〔註 199〕清·丁福保編《全漢三國晉南北朝詩·全晉詩·卷二》台北：世界書局 1962 年 4 月初版，頁 386。

借歷史的故事發自己的牢騷。〔註200〕

所謂「盛氣、大言、壯志、高懷」，總括起來，就是一股慷慨之氣，在末句特別氣象宏大，那種天上地下，唯我獨尊的傲然，與山河並驅的氣概，少人能及。

這些詩雖不屬山水詩，卻能以山水舒放出個人心中氣韻，這正也是六朝不同往昔之處。至於眞正以描繪景物爲主的山水詩，也能以山水獨抒情性。如謝靈運〈遊赤石進帆海〉：

首夏猶清和，芳草亦未歇。水宿淹晨暮，陰霞屢興沒。
周覽倦瀛壖，況乃陵窮髮。川后時安流，天吳靜不發。
揚帆採石華，挂席拾海月。溟漲無端倪，虛舟有超越。
仲連輕齊組，子牟眷魏闕。矜名道不足，適己物可忽。
請附任公言，終然謝天伐。〔註201〕

雖用了許多筆墨細細描繪山水，然個人的心境性情卻不自意從山水風光意態中顯現。「揚帆采石華，挂席拾海月」，詩人的世界要求華采、求開闊，豈甘於眼前之境。宗白華〈關於山水詩畫的點滴感想〉評此詩云：「謝靈運的政治野心也在他的泛海詩句『溟漲無端倪，虛舟有超越』裡透露了出來，招致統治階層的疑忌。」〔註202〕詩人若有慷慨的氣質情志，筆下山水也會因之慷慨起來，無論如何是隱藏不了的。

（五）寄孤寂

六朝詩人感到孤寂的情況極多，懷才不遇固然孤寂，宦途順利，但不滿於當路者作爲，而又不可言說，一樣會感到孤寂。無可言喻的孤寂無可宣說，只好一寓於山水，故山水詩中常可讀出詩人孤獨的情懷。

如謝靈運〈石門岩上宿〉：

〔註200〕葉嘉瑩《漢魏六朝詩·太康詩歌》台北：桂冠圖書股份有限公司2000年2月初版一刷，頁560。

〔註201〕清·丁福保編《全漢三國晉南北朝詩·全宋詩·卷三》台北：世界書局1962年4月初版，頁638。

〔註202〕宗白華〈關於山水詩畫的點滴感想〉載伍蠡甫編《山水與美學》台北：丹青圖書公司1987年1月，頁190。

朝搴苑中蘭，畏彼霜下歇。暝還雲際宿，弄此石上月。

鳥鳴識夜棲，木落知風發。異音同至聽，殊響俱清越。

妙物莫爲賞，芳醑誰與伐。美人竟不來，陽阿徒晞髮。〔註 203〕

詩中似乎很熱鬧，有許多物，蘭、霜、雲、石、月、鳥、木、風，有聲響，有動態，但透過這麼多風月物事，往往只襯顯出作者的孤獨，因爲詩中無人；無人的詩也可以很熱鬧，像王維〈辛夷塢〉「木末芙蓉花，山中發紅萼；澗戶寂無人，紛紛開且落。」也是個無人的情境，而且只寫了一種植物，但詩人的心境寧靜淡泊，彷彿聽得到花開的聲音，也感受得到花兒爭相開放的熱情，所以詩境寧靜而不寂寞。但謝靈運的詩，儘管描繪出繽紛的景致，最終期待的是有人欣賞，「妙物莫爲賞，芳醑誰與伐」結果是「人不知而慍」的寂寞，「美人竟不來，陽阿徒晞髮」更流露出一股無可排遣的牢騷，特別是詩中化用了《楚辭》中的典故，頗有屈原怨悱之意。〔註 204〕

不得意的詩人孤寂，連淡泊如陶淵明者，亦時有孤寂之感。其〈詠貧士〉七首之一：

萬族各有託，孤雲獨無依。曖曖空中滅，何時見餘暉。

朝霞開宿霧，眾鳥相與飛。遲遲出林翮，未夕復來歸。

量力守故轍，豈不寒與飢。知音苟不存，已矣何所悲。〔註 205〕

詩中以「萬族各有託」來映襯「孤雲獨無依」的悲情，「曖曖空中滅，何時見餘暉」寫孤雲無緣現其華姿，「朝霞開宿霧，眾鳥相與飛」的美景美境來襯其無依，「遲遲出林翮，未夕復來歸」又寫其晚出早歸，無用才之地的孤寂，袁行霈《中國文學史．陶淵明》云：「他（陶淵明）的詩歌是一個孤獨者的自白，他生命的光輝在他死後才逐漸放射

〔註 203〕清．丁福保編《全漢三國晉南北朝詩．全宋詩．卷三》台北：世界書局 1962 年 4 月初版，頁 644。

〔註 204〕「朝搴苑中蘭」引用《離騷》「朝搴阰之木蘭兮」句。「美人竟不來，陽阿徒晞髮」化用《楚辭．九歌．少司命》「與女沐兮咸池，晞女髮兮陽阿」句。

〔註 205〕清．丁福保編《全漢三國晉南北朝詩．全晉詩．卷六》台北：世界書局 1962 年 4 月初版，頁 479。

出來。」〔註 206〕一個生時不遇，死後方得榮名的人，任憑生前再堅持信念，孤寂之情終不免流露於翰墨間。

（六）樂天命

六朝文人有孤獨寂寥的苦悶，因為在追求「丈夫在世立功名」的過程中，門戶的壟斷令人不滿，而有左思的〈詠史〉中「抱影守空廬」、「塊若枯池魚」那種窮陋士之眷戀官場的孤獨；為避語言禍害而有阮籍〈詠懷詩〉中「孤鴻號野外」、「晨雞鳴高樹」那種人生宿命的深沉孤獨感；感嘆人生於天地宇宙之渺小，而有王羲之〈蘭亭詩序〉「脩短隨化，必期於盡」的無奈。

當建功立名之志不如意時，能寵辱不驚，並深切體認人生的孤獨是無可避免，並安之若素又超越地歌詠人生，不改其樂，安於耕讀的，只有陶淵明。雖然陶淵明詩也有嘆貧（如〈飲酒〉詩之九），〔註 207〕也有感傷不遇的孤寂感憤（如〈感士不遇賦〉），〔註 208〕但數其詩作整體的核心是生命的真醇自由，描繪田園山水時亦寄託這樣的思想。如〈歸園田居〉五首之一：

> 少無適俗韻，性本愛邱山。誤落塵網中，一去三十年。
> 羈鳥戀舊林，池魚思故淵。開荒南野際，守拙歸園田。
> 方宅十餘畝，草屋八九間。榆柳蔭後簷，桃李羅堂前。
> 曖曖遠人村，依依墟里煙。狗吠深巷中，雞鳴桑樹顛。

〔註 206〕袁行霈《中國文學史・陶淵明》台北：五南圖書出版公司 2003 年 1 月一版一刷，頁 429。

〔註 207〕陶淵明〈飲酒〉詩之九：「清晨聞叩門，倒裳往自開。問子為誰歟？田父有好懷。壺漿遠見候，疑我與時乖。襤褸茅簷下，未足為高栖。一世皆尚同，願君汩其泥。深感父老言，稟氣寡所諧。紆轡誠可學，違己詎非迷！且此歡此飲，吾駕不可回！」《陶靖節集注・卷三》，台北：世界書局 1999 年 2 月二版一刷，頁 43。

〔註 208〕〈感士不遇賦〉：「嗟乎！雷同毀異，物惡其上，妙算者謂迷，直道者云妄。坦至公而無猜，卒蒙恥以受謗；雖懷瓊而握蘭，徒芳潔而誰亮。」《陶靖節集注・卷五》台北：世界書局 1999 年 2 月二版一刷，頁 73。

戶庭無塵雜，虛室有餘閑。久在樊籠裡，復得返自然！〔註 209〕

所有的山水田園，充滿作者深切盼望的情感，「羈鳥戀舊林，池魚思故淵」，天上的鳥，池中的魚，都帶著詩人的質性，「曖曖遠人村，依依墟里煙」，村落雖遠，而距作者的心靈很近，炊煙雖升空，卻帶著作者的心意綿延依依，農莊裡的景象被作者寫得十分悠然，連狗吠雞鳴那麼自然的聲音都充滿作者的喜悅。又如其〈癸卯歲始春懷古〉之二：

先師有遺訓，憂道不憂貧。瞻望邈難逮，轉欲志長勤。

秉耒歡時務，解顏勸農人。平疇交遠風，良苗亦懷新。

雖未量歲功，即事多所欣。耕種有時息，行者無問津。

日入相與歸，壺漿勞近鄰。長吟掩柴門，聊爲隴畝民。〔註 210〕

詩中敘景之句「平疇交遠風，良苗亦懷新」，繪出了原野生機盎然的景象，平疇交遠風表現了作者心境的開闊，良苗亦懷新道出了作者重新歸回田園，重新活回自己的喜悅。宗白華〈關於山水詩畫的點滴感想〉云：

陶淵明歌頌「良苗亦懷新」，是因爲這良苗的懷新有他自己的工作在裡面。他「採菊東籬下，悠然見南山」，是因爲南山給予了他工作時的安慰和精神上的休息。陶淵明正是在自己辛勤的工作裡體會到大自然山水給予他的慈惠和精神的養育。〔註 211〕

其詩中充滿著空靈悠遠的逸趣，是詩亦是畫。張俊傑《山水繪畫思想之發展・中國山水繪畫藝術思想之根源》云：

（陶詩）所顯示的，是心源之愛與宇宙生命的融合。換句話說，這境界是愛心與自然萬物間所發生的一種高度的契合與共鳴。莊子所謂「天地與我並生，萬物與我爲一」……說明文學藝術皆係以人心合天心，以天心發人心。換言之，

〔註 209〕《陶靖節集注・卷二》晉・陶潛撰，清陶澍注，台北：世界書局 1999 年 2 月二版一刷，頁 15。

〔註 210〕《陶靖節集注・卷三》台北：世界書局 1999 年 2 月二版一刷，頁 36。

〔註 211〕宗白華〈關於山水詩畫的點滴感想〉載伍蠡甫編《山水與美學》台北：丹青圖書公司 1987 年 1 月，頁 190。

以心源之愛會合天地萬物。〔註 212〕

同樣用山水表達一己的樂天，謝靈運寫來就少了景與情的渾然密附。其〈初去郡〉：

……恭承古人意，促裝返柴荊。牽絲及元興，解龜在景平。
負心二十載，於今廢將迎。理棹遄還期，遵渚騖脩坰。
遡溪終水涉，登嶺始山行。野曠沙岸淨，天高秋月明。
憩石挹飛泉，攀林搴落英。戰勝臞者肥，鑒止流歸停。
即是羲唐化，獲我擊壤情。〔註 213〕

相較之下，謝靈運在雕繪景致用的功夫比陶淵明多得多。自「理棹遄還期」句起，不斷用精工美詞摩寫，刻意排偶，除「野曠沙岸淨，天高秋月明」明朗渾然，餘則見不到詩人的性情，直至末二句寫出「羲唐化」、「擊壤情」的盼望，可是全詩無一句是對超然世外的嚮往。謝靈運並不曾眞正安於老莊的人生態度，所以徐復觀才會說他的山水詩，缺乏恬適自然之致。〔註 214〕陶謝詩中的山水，孰見樂天逸趣，自是明顯可見。

（七）論詩文

此外，六朝的文學理論亦常以自然山水作喻，以表達評論者的感觀理論。例如《世說新語・言語》第廿四則敘述王武子、孫子荊各言土地人物之美。王云：「其地坦而平，其水淡而清，其人廉而貞。」孫云：「其山崔嵬以嵯峨，其水泇渫而揚波，其人磊砢而英多。」鍾仕倫《魏晉南北朝美育思想研究・山水繪畫美育思想》曰「（王武子、孫子荊）認爲自然山水的特定形質可以滋養精神和養育人格」，〔註 215〕其實篇中更表現山水之中有人格特質的審美情趣，山崔嵬嵯峨與人的磊

〔註 212〕張俊傑《山水繪畫思想之發展・中國山水繪畫藝術思想之根源》台北：國立歷史博物館 2005 年 9 月，頁 25。

〔註 213〕清・丁福保編《全漢三國晉南北朝詩・全宋詩・卷三》台北：世界書局 1962 年 4 月初版，頁 642。

〔註 214〕徐復觀《中國藝術精神・魏晉玄學與山水畫的興起》台灣：學生書局 1998 年 5 月初版十二刷，頁 230。

〔註 215〕鍾仕倫《魏晉南北朝美育思想研究・山水繪畫美育思想》北京：中國社會科學出版社 2006 年 11 月一版一刷，頁 286。

砢性質可以呼應，而水的沺瀿揚波又呼應著人才的英特多濟。

如阮瑀〈文質論〉以「陽春敷華，遇衝風而隕落；素葉變秋，既究物而定體」來論「文質虛實，乃隨時應動」。〔註 216〕此以景物論文章之情采文質。

《文心雕龍・原道》篇曰：「日月疊璧，以垂麗天之象；山川煥綺，以鋪理地之形：此蓋道之文也。」又曰：「雲霞雕色，有逾畫工之妙；草木賁華，無待錦匠之奇：夫豈外飾？蓋自然耳。」〔註 217〕此以山水現象論自然爲文章根本之道。

其〈物色〉以「陽氣萌而玄駒步，陰律凝而丹鳥羞」論四時動物之深；以「獻歲發春，悅豫之情暢；滔滔孟夏，鬱陶之心凝；天高氣清，陰沈之志遠；霰雪無垠，矜肅之慮深」論「情以物遷，辭以情發」之理；又以「一葉且或迎心，蟲聲有足引心。況清風與明月同夜，白日與春林共朝哉！」寫出即使小小風物足以感發人心。此以山水景物論說文思之動。

其〈神思〉篇以「珠玉之聲」、「風雲之色」喻思理之致；曰：「登山則情滿於山，觀海則意溢於海，我才之多少，將與風雲並驅矣。」〔註 218〕寫出了爲文靈感神思之妙。

陸機〈文賦〉云：「石蘊玉而山暉，水懷珠而川媚。彼榛楛之勿翦，亦蒙榮於集翠。」〔註 219〕以山水論文章中美辭警句之動人。

裴子野〈雕蟲論〉曰「若夫悱惻芬芳，楚騷爲之祖；靡漫容與，相如扣其音」、「（五言詩）曹劉偉其風力，潘陸固其枝柯」，〔註 220〕

〔註 216〕鬱沅、張明高編《魏晉南北朝文論選》北京：人民文學出版社 1996 年 10 月一版一刷，頁 46。

〔註 217〕黃叔琳注《文心雕龍・卷十》台北：世界書局，1984 年 4 月五版，頁 161。

〔註 218〕黃叔琳注《文心雕龍・卷六》台北：世界書局，1984 年 4 月五版，頁 105。

〔註 219〕鬱沅、張明高編《魏晉南北朝文論選》北京：人民文學出版社 1996 年 10 月一版一刷，頁 148。

〔註 220〕鬱沅、張明高編《魏晉南北朝文論選》北京：人民文學出版社 1996

《梁書・裴子野傳》雖稱「子野爲文典而速，不尙麗靡之詞，其制作多法古，與今文體異。」〔註 221〕而以景物喻詩人成就，切當可稱。

六朝文論中以山水景物出語者，不勝枚舉。文論家對文風流行有著敏銳的觸覺，而文論家本身作論亦爲一種創作，或爲前人累積的創作歸納整理出理路系統，或以明銳眼力探索出文風趨向，而領導風氣之先。六朝之時，文學批評開始發軔，其後，文論對文學史的發展益顯重要。六朝文論家常以自然喻文，影響後世文論益深，此自當是山水景物對六朝文士啓引所致。

王力堅《六朝唯美詩學・文學史觀——代變與反差》云：

> （詩文）內容方面是仕宦生活與自然景物緊密結合，景物表現範圍，從山林原野收攏到園林庭院；玄理的闡發基本上消失了，情感的抒發進一步與景物描寫相融合，形成了情思景物化，景物情思化的特徵。〔註 222〕

玄理的闡發其實是促使理想人格美與自然美發生直接聯系，因爲在玄學家看來，人與自然本是一體的，只不過世人「誤落塵網中」，迷失了自然本性；而理想的人格則具有「法天貴眞」、「應之自然」的美。〔註 223〕因此魏晉人喜歡以自然山水之美來說理，說人格之美、文論之理。山水影響的不僅是詩文，也是生命情調，也是息息相關的生活價值、思維方式。

總之，自然界的美只有作爲人的一種暗示，才有眞正顯示美的意義。所以歌詠自然的詩大半都有一種移情作用。當自然山水在詩中呈現時，已非單純的自然，而是涵融了作者的情志，所表現的這美是自然景觀與人的感受的結合而成的。

年 10 月一版一刷，頁 325。

〔註 221〕《二十五史精華・亨・梁書・裴子野列傳》台北：讀者書店 1978 年 1 月，頁 32。

〔註 222〕王力堅《六朝唯美詩學・文學史觀——代變與反差》台北：文津出版社 1997 年 7 月一版一刷，頁 51。

〔註 223〕參韋鳳娟《空谷流韻・魏晉南北朝卷・玄言與山水》台北：中華書局 1997 年 3 月一版，頁 88。

陳洪《詩化人生——魏晉風度的魅力・引言》云：當顧愷之歡欣地讚頌「千岩競秀，萬壑爭流，草木朦朧其上，若雲興霞蔚」時，「人與自然的對立消失了。自然的景象投射了人格、性情，與詠志、心境和人情緊密地融合了起來，從而使現實的人得到了某種自由的超脫。」〔註 224〕即便是痛苦，在山水中的艱險、盤屈的景象中，也彷彿投射了一己的生命，那些痛苦也就不自覺地得到了託寄療化。

朱光潛〈山水詩與自然美〉云：

> 人在覺得自然美時，那自然裡一定有人自己在內，人與自然必然結合爲一。這種結合在藝術發展史中採取過各種不同的形式，最重要的有神話、寓言以及中國過去詩論家所說的「比」和「興」。這些形式有一個基本共同點，那就是拿人和自然事物作比擬而見出其中某種類似或暗合，它們都運用不同程度的人格化和象徵過程。〔註 225〕

儘管學者認爲山水詩是有閒階層的產品，認爲山水詩是由城市「遁世」出來的士大夫階層，〔註 226〕然而，所有的文學在中國傳統中都是士大夫的產品，優秀的文學必能由其中看到作者的性靈情志，山水文學既能有此表現，自是文學的瑰寶。「人化的自然」的命題爲探索自然美的謎，開拓了一個正確的方向，更爲探索作者心志提供了一條簡捷的途徑，也爲我們研究美學體系，提供了科學的理論根據。

第三節　神與物遊——才性並風雲捲舒

才性是六朝時期文士探辯的論題，漢末魏初，出於政治上的需要，人物品鑑棄名求實，唯才是舉，偏重對人的情性、才學的估量，

〔註 224〕陳洪《詩化人生——魏晉風度的魅力・引言》河北大學出版社 2001 年 9 月 1 版，頁 8。

〔註 225〕朱光潛〈山水詩與自然美〉載伍蠡甫編《山水與美學》台北：丹青圖書公司 1987 年 1 月，頁 196。

〔註 226〕陳獨秀於 1917 年 2 月發表〈文學革命論〉一文，提出三大主義，其中之一曰：「推倒迂晦的山林文學，建設明瞭的通俗的社會文學。」

傳統儒家強調的「德性」，至此已被揚棄，「魏晉名士之清談中，混亂儒道之界限及立場，乃一顯著特色」。〔註 227〕而其主要趨向則仍屬道家。勞思光《中國哲學史》云：

> 無論自覺或不自覺，此一群（六朝）知識份子之趣，不外在形上學觀念及放誕生活兩面表現。而此兩點，其一以老子言「道」之理論爲根源，其二是繼承老莊追尋「觀賞之自由」之價值意識。〔註 228〕

六朝文士所追求的才性，正是以老莊「觀賞之自由」爲的，進而追求「創作之自由」，也就是「神思」。此神思指創作時構思力與想像力，能使人產生移情作用，上窮碧落下黃泉，無遠弗屆盡情描寫，故吟詠之間，可以吐納珠玉之聲，眉睫之前，又可卷舒風雲之色：「登山則情滿於山，觀海則意溢於海，我才之多少，將與風雲並驅」；藉由文字，使山水風雲，不僅略無隱貌，而且天地、星辰、草木、蟲魚都可具情感、生命、靈性，個人才性灌注於山水，使讀者欣賞山水時也能想見詩人融於言外之心靈境界，「神與物遊」後的作品動人如此。茲例舉分述如後：

一、靈思飛動的山水意象

六朝寓目美學的興起，使文士對人物品賞，能見貌、即形而知性、徵神。不僅如此，這種品賞的特質也能擴大至於山水風物，一眼看到什麼，就能立即品出由表象至於本質、由孤立至於整體的美感直覺。也就是由眼見之象，即生心中之意，把握「意象」的敏銳度可謂空前。

王力堅《六朝唯美詩學・內構形態：美在瞬間生成》認爲，六朝的意象生成理論有三大特徵：

（一）直覺性：指不以思功力構，只憑直覺感興而致成的意象

〔註 227〕勞思光《新編中國哲學史・魏晉玄學》台北：三民書局 1993 年 8 月增訂七版，頁 143。

〔註 228〕勞思光《新編中國哲學史・魏晉玄學》台北：三民書局 1993 年 8 月增訂七版，頁 144。

（二）突發性：是澄虛心境與景猝然相遇的諧和直覺感興

（三）超時空性：直覺的藝術構思在神與物遊中突破眼前之景的狹小時空，在「應會感神」的形態之中，蘊含著精神騰越的張力美感。〔註 229〕

創作者的情感與外在的景物交會，昇華形成為一種美感意識，再以其豐沛的才情，窺意象而運斤，把「翻空易奇」之意象，化為瑰奇驚豔之詩篇。其過程正是：

情感（起動）－意識（形成）－物象（剪裁）－意象（形成）

在形成美感意識的過程中，或直覺，或突發，或超時空，均為一種「神與物遊」的審美境界。

（一）直覺性之意象

直覺性之意象指不思功不力構，只憑直覺感興而致成的意象。當自然山水映入眼簾，立即生象於心，「山沓水匝，樹雜雲合，目既往返，心亦吐納」（《文心雕龍・物色》）。李瑞騰〈唐詩中的山水〉云：

> 由目而心，意指目之視山觀水所浮現的山水意象經過心神運思而外射的過程。人原就有情，應物即有所感，感物而吟志最是自然不過了。〔註 230〕

六朝禽鳥常用作動態的意象，左思「習習籠中鳥，舉翮觸四海」（〈詠史〉八首之八）象徵意欲騰飛軒翥之意，謝靈運「鳥鳴識夜棲，木落知風發」（〈夜宿石門詩〉）以鳥鳴更襯出夜的清淒，鮑照「林際無窮極，雲邊不可尋。惟見獨飛鳥，千里一揚音」（〈日落望江贈荀丞〉）寫出了孤獨的離情，謝朓「魚戲新荷動，鳥散餘花落」（〈遊東田〉）中的的鳥飛使遠山有了動態之美，這些禽鳥的描寫都自然散發出詩人的情。

〔註 229〕王力堅《六朝唯美詩學・內構形態：美在瞬間生成》台北：文津出版社 1997 年 7 月一版一刷，頁 60～65。

〔註 230〕李瑞騰〈唐詩中的山水〉載《古典文學第三輯》台北：學生書局 1981 年 12 月初版，頁 151。

面對自然界山山水水，心有所直感，神思的作用正是在心、物間遊環出一具體可感、彷如睹見的意象。例如曹植〈七哀詩〉：

明月照高樓，流光正徘徊。上有愁思婦，悲歎有餘哀。
借問歎者誰，言是宕子妻。君行踰十年，孤妾常獨棲。
君若清路塵，妾若濁水泥。浮沈各異勢，會合何時諧？
願為西南風，長逝入君懷。君懷時不開，賤妾當何依。

〔註 231〕

清路塵與濁水泥，一浮一沈，呼應了整個環境——高樓，徘徊高樓仰望明月不可及，俯視濁泥更無近天路機會，詩人摘取眼前景物表達了難以聚合的悲哀。

同樣登高樓，謝靈運的〈登池上樓〉：「潛虯媚幽姿，飛鴻響遠音。薄霄愧雲浮，棲川怍淵沈。……」〔註 232〕兩兩對襯，一低一高、一龍一鴻、一潛一飛、一水一雲，對比成趣，且與高樓整合成一意象體系。

鮑照〈代結客少年場行〉：「升高臨四關，表裏望皇州。九塗平若水，雙闕似雲浮。」〔註 233〕所寫亦高天之雲與低處之水形成俯仰視角的對比。這種見物起興，如是之景必有如是之情，無須費力構思即可渾然溢出的意象，幾乎是詩人一用再用卻又永不厭膩的手法。

登樓的題材在多位詩人的創作下，形成一特殊意象，遠眺懷鄉，塵泥異路等等各種不同的哀愁，要之，就是不可解的鬱抑，非登樓無以抒懷。蕭子顯《南北朝新語・自序》：「若乃登高目極，臨水送歸，風動春朝，月明秋夜，早雁初鶯，開花落葉，有來斯應，每不能已也。……每有製作，特寡思功，須其自來，不以力構。」正是指這種

〔註 231〕清・丁福保編《全漢三國晉南北朝詩・全晉詩・卷六》台北：世界書局 1962 年 4 月初版，頁 160。清・沈德潛《古詩源・卷五・魏詩》第九句作「君若清露塵」。台北：世界書局 1999 年 1 月二版二刷，頁 78。

〔註 232〕清・沈德潛《古詩源・卷十・宋詩》台北：世界書局 1999 年 1 月二版二刷，頁 150。

〔註 233〕《魏晉南朝文學史參考資料》北京大學中國文學史教研室選注 1992 年 3 月，頁 477。

無須力構的直覺感興，使內外、物我交接通流，而形成意象。這番理論「證明了當時文學重心的移動」，〔註 234〕注重直接由「感物」而「寫物圖貌」。

（二）突發性之意象

突發性意象是指心境與景物猝然相遇的諧和感興，通常是心境澄虛，與景之相遇是不期然而然。

謝靈運〈登池上樓〉句「池塘生春草，園柳變鳴禽」，金代王若虛《滹南詩話．卷一》云：「謝靈運夢見惠連而得『池塘生春草』之句，以爲神助。石林詩話云：『世多不解此語爲工，蓋欲以奇求之耳。此語之工，正在無所用意，猝然與景相遇，借以成章，故非常情所能到。』……李元膺以爲反覆求之，終不見此句之佳，正與鄙意同。蓋謝氏之誇誕，猶存兩晉之遺風，後世惑于其言，而不敢非，則宜委曲之至是也。」〔註 235〕無論何說爲是，都是作者有意描繪春景時寫下的詩句，承前句「傾耳聆波瀾，舉目眺嶇嶔。初景革緒風，新陽改故陰」，在有意舉目傾耳之際，新春景致之改是可期的。然而「池塘生春草」句中並無詩人的期待，是不期而遇之景，原本最平凡之景，謝靈運筆下卻顯得意外多愀，若謝靈運內在無一種人事無常的深沉感慨，是寫不出如此的句子，句中的「生」、「變」更把潛在的心思極生動地表露出來，故景致盎然之生動與內在的生意突發而遇，不期然而句出。

無所用意而渾然天成的創作又如陶淵明，其〈飲酒〉二十首之五：「採菊東籬下，悠然見南山。山氣日夕佳，飛鳥相與還。」悠然心境與南山景象猝然而遇，由近處的東籬，延伸至遠處的山景，山氣、飛鳥、菊花、南山，所有的組合是不期然而然，形成了完全出人意表的意境，如非詩人心靈澄澈，固不能有此感興。

〔註 234〕王文進〈詠懷的本質與形似之言〉載《意象的流變》台北：聯經出版事業公司 1997 年 4 月六版三刷，頁 123。

〔註 235〕王若虛《滹南詩話．卷一》載清．丁福保輯《歷代詩話續編》台北：木鐸出版社 1983 年 9 月，頁 507。

北朝樂府民歌〈隴頭歌辭〉：

隴頭流水，流離山下。念吾一身，飄然曠野。

朝發欣城，暮宿隴頭。寒不能語，舌卷入喉。

隴頭流水，鳴聲幽咽。遙望秦川，心肝斷絕。〔註 236〕

情與景本互不交涉，透過眼前所見之景，突然興起一種飄泊苦寒之感。隴頭流水咽然鳴聲，與全詩突起的感傷情調相與呼應，形成一完整意象，兩不相涉的覺知乃渾成一體。此與詩經六義之「興」同，是一種象徵性的暗喻，以物象表所寓之意，借物以起情，是作者在創作過程中，最隱微的觸發，王夢鷗《中國文學理論與實踐．繼起的意象》中所稱：「興體能憑原生的一點意象而發展為無窮的意象，正是我們所謂的『想入非非』。」〔註 237〕至於如何「想入非非」的，恐怕連作者自己都未必說得清楚。這是觸物起情最奧妙之處，也正是最能使文言有窮而意不盡之關竅。〈隴頭歌辭〉中隴頭之水的流動如何使作者靈思飛動，將孑然一身的飄泊感與之聯類寫出，水聲咽咽如何喚起詩人思鄉或思人之懷，讀者均無由得知，只覺突發的情景闔合，興起了不可言說的愁思和美感。

（三）超時空之意象

在神與物遊的審美過程中，意象往往突破眼前狹小時空，在「應會感神」的形態之中，精神思緒可以跨越眼前山海雲樹，而形成更悠遠的情境。

例如左思〈詠史〉其五之句：「振衣千仞岡，濯足萬里流。」文句所創造的情境已超越言表，振衣與濯足雖為平常小動作，在與千仞岡、萬里流的廣大空間詞搭配起來，則有無限延展的意義，可指涉時間、空間，甚至個人內心最隱秘深沈的高曠傲睨和對自由最終極的渴望。

〔註 236〕清．丁福保編《全漢三國晉南北朝詩．全梁詩．卷十四》台北：，世界書局 1962 年 4 月初版，頁 1328。

〔註 237〕王夢鷗《中國文學理論與實踐．繼起的意象》台北：時報文化出版公司，1995 年 1 月，頁 204。

鄭毓瑜《六朝情境美學．知音與神思》云：

> 文學語言毋寧即是對日常語言的「逆轉」或說是「疏遠」；它不是來自於現實，卻含混著企圖超越社會目的的隱秘性與自由性；……調節一般語符與個別情思之間的距離，使常態的言辭可以指向特殊的意象。〔註 238〕

驅策一般語辭，指向特殊意象，除左思上述詩句外，陶淵明尤爲能手。其〈歸去來辭〉句「雲無心以出岫，鳥倦飛而知還」，寫雲飄鳥飛之景，透過作者矯首遐觀的描寫，透過讀者的想像，顯出一個極度渴望自由，對過去離開田園誤入官場，而今厭倦疲累如鳥欣喜歸巢的人物形象。對人生價値的認識評估，也藉由景象托出，所寫意境已超越眼前景物的框架。

再如嵇康〈贈秀才入軍〉其二之句：

> 目送歸鴻，手揮五弦。俯仰自得，遊心泰玄。〔註 239〕

陳祚明〈采菽堂古詩選〉評曰：「衷懷慨然，文筆亦爾，徑遂直陳，有言必盡，無復含吐致，故知詩誠關乎性情，婞直之人，必不能爲婉轉之調審矣。」〔註 240〕固言其詩慨然直切，然「目送歸鴻，手揮五弦」所言豈只是送鴻雁、撫琴弦的形象而已！當下的時空與當下的情景疊合，寫出的卻是一雋永的風度和高潔的胸次，甚或引起畫家顧愷之探討「手揮五弦易，目送歸鴻難」云云。〔註 241〕

中國山水審美講究心物感應，講究神貴於形，講究物我兩忘，講究神與物遊的精神特徵。在神與形交往的過程中，藉著心象與物象的疊合，而浮雕出詩人的情感上各種不同的境界。歸鴻、五弦是客觀的形物，目送和手揮是主觀的動作，全是尋常語符，但在神思運作下，

〔註 238〕鄭毓瑜《六朝情境美學．知音與神思》台北：里仁書局 1997 年 12 月初版，頁 14。

〔註 239〕《嵇中散集》台北：三民書局 1998 年 5 月，頁 15。

〔註 240〕載《魏晉南朝文學史參考資料．正始詩人：嵇康》北京大學中國文學史教研室選注 1992 年 3 月，頁 222。

〔註 241〕《二十五史精華．亨．晉書．文苑傳》台北：讀者書店 1978 年 1 月，頁 154。

卻形成一耐人尋味的象，是可供欣賞的視域，也是可供玩味的心象，不論創作者或欣賞者，都是「想像」與「顧望」同時並發，呈現出一深化的表達情境。

二、壯思開闊的宇宙天地

大地自然的和諧相生是一種大美境界，人往往因靜觀或相融其中而獲得相應的境界。自然山水的壯美予人的啓發有二，一爲山水描繪筆觸之壯潤，一爲山水開擴了人的胸襟。

（一）筆觸之壯潤

描寫壯潤的山水，當然配以雄豪的筆觸，方能文質並流，情采俱發。如鮑照〈登廬山〉二首之一：

> 懸裝亂水區，薄旅次山楹。千巖盛阻積，萬壑勢迴縈。
> 巃嵸高昔貌，紛亂襲前名。洞澗窺地脈，聳樹隱天經。
> 松磴上迷密，雲竇下縱橫。陰冰實夏結，炎樹信冬榮。
> 嘈囋晨鵾思，叫嘯夜猿清。深崖伏化迹，穹岫閟長靈。
> 乘此樂山性，重以遠遊情。方躋羽人途，永與煙霧并。
>
> 〔註 242〕

千巖萬壑的盛大景致，鮑照以精細的筆墨描寫，字句間一如景致一般盤根錯節，壯潤中不乏細致，雋逸中亦見迷濛。

謝朓〈暫使下都夜發新林至京邑贈西府同僚〉：

> 大江流日夜，客心悲未央。徒念關山近，終知返路長。……
>
> 〔註 243〕

沈德潛評其「滔滔莽莽，其來無端」，謝朓一起始筆觸即壯潤無比，所謂「善自發詩端」（鍾嶸《詩品・卷中》），〔註 244〕雖意銳才弱，以

〔註 242〕清・丁福保編《全漢三國晉南北朝詩・全宋詩・卷四》台北：世界書局 1962 年 4 月初版，頁 683。

〔註 243〕清・沈德潛《古詩源・卷十二・齊詩》台北：世界書局 1999 年 1 月二版二刷，頁 176。

〔註 244〕梁・鍾嶸撰，成琳、程章燦注譯《詩品・中卷》台北：三民書局 2003 年 5 月初版一刷，頁 111。

至「末篇多躓」。然其詩奇章秀句，警遒過人，一己哀愁，特以大江之流烘襯，蒼莽壯濶，聲勢駭人，少人及之。

山水對詩文創作的影響，從民歌中更是顯而易見，如北朝民歌〈敕勒歌〉：

> 敕勒川，陰山下。天似穹蒼，籠蓋四野。天蒼蒼，野茫茫，風吹草低見牛羊。〔註 245〕

全詩表現游牧生活，草原無垠，景致如畫，末句水草牛羊之盛，如信口出之，胡應麟《詩藪》云：「齊梁後七言無復古意，獨斛律金〈敕勒歌〉……大有漢魏風骨。金武人目不知書，此歌成於信口，咸謂宿根。不知此歌之妙正在不能文者，以無意發之，所以渾樸莽蒼，暗合前古。」〔註 246〕此詩中所呈現的壯濶，除了草原蒼茫遼闊氣象外，也寫出了北人民族生活型態。雄樸之筆寫游牧人的樸實生活，實渾然成體。

（二）胸次之壯濶

山水勝景不僅提供創作的素材，亦能激發創作的藝術靈感與想像力，甚至影響到作品的風格及章法結構。丁成泉《中國山水詩史．緒論》云：

> 劉勰所說的「江山之助」，只是在一般意義上強調山河景物對於文學創作的影響與作用，對於表現自然美的山水詩畫說來，深入大自然，以眞山眞水爲範本，更是絕對必要的了。〔註 247〕

屈原《離騷》筆觸壯美，與楚地山水之美有絕對關係。然而山水對屈原影響，除了眞山實水的莽奔滔滔在《楚辭》中留下了壯濶的采章文

〔註 245〕清．丁福保編《全漢三國晉南北朝詩．全北齊詩》台北：世界書局 1962 年 4 月初版，頁 1526。

〔註 246〕明．胡應麟《詩藪．內編．古體下》台北：廣文書局 1973 年 9 月初版，頁 150。

〔註 247〕丁成泉《中國山水詩史．緒論》台北：文津出版社 1995 年 8 月初版，頁 15。

藻外，更重要的是對屈原胸次的陶冶，在壯麗的山水中往往蘊孕出壯麗的性情，悲也壯濶，喜也壯濶。屈子沈江即爲一悲壯之舉。

左思〈詠史〉其五：「皓天舒白日，靈景耀神州」，一起首就寫出了不凡的氣象，景象格局大，詩人胸次亦隨之壯大，意氣隨之高遠，「高步追許由」，世俗凡塵中錦繡金玉何足攀附！末句「振衣千仞岡，濯足萬里流」以凡俗物事合配上遼闊的山水之景，竟形成不凡氣象，此來自高曠胸襟之灑然流詠。

左思爲西晉人，身處北地，有平野蒼莽的視覺經驗，影響其浩然胸次。至若三步一江五步一水的江南，使詩人在博大外，更多了深厚曲奧。

六朝人由江北的桑麻之野遷至江南的湖山之觀，山水視覺的移動豐富了文人的心靈。謝靈運山水詩多奧博之詞，亦滋養於山水，正如江南曲折多拗的山水，如其「揚帆採石華，挂席拾海月」、「溟張無端倪，虛舟有超越」豈不壯濶！然而壯濶之餘似又多些曲折，故知山水予文人性情上必有相當陶冶之功。

三、悲思回蕩的曲山迂水

文學是苦悶的象徵，純文學之首《詩經》即多有苦悶的抒發，戰爭之苦、思念之苦、貧困之苦，辭賦之祖《楚辭》寫不得志之苦、孤獨之苦、傷春、悲秋，古詩十九首寫亂離，邊塞詩寫邊境苦寒，社會詩寫民生疾苦，即便山水詩抒寫山水之美，仍不免成爲詩人抒發苦悶的出口。

韓學君〈從「入內」「出外」的命題看中國古典美學的規律和特徵〉云：

> 中國古代的認知方式，側重直觀經驗的感悟，並與經驗性的理智相結合。因其直觀，所以離不開客觀的具象性，因此經驗性理智爲內核，所以重視整體。……審美主體在審美活動中要積極主動，不僅要「外求諸物」，還要「內取諸心」，這就需要很好的「入」和「出」的功夫，而二者的有

機統一就是「游」。〔註 248〕

文士個人的憂苦可直洩噴發，如有所顧慮，或寓諸寓言如《莊子》，或寓於史籍如《史記》，山水詩之興使文人多一宣洩出口，文人或在暢遊山水中忘懷憂苦，成爲憂苦寄託，或成隱喻憂悶之載體。

（一）解憂之遊憩

謝靈運是第一個以遊山玩水爲人生大事的人。身爲名門之後，高祖受命，降公爵爲侯，《宋書》說他「遊娛宴集，以夜續晝」以消解鬱憤，往往「尋山陟嶺，必造幽峻」，既不得志，遂肆意遨遊，徧歷諸縣，藉暢遊以抒憂。其〈過白岸亭〉詩：

拂衣遵沙垣，緩步入蓬屋。近澗涓密石，遠山映疎木。
空翠難強名，漁釣易爲曲。援蘿聆青崖，春心自相屬。
交交止栩黃，呦呦食苹鹿。傷彼人百哀，嘉爾承筐樂。
榮悴迭去來，窮通成休感。未若常疎散，萬事恆抱朴。
〔註 249〕

詩中雖以白岸亭的風光爲主題，但接著又抒發榮悴窮通無常的感慨，最後又表示不問世事，表面美其言「萬事恆抱朴」，實則爲宦途挫後消極頹廢的態度。遊山玩水不過是失意中寄情忘憂的活動而已，故山水詩中常懷孤傲語、睨世語，如「我志誰與亮，賞心惟良知」〔註 250〕的「人不知而慍」的心情（〈游南亭〉）、「美人竟不來，陽阿徒晞髮」〔註 251〕的孤芳自賞（〈夜宿石門詩〉）、「持操豈獨古，無悶徵在今」〔註 252〕的

〔註 248〕韓學君〈從「入內」「出外」的命題看中國古典美學的規律和特徵〉載淡大文研所主編《文學與美學第六集》台北：文史哲出版社 1998 年 5 月，頁 420。

〔註 249〕清・沈德潛《古詩源・卷十・宋詩》台北：世界書局 1999 年 1 月二版二刷，頁 155。

〔註 250〕清・丁福保編《全漢三國晉南北朝詩・全宋詩・卷三》台北：世界書局 1962 年 4 月初版，頁 638。

〔註 251〕清・丁福保編《全漢三國晉南北朝詩・全宋詩・卷三》台北：世界書局 1962 年 4 月初版，頁 644。

〔註 252〕清・丁福保編《全漢三國晉南北朝詩・全宋詩・卷三》台北：世界書局 1962 年 4 月初版，頁 638。

消極避世（〈登池上樓〉）等，都可看出他內心深處的不平靜。

陶淵明則不然，同樣的暢遊，卻是眞正忘憂的遊。如〈歸去來辭〉：

懷良辰以孤往，或植杖而耘耔。登東皐以舒嘯，臨清流而賦詩。聊乘化以歸盡，樂夫天命復奚疑。〔註253〕

完全一派樂天知命的表現，既無退出官場的不平，亦無貧困的哀嘆。

當然陶淵明也有不知遇的感嘆，其〈雜詩〉其二：

白日淪西阿，素月出東嶺。遙遙萬里輝，蕩蕩空中景。
風來入房户，夜中枕席冷。氣變悟時易，不眠知夕永。
欲言無予和，揮杯勸孤影。日月擲人去，有志不獲騁。
念此懷悲悽，終曉不能靜。〔註254〕

詩亦充滿不安、不平，由日之西沈月之東升，寫到歲月之逝而不得一償宿志的悲嘆。陶詩有憂勤語，有自任語，有知足語，有悲憤語，有樂天知命語，有物我同化語。此詩其實並非「神與物遊」的類型，因爲詩中無「遊」，但陶詩中凡遊於景物，多暢神不憂，恬然自適，與謝詩藉山水忘憂不同。

（二）憂苦之寄託

山水詩之興使文人多一可抒寫的題材，在山水文學流行之際，竟也使文人多一抒憂寄苦的管道。凡歷遊各山水勝境者，如非失意官僚藉遊賞以排遣心境，即卑官僚屬隨府主遊視四方之作，或遷放，或退隱，山水詩既多出是輩之手，風格則必帶有詩人不得志的鬱悶，故山光水色中亦可見文人憂苦。如謝朓〈暫使下都夜發新林至京邑贈兩府同僚〉之句「大江流日夜，客心悲未央」，一起首即點明是寄愁之作，既寫鄉愁，同時悲秋。山水成爲愁思的載體。

阮籍〈詠懷〉八十二首之三：

嘉樹下成蹊，東園桃與李。秋風吹飛藿，零落從此始。

〔註253〕《陶靖節集注・卷五》台北：世界書局1999年2月臺二版一刷，頁79。

〔註254〕《陶靖節集注・卷五》台北：世界書局1999年2月臺二版一刷，頁57。

繁華有憔悴，堂上生荊杞。驅馬舍之去，去上西山趾。
一身不自保，何況戀妻子。凝霜被野草，歲暮亦云已。
〔註255〕

或謂此詩言世事有盛有衰，避亂宜早，或謂阮籍憂懼魏之亡。不論所寫爲何，其愁思顯而易見。秋風一起，零落乃始，而詩人獨見繁華中憔悴的堂上荊杞。這些憂苦悲愁是直截了當從句中流露。

（三）苦悶之隱喻

山水與文士憂苦之關聯，有從遊山玩水排遣鬱悶者，有從山水詩文中直接抒憤喻苦者，另有一種雖未從詩文中現其苦悶，卻由其表達方式中，隱見其憂苦。

以六朝描寫自然風物最著名且分屬兩種典型的陶淵明和謝靈運爲例，陶淵明爲詩，意盡則止，至爲省淨。謝靈運不免繁富爲累。例如同樣以飛鳥和潛魚爲題材，陶淵明〈始作鎮軍參軍經曲阿詩〉：

弱齡寄事外，委懷在琴書。被褐欣自得，屢空常晏如。
時來苟冥會，婉孌憩通衢。投策命晨裝，暫與園田疎。
眇眇孤舟逝，綿綿歸思紆。我行豈不遙，登陟千里餘。
目倦川塗異，心念山澤居。望雲慚高鳥，臨水愧游魚，
眞想初在襟，誰謂形蹟拘。聊且憑化遷，終返班生廬。
〔註256〕

謝靈運〈登池上樓〉起句：

潛虬媚幽姿，飛鴻響遠音，薄霄愧雲浮，棲川怍淵沈。
進德智所拙，退耕力不任。……〔註257〕

陶淵明句顯得簡淨輕靈，有如脫口道出，謝靈運則顯得較刻意著力，原因陶質樸謝雕琢。若論影響文字質與文原因，則是二人生命態度不

〔註255〕清・沈德潛《古詩源・卷六・魏詩》台北：世界書局1999年1月二版二刷，頁86。
〔註256〕清・丁福保編《全漢三國晉南北朝詩・全晉詩・卷六》台北：世界書局1962年4月初版，頁468。
〔註257〕清・丁福保編《全漢三國晉南北朝詩・全宋詩・卷三》台北：世界書局1962年4月初版，頁638。

同。陶淵明追求適性自在，當言則言，吐露完則心無罣礙，不多牽引，亦不隱藏，讀者可以直接見到一坦率的心靈；謝靈運則心中塊壘難於直接傾吐，眷戀官場有又不能如意，欲遊山水又不能全心退隱，故其詩宛轉盤繞，讀者見其詩總寫在字句上，而非心意上。對陶淵明而言，田園詩是他歡喜自在的寄寓，對謝靈運而言，描山繪水卻顯出他性格上的不能自在。

六朝有多人寫招隱詩。招隱原是《楚辭》淮南小山招山林隱士出山之詩，左思和陸機所寫招隱，反變爲招人歸隱。如左思〈招隱〉詩一起始「杖策招隱士，荒途橫古今」，已暗示了前路多困，終於被「山水有清音」吸引，乃致「聊欲投吾簪」而激起棄鐘鼎而就山林的念頭。

又如陸機〈招隱詩〉：

明發心不夷，振衣聊躑躅。躑躅欲安之，幽人在浚谷。
朝采南澗藻，夕息西山足。輕條象雲構，密葉成翠幄。
激楚佇蘭林，回芳薄秀木。山溜何泠泠，飛泉漱鳴玉。
哀音附靈波，頹響赴曾曲。至樂非有假，安事澆淳樸。
富貴苟難圖，稅駕從所欲。〔註 258〕

二人均寫了隱者所居山林之美，環境之清幽，左思道「躊躇足力煩，聊欲投吾簪」，陸機道「富貴苟難圖，稅駕從所欲」，都隱約表達了仕途坎坷，富貴難圖，不如棲隱山林之意。雖然表面未言不得意，卻不自覺地道出了仕途不順的苦悶。詩人精神與山水會，爲自己的苦悶找到了出路。

四、才思洋溢的自然掇拾

六朝山水描繪之豐富可謂空前。有以物喻神者，有神思入景者，均顯現才思洋溢不凡。

〔註 258〕清・沈德潛《古詩源・卷七・晉詩》台北：世界書局 1999 年 1 月二版二刷，頁 101。

（一）以物喻神之精

建安時代山水詩尚未蓬勃發展，曹植能卻精準地以物比況一種情境，把物性和一己的處境關合聯繫的至爲緊密。煮豆燃萁喻兄弟相殘之詩可見其功力：「煮豆持作羹，漉豉以爲汁。萁在釜中然，豆在釜中泣。本是同根生，相煎何太急。」〔註 259〕寫出了被兄長迫害的痛苦。其〈吁嗟篇〉以秋蓬寫出一己的飄泊：「……卒遇回風起，吹我入雲間。自謂終天路，忽然下沈泉。驚飈接我出，故歸彼中田，……願爲中林草，秋隨野火燔。糜滅豈不痛，願與根荄連。」〔註 260〕由雲間下沈泉，飄泊之苦與骨肉分離之哀全藉由隨風流轉的蓬草呈現。左思以松與苗的對比發出了不平之鳴。「鬱鬱澗底松，離離山上苗，以彼徑寸莖，蔭此百尺條。」不是生在世家，就永無向上升遷的機會，而世家子弟即便無才無德可坐擁高位，詩人對此種不平無可奈何，只能以物喻之，而能精準如此。

（二）神思入景之深

永嘉年間，山水詩最明亮處乃在於名章佳句處處間起，謝靈運詩常佳句多而佳篇少。《說詩晬語》卷八評陶謝詩云：

> 陶詩合下自然，不可及處，在眞在厚。謝詩經營而返於自然，不可及處，在新在俊。陶詩勝人在不排；謝詩勝人正在排。〔註 261〕

前此，文學史未有如陶詩之眞者，亦未有如謝詩之以經營刻鏤山水而領一時風騷者。

謝靈運匠心獨造，雕琢章句精麗富贍，如「昏旦變氣候，山水含清暉。清暉能娛人，游子憺忘歸。……林壑歛暝色，雲霞收夕

〔註 259〕清・沈德潛《古詩源・卷五・魏詩》台北：世界書局 1999 年 1 月二版二刷，頁 79。

〔註 260〕清・丁福保編《全漢三國晉南北朝詩・全三國詩・卷二》台北：世界書局 1962 年 4 月初版，頁 148。

〔註 261〕清・沈德潛《說詩晬語》台北：新文豐出版公司《叢書集成續編》199 冊，1998 年 7 月台一版，頁 338。

霏……」(〈石壁精舍還湖中作〉)、「亂流趨正絕，孤嶼媚中川。雲日相暉映，空水共澄鮮」(〈登江中孤嶼〉)、「揚帆采石華，掛席拾海月」(〈遊赤石進泛海〉)，字字入景，句句如畫，如非神思入景之深，何能有此？

謝靈運詩，鮑照比之初日芙蓉，〔註 262〕湯惠休比之芙蓉出水，〔註 263〕敖陶孫比之東海揚帆，風日流麗。能獲如此評價，除源於謝靈運觀察景色十分細膩外，更由於能驅遣最恰當的語詞，組織最精致的詞彙，表達出眼前的景象，並創造出如圖畫般美麗的詩境。

（三）神思融景之妙

前言述及陶詩不可及處在眞在厚，文學史上之前未有如陶之眞者，他以眞誠之性融入田園，所謂「園日涉而成趣」(陶淵明〈歸去來辭〉)，而開創文學新猷。

陶公田園詩的佳句，多是散行。在講究辭采駢儷的六朝時代，他一反常態，以樸實自然的散句入詩，卻創造了他人所不及的高妙意境，是其詩最爲特殊之處。論辭采的雕麗，遠不及謝靈運，但神形交會密附貼合的狀況，卻是謝靈運或其他山水詩人所遠遠不及。

例如「平疇交遠風，良苗亦懷新」，前句寫景，後句則詩人的神思融入景物，「懷」者指詩人抑或良苗？「新」者指良苗抑或詩人？均是也。「采菊東籬下，悠然見南山」，「悠然」者究是詩人抑或南山？均是也。在陶詩中往往情與景融爲一體，神與形難以區分。

詩人見景象，乃神思往形象內留駐，一番融神造境後形諸文字。鄭毓瑜《六朝情境美學・知音與神思》對此神思活動有精闢分析：

「神往」之造境活動，不但就由「形留」所啓引，更可以

〔註 262〕《南史・顏延之列傳》：「延之嘗問鮑照己與靈運優劣，照曰：『謝五言如初發芙蓉，自然可愛，君詩若鋪錦列繡，亦雕鏤滿眼。』」

〔註 263〕湯惠休曰：「謝詩如芙蓉出水，顏詩如錯采鏤金。」載梁・鍾嶸撰，成琳、程章燦注譯《詩品・卷中・宋光祿大夫顏延之》台北：三民書局 2003 年 5 月初版一刷，頁 97。

> 說是本諸「形留」所在規劃而出。潘岳〈悼亡詩〉「望盧思其人，入室想所歷」，是一個直接模擬密附的例子，不過更眞切、詳細的狀況，是必須歷經神形之間來去往還的調諧融會。〔註264〕

一般詩人在融神造境後，所形諸文字儘可能貼合實境，而陶詩中卻不一定追求貼合實境，因陶淵明以超越形體的神思去賞鑑景象，歷經神思在形之內外來去往還的調諧融會後，所寫下的詩句往往在追求一種言外之象，或象外之意。正由於神思在形外求意，不暇雕琢文句，故其詩散行居多，與謝靈運之麗偶有別。

六朝詩人神思遊物時，以各種不同方式、技巧、態度，創造了各種不同的山水詩，呈現了詩人各種不同的性情神態，而豐富了山水詩的面目。

第四節　模山範水——摹象寫意而至情景交融

六朝詩人對外在事物的美具一種特別的敏銳度，經由周密的觀察，並按照審美的觀察方式，而給美感對象注入了新的生命，呈現在詩文中的描寫，既不完全等同於原來客觀之物，亦不同於創作者原來生活中的經驗，此所謂「擬容取心」，把物象的容與詩人的心重新組合再創。山水詩往往是通過「模山範水」以寄託感受，使景與情、容與心有機地融合。

然而在六朝這段「模山範水」的文學發展過程中，有一質文代變的現象，就山水詩中的情感表現，從建安時代的慷慨哀歌，逐漸轉變爲曲折隱晦的寄寓，而後又轉變至「性情漸隱，聲色大開」的現象，最後則在宮體詩的發展下，情淡了，而聲色的表現卻愈來愈濃。王力堅《六朝唯美詩學・文學史觀——代變與反差》有清楚的說明：

> 在質文代變的演進過程中，社會的因素日益淡薄，情感的

〔註264〕鄭毓瑜《六朝情境美學・知音與神思》台北：里仁書局86年12月初版，頁12。

> 抒發日益內歛與淡化，而且始終貫串於景物描寫之中。景物的表現，大體上是經歷了自然山水→園林小景→宮廷豔物（包括人）的日趨收縮的代變過程；情感的表現，大體是經了哀（建安）→柔（西晉）→淡（東晉、劉宋）→隱（南齊）→豔（梁、陳）的日趨弱化的代變過程。〔註265〕

以上非常清楚敘述了一個的「性情漸隱」的過程。在慷慨悲歌的建安時代，文士多盼「勠力上國，流惠下民」（曹植〈與楊德祖書〉）；然天下一統的西晉後，能讓人慷慨悲歌的因素弱化了，政治的黑暗卻讓文士們不能用眞誠的態度生存於政壇，山水成了文人託寄寓意的對象；至於「淡」，是因爲東晉玄言清談之風使文人刻意收斂性情。同時南方的明山秀水也讓文人視覺美有了新的體驗，寓目美學之興，使得「聲色大開」，詩文中文辭的講究雕琢，終使靡儷的文風日盛，外表辭采光鮮亮麗，景物內涵表現範圍的日益收縮，情感表現狀態的日益弱化。「質變」貧乏而「文變」日起見功，不論這是進步或退步，這股文學潮流終是文學史上一大轉關。

山水詩從劉宋到齊梁的發展，愈來愈走向純粹客觀寫實了。陳子昂〈與東方虬修竹篇並序〉云：「觀齊梁間詩，彩麗競繁，而興寄都絕。」〔註266〕如果沒有這彩麗的發展，六朝的寓目美學在文學上就無可供發揮的舞台。

所以，我們若將審察山水文學的視角放在社會價值判斷上，會覺得有明顯的局限和消極意味，若轉到審美價值評判上來，就可以發現寄情山水的精神動因與價值取向，是有意義的，而這種積極價值的最高表現，在於它與精神的內在相符應。

本節將就山水文學的形式、辭采與其內在精神的符應，也就是情志與景物的交融、情與采的相生發展做分析。

〔註265〕王力堅《六朝唯美詩學・文學史觀——代變與反差》台北：文津出版社1997年7月一版一刷，頁52。

〔註266〕陳子昂〈與東方虬修竹篇並序〉載《隋唐五代文論選》北京：人民文學出版社1990年5月一版一刷，頁70。

一、山水起興的情志寄託

以山水起興是中國詩歌中久遠的傳統，自《詩經》以來，「興」即成爲文學重要表現方式之一。藉著自然山水起興，完成諷諫、寄情、言志、說理的表達，《詩經》有之，《楚辭》有之，六朝山水詩中的起興表達更豐富。有以山水寄仙心者，有以山水寄玄趣者，有以山水寄感慨者，但山水不全然是作者著意歌詠的對象，往往只是作一引發。

（一）以山水引仙心

魏晉時代，求仙採藥、煉丹服食、養生修道是許多文人生活的一部分，詩人本身不一定是求仙者，但當他面臨自我處境困頓的時候，也會因思索個人進退的艱難題目，而興起對神仙世界的嚮往。如嵇康〈遊仙詩〉起首「遙望山上松，隆谷鬱青葱」是山景描寫，是爲下文「採藥鍾山隅，服食改姿容」鋪陳，爲「蟬蛻棄穢累」、「長與俗人別」的仙境引發。入山採藥時，大自然風物映入眼簾，於是心境爲之逍遙自在，這就是遊仙。同樣是遊仙，與此類不同者，又有託神仙寄懷者，如何劭〈遊仙詩〉：

> 青青陵上松，亭亭高山柏。光色冬夏茂，根柢無彫落。
> 吉士懷眞心，悟物思遠託。揚志玄雲際，流目矚巖石。
> 羨昔王子喬，友道發伊洛。迢遰陵峻岳，連翩御飛鶴。
> 抗跡遺萬里，豈戀生民樂。長懷慕仙類，眇然心綿邈。
>
> 〔註 267〕

前四聯見山上松柏雲石，而引發出後四聯對神仙長生的嚮往。這些詩作中的山水純爲起興，雖然有的詩人已具山水審美意識，但「他們心懷仙趣，或至少在寫詠仙詩時，執著於山水爲求仙之所、神仙之居的概念，因而僅以山水爲志託玄遠、遐想神仙的媒介，山水本身並不具有獨立存在的價值。」〔註 268〕詩人即便有山水審美的意

〔註 267〕清・丁福保編《全漢三國晉南北朝詩・全晉詩・卷二》台北：世界書局 1962 年 4 月初版，頁 321。
〔註 268〕王國瓔《中國山水詩研究・求仙與山水》台北：聯經出版社 1996

識，卻是站在山水之旁仰觀俯瞰，與山水相對而立，不能與山水融爲一體。

西晉時代比較開始多量寫山水詩的庾闡（？～339），其詩中所描寫的山水是通過想像、刻意精緻美化的景色，並非眞山實水，如〈遊仙詩十首〉之九：

玉樹標雲翠蔚，靈崖獨拔奇卉。芳津蘭瑩珠隧，碧葉灌清鱗萃。〔註 269〕

這些山水都是蒙上仙心的山水，而非山水的原本面目。故知六朝遊仙詩中的山水，常作爲引發仙心的起興之用。

（二）以山水引玄趣

王羲之〈蘭亭詩〉云：「仰視碧天際，俯瞰淥水濱。寥閬無涯觀，寓目理自陳。大矣造化功，萬殊莫不均。羣籟雖參差，適我無非新。」沈德潛《古詩源》謂「非學道有得者不能言也」，〔註 270〕由於能談玄說理者，多是有才情或飽學之士，在自然山水洞見玄理，如王羲之〈蘭亭集序〉所流露的「死生亦大矣」的感慨，是由「崇山峻嶺，茂林脩竹」、「天朗氣清，惠風和暢」中引發而出的。蔡英俊《中國古典詩論中「語言」與「意義」的論題》云：

由一場原是屬於賞玩性質的修禊宴集，終歸結到，而所謂「不朽」的想望，已經具體轉化爲一種把時間上的「過去」拉向「現在」，並且把「現在」引向「未來」的自覺，藉以喚起或造就一種文化上屬於士階層的集體意識——如此一來，則時間或歷史便成爲此一集體意識中記憶的一部分，而不再具有個別或特殊性。〔註 271〕

年 7 月初版四刷，頁 92。

〔註 269〕清・丁福保編《全漢三國晉南北朝詩・全晉詩・卷五》台北：世界書局 1962 年 4 月初版，頁 447。

〔註 270〕清沈德潛《古詩源・卷八・晉詩》台北：世界書局 1999 年 1 月二版二刷，頁 117。

〔註 271〕蔡英俊《中國古典詩論中「語言」與「意義」的論題》台北：學生書局 2001 年 4 月初版，頁 111。

雖曰〈蘭亭集序〉以山水寄興玄理，卻是山水與玄理並茂，文章與書法俱佳的傳世作品。其中所表達的「後之視今，亦猶今之視昔」之理，顯示出佳山佳水恆如此，而人世則經常變遷，不能把握，這是當時士大夫的集體意識。

其他的玄理詩亦多有以山水起興者，如湛方生〈還都帆〉在描寫了「高岳萬丈峻，長湖千里清。白沙窮年潔，林松冬夏青。」〔註 272〕之後，隨即轉入「水無暫停流，木有千載貞」的玄理；孫綽〈秋日詩〉在「蕭瑟仲秋月，飆戾風雲高」等四聯對景致的描寫之後，就出「撫菌悲先落，攀松羨後凋」的玄理感嘆。〔註 273〕

這些玄理的表達，經常以山水起興，即使眞正的山水詩興起，亦不過是山水分量增加，而玄理仍依附著山水之後道出，如謝靈運之山水詩，山水與玄理並存，常常是山水寫完後，暗暗一轉，進入寫理的境界。如〈從斤竹澗越嶺溪行〉：

猿鳴誠知曙，谷幽光未顯。巖下雲方合，花上露猶泫。
逶迤傍隈隩，迢遞陟陘峴。過澗既厲急，登棧亦陵緬。
川渚屢逕復，乘流翫迴轉。蘋萍泛沈深，菰蒲冒清淺。
企石挹飛泉，攀林摘葉卷。想見山阿人，薜蘿若在眼。
握蘭勤徒結，折麻心莫展。情用賞爲美，事昧竟誰辨。
觀此遺物慮，一悟得所遣。〔註 274〕

前八聯純粹寫景，第九聯忽然寫入了心情，就搭上了興情悟理的部

〔註 272〕全詩：「高岳萬丈峻，長湖千里清。白沙窮年潔，林松冬夏青。水無暫停流，木有千載貞。寤言賦新詩，忽忘羈客情。」清．丁福保編《全漢三國晉南北朝詩．全晉詩．卷七》台北：世界書局 1962 年 4 月初版，頁 492。

〔註 273〕孫綽〈秋日詩〉：「蕭瑟仲秋月，飆唳風雲高。山居感時變，遠客興長謠。疏林積涼風，虛岫結凝霄。湛露灑庭林，密葉辭榮條。撫菌悲先落，攀松羨後凋。垂綸在林野，交情遠市朝。澹然古懷心，濠上豈伊遙。」清．丁福保編《全漢三國晉南北朝詩．全晉詩．卷五》台北：世界書局 1962 年 4 月初版，頁 436。

〔註 274〕清．丁福保編《全漢三國晉南北朝詩．全宋詩．卷三》台北：世界書局 1962 年 4 月初版，頁 644。

分，最後以玄理作結；又如王喬之〈奉和慧遠游廬山詩〉，全詩十聯，寫景八聯，末聯仍不免作「事屬天人界，常聞清吹空」的玄理說明。〔註 275〕這些詩中的景語分量大大增加，已可稱之爲山水詩，但玄理的部分仍被詩人做爲全詩結語。

（三）以山水寄感慨

六朝山水詩與《楚辭》之山水大有不同。楚辭中之山水規模宏大，令人見詩人遷謫途徑，而感慨詩人旅途多艱。六朝之山水卻是一山一水皆見詩人情興。

如阮籍〈詠懷詩〉廿六：

朝登洪波顛，日夕望西山。荊棘被原野，群鳥飛翩翩。
鸞鷖時棲宿，性命有自然。建木誰能近？射干復嬋娟。
不見林中葛，延蔓相勾連。〔註 276〕

詩中表現了詩人的憂憤、孤傲，然而詩意的理解不十分明朗。林家驪注譯云此詩是傷時之作，表現了作者身處亂世，不滿黑暗現實，但又無法擺脫的哀嘆，以葛藤蔓延勾連喻群小攀緣，易代之際的政治混亂局面。「詩人平和地表述一切的背後，仍然流露出詩人的憤世之情以及傲然不群的強烈性格。」〔註 277〕認爲此詩是阮籍是以景喻人，以景喻事。然讀者閱讀詩作時，是先見景物，才體會出詩人心境，才見詩人的喻意。故山水仍是一種引發。

又如陶淵明〈歸園田居〉之五的前二聯「悵恨獨策還，崎嶇歷榛曲。山澗清且淺，遇以濯我足。」由「崎嶇」、「榛曲」的山徑寄「悵

〔註 275〕王喬之〈奉和慧遠游廬山詩〉：「超游罕神遇，妙善自玄同。徹彼虛明域，曖然塵有封。眾阜平寥廓，一岫獨凌空。霄景憑岩落，清氣與時雍。有標造神極，有客越其峰。長河渥茂楚，險雨列秋松。危步臨絕冥，靈壑映萬重。風泉調遠氣，遙響多喈嚶。遐麗既悠然，餘盼覿九江。事屬天人界，常聞清吹空。」載丁成泉輯注《中國山水田園詩集成》湖北教育出版社 2003 年 10 月一版一刷，頁 8。

〔註 276〕《阮籍詩文集》台北：三民書局 2001 年 2 月初版一刷，頁 298。

〔註 277〕《阮籍詩文集》台北：三民書局 2001 年 2 月初版一刷，頁 299。

恨」之慨，而後轉寫清淺的山澗好景，寄內心的愉悅滿足。而「日入室中闇，荊薪代明燭」雖有若干辛苦，卻是讓詩人找到一種天眞純樸的歡愉。

謝靈運〈於南山往北山經湖中瞻眺〉：

朝旦發陽崖，景落憩陰峰。舍舟眺迴渚，停策倚茂松。
側徑既窈窕，環洲亦玲瓏。俯視喬木杪，仰聆大壑淙。
石橫水分流，林密蹊絕蹤。解作竟何感，升長皆丰容。
初篁苞綠籜，新蒲含紫茸。海鷗戲春岸，天雞弄和風。
撫化心無厭，覽物眷彌重。不惜去人遠，但恨莫與同。
孤游非情歎，賞廢理誰通。〔註 278〕

前十六句都是景物的描寫，與末句孤獨並無連通之處，「海鷗戲春岸，天雞弄和風」見景物的細膩，不見詩人的孤寂，此景非此情，但作引發而已。

總之，六朝詩作中不論寄玄趣、托感懷、均以山水起興，可見山水已成爲文士的生活背景，以山水寄意，也成爲文士遣興寄懷的方式之一。

二、聲色大開的山水描寫

沈德潛《說詩晬語》云「詩至於宋，性情漸隱，聲色大開」，〔註 279〕是將性情與聲色視作對立之二物。性情本色流露時，詩人不會在意外在的聲色；當詩人把注意力定焦於外在聲色時，個人內在的情志往往就被掩沒而不顯了。

試看建安詩，多慷慨悲歌，經常「中心孔悼，涕淚漣洏」作哀嘆（王粲（177～217）〈贈蔡子篤詩〉），或陳述「丈夫志四海，萬里猶比鄰」的雄心壯志（曹植〈贈白馬王彪〉），詩人的性情不自意流露詩

〔註 278〕清・沈德潛《古詩源・卷十・宋詩》台北：世界書局 1999 年 1 月二版二刷，頁 154。

〔註 279〕清・沈德潛《說詩晬語》台北：新文豐出版公司《叢書集成續編》199 冊，1998 年 7 月台一版，頁 338。

文中。即使寫的是外在的景觀，如「君獨不見長城下，死人骸骨相撐住」（陳琳（？～217）〈飲馬長城窟行〉），亦明顯讀出爲蒼生疾苦憤慨之情。

正始之音「詩雜仙心」詩人開始比較注意個人性靈的安頓，「嵇志清峻，阮旨遙深」，嵇康、阮籍詩作仍可看到屬於極能高標個性的作品，而後，「晉世群才，稍入輕綺」，「采縟於正始，力柔於建安」，江左東晉又溺於玄風，文風一路朝「采縟」、「力柔」的方向發展，直到宋初，「莊老告退，山水方滋」，「儷采百字之偶，爭價一句之奇，情必極貌以寫物，辭必窮力而追新」，以上《文心雕龍・明詩》篇所述的情形，正是所謂的「性情漸隱，聲色大開」的現象。王力堅《六朝唯美詩學・文學史觀——代變與反差》云：

> 「性情漸隱」無疑也是一種情變，而且是重要的情變——魏晉以來崇尚的哀情表現，至此受到了淡化及隱化的處理；同時「性情漸隱」亦反過來強化了詩歌對聲色美的追求。以劉宋爲分水嶺，六朝詩歌的發展，便以魏晉詩的重性情，轉向了南朝詩歌的重聲色。〔註 280〕

最明顯的是南齊的永明新變，在「聲色大開」的潮流下，在縟采方面展開新變，走向藝術唯美詩風的時代。影響所及，詩歌中的山水開始有了細膩的描繪，聲色俱現地有了獨立的面貌。

（一）窮力追新之辭

六朝正處於一個「時運交移，質文代變」（《文心雕龍・時序》）的時期，自曹丕《典論・論文》把文學由經史的附庸，提升至「經國之大業，不朽之盛事」的地位，又以「奏議宜雅，書論宜理，銘誄尚實，詩賦欲麗」來細分不同體裁的不同辭氣，文學遂由質而文，所謂「質文代變」正指文風開始由中心的慷慨清峻走向追求文彩靡麗。

雖然文論如《文心雕龍》標舉著反對形式主義的主張，如〈序志〉

〔註 280〕王力堅《六朝唯美詩學・文學史觀——代變與反差》台北：文津出版社 1997 年 7 月一版一刷，頁 51。

篇形容這個時代：「去聖久遠，文體解散，辭人愛奇，言貴浮詭，飾羽尚畫，文繡鞶帨，離本彌甚，將遂訛濫。」以「浮詭」、「訛濫」去形容當代的文風，認爲兩漢之辭賦雖趨於形式之詭濫淫繁，但尚不至於語言之訛謬，「降及宋齊，訛勢所變，穿鑿取新，失體成怪，更爲彥和所深惡痛絕矣」。〔註281〕然而任何一種代變，有其歷史意義，所謂「文變染乎世情」(《文心雕龍・時序》)，六朝是美學意識首度抬頭的時代，對美的形式亦隨世情變異而有所要求。文章的美在於文辭，故六朝詩文爲追求美的境界，辭藻上必然「窮力追新」，方迎合時代求美的風潮。

漢魏時期也有辭無所假，開風氣之先，領導追求雅麗的風尚，例如曹植〈贈徐幹〉：「文昌鬱雲興，迎風高中天。春鳩鳴飛棟，流猋激櫺軒。顧念蓬室士，貧賤誠足憐。」〔註 282〕以宮殿壯麗，反襯徐幹處境之貧寒寂寞。整首詩依然滿溢著曹植一貫的慷慨之氣，雖有雅麗的新詞，卻是無意於新而新。

至若晉宋之際則不然，刻意窮力追新的痕跡顯然可見，如謝靈運〈于南山往北山經湖中瞻眺〉：「初篁苞綠籜，新蒲含紫茸。海鷗戲春岸，天雞弄和風。」、〈石門岩上宿〉：「朝搴苑中蘭，畏彼霜下歇。暝還雲際宿，弄此石上月。」等句，都可看出刻意的雕飾。

再如謝莊（420～466）〈游豫章西觀洪崖井詩〉：

幽願平生積，野好歲月彌。舍簪神區外，整褐靈鄉垂。
林遠炎天隔，山深白雲亏。游陰騰鵠嶺，飛清起鳳池。
隱曖松霞被，容與澗烟移。將遂丘中性，結駕終在斯。〔註 283〕

全章藉細膩的筆觸描摩景致，雲霧烟霞無不充滿動感姿儀。

〔註 281〕李曰剛《文心雕龍斠詮》台北：國立編譯館中華叢書編審委員會 1982 年 5 月，頁 1434。

〔註 282〕清・沈德潛《古詩源・卷五・魏詩》台北：世界書局 1999 年 1 月二版二刷，頁 74。

〔註 283〕丁成泉輯注《中國山水田園詩集成》湖北教育出版社 2003 年 10 月一版一刷，頁 29。

又如宋文帝劉義隆（生年不詳 424 年即位）〈登景陽樓詩〉：

崇堂臨萬雉，層樓跨九成。瑤軒籠翠幌，組幙翳雲屏。
階上曉露潔，林下夕風清。蔓藻嬛綠葉，芳蘭媚紫莖。
極望周天險，留察浹神京。交渠紛綺錯，列植發華英。
士女眩街里，軒冕曜都城。萬軫楊金鑣，千軸樹蘭旌。

〔註 284〕

全詩詞美句秀，然而除了讓讀者看到一幅美景之外，別無其他，沒有作者的性情、理想、感懷，只有在文詞上追摩新意，這就是劉勰所謂的「詞必窮力而追新」。《文心雕龍・通變》云：「今才穎之士，刻意學文，多略漢篇，師範宋集；雖古今備閱，然近附而遠疎矣。夫青生於藍，絳生於蒨，雖逾本色，不能復化。」所謂「青生於藍，絳生於蒨，逾其本色」，亦即《文選》所謂「踵其事而增其華，變其本而加其厲」。鍾嶸《詩品・序》批評玄言詩使「建安風力盡矣」，直到「才高詞盛、富艷難蹤」的謝靈運出現，才眞正改變了頹風。而後富豔之詞遂爲文人所追摩，踵事增華的結果，文人心志未必要藉山水景貌表現，文辭卻一定要新麗富贍，形式之美成爲文人必競逐追求的目標，所以山水詩中的描景工夫日漸細膩工致。

（二）儷采百字之偶

齊梁陳三代是新詩體形成和發展的時期，主要特徵是講究聲律和對偶。詩人著意的追求，形成「儷采百字之偶，爭價一字之奇」(《心雕龍・明詩》)的風氣，其關鍵是沈約所提出的聲律說，其《四聲譜》以爲「在昔詞人，累千載而不悟」，〔註 285〕認爲是空前的新見，雖然鍾嶸表示過異議，認爲「文多拘忌，傷其眞美」，只要「清濁通流，口吻調利，斯爲足矣」，〔註 286〕其實將聲律的知識自覺地運用到實際

〔註 284〕丁成泉輯注《中國山水田園詩集成》湖北教育出版社 2003 年 10 月一版一刷，頁 19。

〔註 285〕《二十五史精華・亨・梁書沈約列傳》台北：讀者書店 1978 年 1 月，頁 24。

〔註 286〕梁・鍾嶸撰，成琳、程章燦注譯《詩品・序》台北：三民書局 2003

創作中，合理地調配詩歌音節，是更能顯出詩歌的音韻美。

如謝靈運〈過白岸亭詩〉之二、三、五聯均對偶工整。二聯「近澗涓密石，遠山映疎木」句遠近相映，景有層次；三聯「空翠難強名，漁釣易爲曲」山除了山水相對外，把心境也融入了景中；五聯「交交止栩黃，呦呦食苹鹿」使空中飛鳥，陸地行獸，具發清音，聲動具現。出乎天成之儷句，頗能使景物的描寫更細膩豐美。

再如謝朓〈遊東田〉的二、三、四聯均對偶。二聯「尋雲陟累榭，隨山望菌閣」隨山樹天雲登累榭臺閣，依臺閣起坳又望山雲，人文景觀與天然景致交疊融匯；而後「遠樹曖阡阡，生煙紛漠漠」之句，繪出臺榭俯瞰遠景，綠蔭葱鬱，煙霧依依的幽靜情境，「魚戲新荷動，鳥散餘花落」更以樹林與水中對映，寫下了一幅如畫的詩篇。這些麗句使詩篇更具逸韻和深采，詩中所呈現的山水景致，也因而更豐麗秀致。其他如鮑照〈秋夜〉「遯跡避紛喧，貨農棲寂寞。荒徑馳野鼠，空庭聚山雀」，顏延之〈贈王太常〉「庭昏見野陰，山明望松雪」，無論是反意的對舉，或是平行意的對舉，均因偶麗而更見景致之秀美。甚至追求恬淡眞醇的陶淵明田園詩中亦不乏麗句，如〈己酉歲九月九日〉「蔓草不復榮，園木空自凋」，把秋景的蕭瑟作了平行的對舉，使意境更爲深化。

謝惠連（397～433）〈泛湖歸出樓中望月詩〉更是除尾聯以外句句作對：

> 日落泛澄瀛，星羅游輕橈。憩榭面曲汜，臨流對迴潮。
> 輟策共駢筵，並坐相招要。哀鴻鳴沙渚，悲猿響山椒。
> 亭亭映江月，飀飀出谷飈。斐斐氣羃岫，泫泫露盈條。
> 近矚祛幽蘊，遠視蕩諠囂。晤言不知罷，從夕至清朝。
>
> 〔註287〕

年5月初版一刷，頁23。

〔註287〕清・沈德潛《古詩源・卷十一・宋詩》台北：世界書局 1999 年 1 月二版二刷，頁159。

如此靡儷之作，常爲後世所詬病。即使如謝朓詩中多有精警之句，「大江流日夜，客心悲未央」（暫使下都夜發新林至京邑贈西府同僚）、「飛雪天山來，飄聚繩檽外」（〈答王世子〉）等，句意雖雄放，但下文柔靡，全篇不相稱，《詩品》稱「意銳而才弱」，葉慶炳以爲「不能擺落當時詩風，避免對偶句法，要亦一因」，〔註 288〕若此，則儷辭偶句乃成爲六朝詩歌之拘忌了。但若從另一角度來看，以其力弱，卻能造就如此磅礴慷慨之警句，非麗句巧對之賜而何？唐朝韓愈反對靡麗之風，以爲文「不以琢雕爲工」（〈答李秀才書〉）、「非以誇多而鬥靡也」（〈送陳秀才彤序〉），但文風至此，必也有其發展的因素。《文心雕龍・麗辭》云：

> 詩人偶章，大夫聯辭，奇偶適變，不勞經營。自揚、馬、張、蔡，崇盛麗辭，如宋畫吳、冶，刻形鏤法，麗句與深采並流，偶意共逸韻俱發。至魏晉群才，析句彌密，聯字合趣，剖毫析釐。然契機者入巧，浮假者無功。〔註 289〕

奇或偶乃隨順而變，只要是契機入巧，不刻意斧鑿，則必能使「麗句與深采並流，偶意共逸韻俱發」。李曰剛《文心雕龍斠詮》云：

> 平心而論，若擯棄對偶，崇尚奇詞，則是舍文從質，翻追棘子之談，返樸歸眞，泥守老氏之論；必欲聯登鳳閣，並掞龍文，則是舍質從文，依循漢賦盛藻，變本加厲，致召俳優之譏。惟有文質雜扱，奇偶互用，彬彬郁郁，乃爲文之正軌。〔註 290〕

奇偶互用，文質彬彬，方爲正軌。然而「奇偶適變，不勞經營」，對偶的文句，配合情趣，細密剖析，只要運用恰當，只要精巧爲對，則不覺有對偶之煩。山水詩文自謝靈運後，追求麗句深采蔚爲風氣，山

〔註 288〕葉慶炳《中國文學史・南朝詩人》台灣學生書局 1992 年 9 月一版三刷，頁 230。

〔註 289〕《文心雕龍・卷七・麗辭》台北：世界書局 1984 年 4 月五版，頁 126。

〔註 290〕李曰剛《文心雕龍斠詮》台北：國立編譯館中華叢書編審委員會 1982 年 5 月，頁 1595。

水景色更能精麗雅致呈現，這也是文學表現的進步現象。

（三）奇巧創新之變

六朝山水詩在經歷漢魏亂世，漸由內在之慷慨悲歌，轉爲形式之奇巧追求。陳昌明《六朝文學之感官辯證‧感官隱喻與聲色追求》云：

> 文人雅聚中，遊覽山水，舒解胸懷，散豁情志，棄捐塵纓。如果比較宮廷文學集團與文士自主的聚會，則文士的聚會顯然較多情感的抒發與精神的追求。但是宮廷文學集團對於練字、練句、對偶、聲律、用典頗有求新求變精神，而在題材內容也作了較大的開放，並使作品中感官性與辭采之美大幅增加，此兩類性質相異的文學集團，在不同的層面上，各自拓展自己的表現形式，豐富六朝文學的美麗園地。〔註291〕

不論文人或宮廷集團，在字句鍛鍊上都不斷追新逐巧。而題材方面，以當世山水詩的內容而言，如非登山即爲臨水。在雕鏤山水蔚成風氣之際，陶淵明卻獨以田園爲主，也屬題材之奇巧變異。陶詩被當世詩壇譏笑爲田家語、質直，直到梁代才被鍾嶸《詩品》譽爲「古今隱逸詩人之宗」，雖被稱譽，然其品第僅列中品。這和《宋書‧謝靈運傳》所謂「遠近欽慕，名動京師」的謝靈運所造就的轟動效應，不可同日而語。

其實不論田園詩、山水詩都是晉宋之際自然題材之變。南朝文論對陶謝二人的不同評價，正體現了當時對陶謝崛起原因的理解。說陶詩是田家語，乃譏笑其內容的俗，及辭采上的平淡質直。自古少有以田園題材入詩者，魏晉以來詩歌崇尚「綺靡」，陶詩既不綺靡，又平淡淺俗，這種譏笑固可理解，但從題材而言，陶詩的田園題材不也是一種不同尋常的創新！其題材之新變，與謝靈運「才高詞盛，富豔難蹤」〔註292〕、「尙巧似」、「典麗新聲」（《詩品》）辭采方面的評價，

〔註291〕陳昌明《六朝文學之感官辯證‧感官隱喻與聲色追求》台北：里仁書局2005年11月，頁179。

〔註292〕梁‧鍾嶸撰，成琳、程章燦注譯《詩品‧序》台北：三民書局2003年5月初版一刷，頁7。

都同爲奇巧。

《文心雕龍・通變》云：

> 規略文統，宜宏大體，先博覽以精閱，總綱紀而攝契；然後拓衢路，置關鍵，長轡遠馭，從容按節，憑情以會通，負氣以適變，采如宛虹之奮鬐，光若長離之振翼，乃穎脫之文矣！〔註 293〕

會通或適變均爲文學自然之表現，如陶淵明以田園爲題材開隱逸詩、田園詩之先聲爲變，謝靈運以山水爲畢生詩情所鍾爲變，陸機〈擬古詩〉名爲擬古，實爲開新，亦爲變。

此其題材之變，一也。

至若辭采方面，謝靈運之苦心雕琢爲文學史上呈現了奇巧的媚姿，如「雲日相暉映，空水共澄鮮」（〈登江中孤嶼〉）、「近澗涓密石，遠山映疏木」（〈過白岸亭〉）、「暝還雲際宿，弄此石上月」〔註 294〕（〈夜宿石門詩〉）、「白雲抱幽石，綠筱媚清漣」〔註 295〕（〈過始寧墅〉）、「芰荷迭映蔚，蒲稗相因依」〔註 296〕（〈石壁精舍還湖中作〉）等等，幾乎每首詩都有富麗精工的警策之句。謝朓雖不若謝靈運之苦心雕琢，卻更清麗悠揚，葉慶炳《中國文學史》云：「謝朓試用新起之聲律爲詩，平仄雖未盡諧，但部分詩句之語氣風神則已啓唐詩。」〔註 297〕開啓後世而占當世風氣之先，亦爲辭采上之奇巧新變。劉勰《文心雕龍・情采》所謂「綺麗以豔說，藻飾以辯雕，文辭之變，於斯極矣」，正是指這個時代文章辭采雕琢奇巧之變。

〔註 293〕《文心雕龍・卷六・通變》台北：世界書局 1984 年 4 月五版，頁 113。

〔註 294〕清・丁福保編《全漢三國晉南北朝詩・全宋詩・卷三》台北：世界書局 1962 年 4 月初版，頁 644。

〔註 295〕清・丁福保編《全漢三國晉南北朝詩・全宋詩・卷三》台北：世界書局 1962 年 4 月初版，頁 637。

〔註 296〕清・丁福保編《全漢三國晉南北朝詩・全宋詩・卷三》台北：世界書局 1962 年 4 月初版，頁 637。

〔註 297〕葉慶炳《中國文學史（上）・南朝詩人》台灣學生書局，1992 年 9 月一版三刷，頁 228。

此其辭采之變，二也。

此外，聲色中賦予山水氣質亦是六朝山水詩之奇巧新變。如謝朓〈遊東田詩〉：

> 戚戚苦無悰，攜手共行樂。尋雲陟累榭，隨山望菌閣。
> 遠樹曖阡阡，生煙紛漠漠。魚戲新荷動，鳥散餘花落。
> 不對芳春酒，還望青山郭。〔註 298〕

語言清新曉暢而又富於細膩的思緻，聲調音韻鏗鏘，富於變化，特別是疊字的運用，更增強了形象性和音韻美，使詩意宛轉綿延。

又如謝靈運詩，每細描山水景觀之後，則以個人感懷續之，其詩通則爲「描景→感懷→哲理」，山水與下文所發感懷哲理相呼應，往往描繪中即已先透露心聲，林文月〈謝靈運的詩〉云：

> 「有聲有色」四字正可以形容謝靈運的山水詩。假如我們仔細去觀察體會，便覺得他的詩中所流露出來的聲音多數是幽靜淒涼。〔註 299〕

又云：

> 幽靜、淒涼、傷感的聲音影響了謝詩中的華麗顏色，這就是爲什麼他的山水詩表面上絢爛華麗，而骨子裡卻有一股寂寞悲涼之感的原因所在了。

如「明月照積雪，朔風勁且哀」呼應了下文「年逝覺已摧」的淒涼。(〈歲暮〉)「客遊倦水宿，風潮難具論」一起首即表現了旅遊過程的勞頓無聊，而「千念集日夜，萬感盈朝昏」更寫出了旅遊途中諸多心念之擾，無論其間景致多美，「乘月聽哀狖，浥露馥芳蓀。春晚綠野秀，巖高白雲屯」(〈入彭蠡口〉)，終究助其心頭清淒。謝靈運詩處處見佳句，所令人耳目一新之處，往往充滿險峻，而又自然鋪陳，其險處即奇巧處，古道不復，新意出生，亦是一奇巧創新！

〔註 298〕丁成泉輯注《中國山水田園詩集成》湖北教育出版社 2003 年 10 月一版一刷，頁 37。

〔註 299〕林文月〈謝靈運的詩〉載《中國文學史論文選續編》台灣學生書局，1985 年 2 月初版，頁 293。

此其聲色氣質之變，三也。

六朝山水詩無論題材、辭采、聲色氣質，都開創了前人未有的新局，這些辭采上的運用，如夸飾、駢麗、比興等文學技巧，原也可以應用到描寫人物、史蹟等其他的題材，而晉宋之際卻大量用於山水題材上，使得江山有了好詩好文去呈現烘襯，使得山水文學大開，才能造就後來唐詩中山水壯麗磅薄之氣。

三、精細雕琢的客觀寫景

中國詩歌原以寫意爲主，摹形寫象只是從屬的地位，《詩經》《楚辭》中的山水景都是借以引發起興的作用，詩人也無意去摹寫山水。到了六朝，特別是到了謝靈運，山水姿容在詩中占據了主要地位，「極貌以寫物」「尚巧似」成爲其主要的藝術追求。「窮形盡相，巧構形似」成爲山水詩人最重要的表現。

從寫意到寫形，詩人還經歷了一個「感物」的過程，陳昌明《緣情文學觀‧緣情與感物》云：

> 一方面個人的生命特質要和自然物色的生命特質要求一種精神上的契合，另一方面則要「貌鑽草木之中」，達到「物」「情」合一的感受，並經由「期窮形而盡相」的要求，而達到對外物的「領悟」。〔註 300〕

這個對外的領悟過程就是「感物」，主體開始朝外觀照朝外發現，物色材料經由主體的選擇，轉換爲審美對象，物與情的融合，而形成「物情合一」的美的領悟。依陳昌明《緣情文學觀‧緣情與感物》分析主體至感物的過程，可列表如下：〔註 301〕

主體	→→	物色材料	→→	審美對象	→→→→	領悟
	觀察		選擇		物情合一	

〔註 300〕陳昌明《緣情文學觀‧緣情與感物》台北：台灣書店 1999 年 11 月初版，頁 120。

〔註 301〕陳昌明《緣情文學觀‧緣情與感物》台北：台灣書店 1999 年 11 月初版，頁 120。

古來詩人敘述自我情懷優秀動人的作品極多，如《離騷》能精準深刻寫出內心深處糾纏盤繞不已的情緒，仿騷體者亦多趨步於表情達意。對外環境著力刻劃鋪陳，則漢賦作品多有表現，然而往往環境中沒有了人的情懷，則表現流於浮淺。若求深刻則須「物情合一」，此始自六朝。唯達到物情合一之前，必然有一段「情」「致」分敘的階段，丁成泉《中國山水詩史・緒論》，云：

在山水詩奠基之後的齊梁時代，文學創作中「性情漸隱，聲色大開」形成了「文貴形似」的文學潮流，這股潮流對於山水詩說來，可以說是利弊參半，好處是語言形式上的精心講求，為山水詩提供了嶄新的藝術形式。而講求形似，對於描繪山川景物形象更為需要；不利的是使詩歌表現自然美局限於表層，寫不出山水的性情與精神。〔註 302〕

美好的藝術形式才能細膩而準確地將情志呈露出來，在山水詩的發展史上，六朝正扮演著將藝術形式催生成熟的階段。在藝術表現方面，山水詩首要求「巧構形似」，山水形貌表達精確細膩；而後「鎔裁警句」，使詩文處處繁花似錦，不時出現精句，即便不得佳篇，亦多見佳句；最後又「因方借巧，即勢會奇」，〔註 303〕借助於當代的修辭，而突破了山水詩摩文煉句的窄框。茲分述如後：

（一）窮形盡相，巧構形似

「窮形盡相」出自陸機〈文賦〉，「巧構形似」出自鍾嶸《詩品》，〔註 304〕均針對描寫景物而言。陸機云：

體有萬殊，物無一量，紛紜揮霍，形難為狀。辭程才以效伎，意司契而為匠。在有無而僶俛，當淺深而不讓。雖離

〔註 302〕丁成泉《中國山水詩史・緒論》台北：文津出版社 1995 年 8 月初版，頁 20。

〔註 303〕《文心雕龍・卷十・物色》台北：世界書局 1984 年 4 月五版，頁 162。

〔註 304〕鍾嶸評張協：「文體華淨，少病累，又巧構形似之言。雄於潘岳，靡於太沖。風流調達，實曠代之高手。」載成琳、程章燦《詩品注譯・晉黃門郎張協》台北：三民書局 2003 年 5 月初版一刷，頁 55。

方而遯照，期窮形而盡相。〔註 305〕

言景雖不易把握呈現，要之，以能把景貌表現無遺為則。而六朝詩家中以能「巧構形似」見稱的張協（？～307），被鍾嶸列作上品，除了景貌無遺之外，準確巧妙也是描摩景物重要原則之一。

在謝靈運之前，詩歌的摹物寫象只是烘襯文人心緒的從屬地位，為作者的情緒感嘆作配合的呈現，陶淵明寫「山氣日夕佳，飛鳥相與還」（〈飲酒〉之五），目的還是為了表現與大自然相融為一的真趣，山氣、飛鳥在詩中的形象很淡，甚至可以不在意其存在與否，因為作者想說的是心中一種恬淡真醇的「意」，而不是景。至於更早期《楚辭》中的山水，只是詩人行走過的紀錄，或是詩人離開安身之所時對故鄉依依的回望，「滔滔孟夏兮，草木莽莽；傷懷永哀兮，汩徂南土」（《楚辭・懷沙》）水浪滔滔、草木莽莽，都只是詩人往徂南土時疏略的季節輪廓而已。

真正為山水景致作精細描繪並具象示現的是謝靈運。鍾嶸《詩品》評謝詩「尚巧似」，也就是謝靈運山水詩能藉用文句把山水的姿態具體呈現，使人見其詩如見具象山水。當然在謝之前如太康八傑之一的潘岳〈河陽縣作二首之二〉全詩也寫景細膩，爛如鋪錦，〔註 306〕王文進〈詠懷的本質與形似之言〉以為：「全詩寫景之處如果移置在謝靈運詩集中，實在是無法分辨究竟是誰家山水。」〔註 307〕潘歿後八

〔註 305〕鬱沅、張明高編《魏晉南北朝文論選・文賦》北京：人民文學出版社 1996 年 10 月一版 1999 年 1 月一刷，頁 147。

〔註 306〕潘岳〈河陽縣作二首之二〉：「日夕陰雲起，登城望洪河。川氣冒山嶺，驚湍激巖阿。歸鴈映蘭畤，游魚動圓波。鳴蟬厲寒音，時菊耀秋華。引領望京室，南路在伐柯。大厦緬無覿，崇芒鬱嵯峨。總總都邑人，擾擾俗化訛。依水類浮萍，寄松似懸蘿。朱博糾舒慢，楚風被琅邪。曲蓬何以直，託身依叢麻。黔黎竟何常，政成在民和。位同單父邑，愧無子賤歌。豈敢陋微官，但恐忝所荷。」載清・丁福保編《全漢三國晉南北朝詩・全晉詩・卷四》台北：世界書局 1962 年 4 月初版，頁 375。

〔註 307〕王文進〈詠懷的本質與形似之言〉載《意象的流變》台北：聯經出版事業公司 1997 年 4 月六版三刷，頁 127。

十年謝靈運才出生，足見「巧構形似」的山水描寫已發展很久了。但到謝靈運「內無乏思，外無遺物」窮形盡相的山水刻畫，才蔚成大觀，「太康詩人張協所開創的形似手法，一落到謝靈運手中，頓使山水增輝，風雲卷色。」〔註 308〕江南山水曲奧多姿，可堪細膩描摩，形似的追求也誘發更繁複的描寫技巧，使得詩人的心思感懷與優美的山水姿態一結合，形成了山水詩飛躍的發展。

「巧構形似之言」是六朝美學的判斷標準，是時代性的現象，影響六朝的各類文體，特別是「模山範水」之作，詩人由「感物」發展爲「巧構形似之言」，此文學現象正是六朝美學蛻化的過程。在美學史上，六朝有言、意、象之辨，王弼《周易例略・明象》云：「盡意莫若象，盡象莫若言」，三者之間的關係，被融成一密附的有機體，而物象的描繪亦前所未有地被重視，所以「窮形盡相，巧構形似」成爲山水寫景作品中很重要的部分。如謝靈運〈登石門最高頂〉：

晨策尋絕壁，夕息在山棲。疏峰抗高館，對嶺臨迴溪。
長林羅戶穴，積石擁階基。連巖覺路塞，密竹使徑迷。
來人忘新術，去子惑故蹊。活活夕流駛，噭噭夜猿啼。
沈冥豈別理，守道自不攜。心契九秋榦，目翫三春荑。
居常以待終，處順故安排。惜無同懷客，共登青雲梯。
〔註 309〕

詩人除在結構上情景分敘、段落分明、程序井然外，爲要能窮形盡相，還運用麗辭，一起首連續六聯排偶，把一遠山迷離，近林曲致的景致寫得十分細膩而具象。其著力窮形盡相的目的，就是爲了能巧構形似。後四聯寫內心深處的感懷，雖也用了對偶的技巧，卻不如前文來得深切有致，一般對謝詩的佳評，也多針對其山水詩中寫景部分而

〔註 308〕王文進〈詠懷的本質與形似之言〉載《意象的流變》台北：聯經出版事業公司 1997 年 4 月六版三刷，頁 132。
〔註 309〕清・沈德潛《古詩源・卷十・宋詩》台北：世界書局 1999 年 1 月二版二刷，頁 153。

言。如湯惠休評其詩「如芙蓉出水」，鮑照評「如初發芙蓉，自然可愛」，都是針對寫景的部分而言。謝靈運把模山範水的技巧發展到了高峰。

與謝靈運並爲元嘉三大家之顏延之（384～456），亦尚巧逐妍，如〈夏夜呈從兄散騎車長沙〉：

炎天方埃鬱，暑晏闋塵紛。獨靜闕偶坐，臨堂對星分。
側聽風薄木，遙睇月開雲。夜蟬當夏急，陰蟲先秋聞。
歲候初過半，荃蕙豈久芬。屏居惻物變，慕類抱情殷。
九逝非空思，七襄無成文。〔註 310〕

《詩品》評顏延之「尚巧似。體裁綺密，情喻淵深。動無虛散，一字一句，皆致意焉。」〔註 311〕元嘉三大家的另一家鮑照，亦窮形寫物，雕鏤精工。如〈登廬山〉

懸裝亂水區，薄旅次山楹。千巖盛阻積，萬壑勢迴縈。
巃嵸高昔貌，紛亂襲前名。洞澗窺地脈，聳樹隱天經。
松磴上迷密，雲竇下縱橫。陰冰實夏結，炎樹信冬榮。
嘈囋晨鵾思，叫嘯夜猿清。深崖伏化迹，穹岫閟長靈。
乘此樂山性，重以遠遊情。方躋羽人途，永與煙霧并。
〔註 312〕

詩一起始即氣勢磅礴，時空延展恰與煙水迷離縱橫之景相應合。雖然上隱天經，下窺地脈，彷彿意欲超離現實，實則只是以夸飾之筆意達窮形盡相的目的而已。例如以「巧構形似之言」見稱的張協，其遊仙詩中的山水景色多有誇張與渲染的痕跡。山水散布著仙趣，近乎玄想，故誇張、渲染，或者運用其他修辭技巧，目的只爲追求形似，在追求形似過程中或有太肖或不肖的情形，其實都是爲了「窮形盡相」的目

〔註 310〕清・沈德潛《古詩源・卷十・宋詩》台北：世界書局 1999 年 1 月二版二刷，頁 145。

〔註 311〕梁・鍾嶸撰，成琳、程章燦注譯《詩品・卷中》台北：三民書局 2003 年 5 月初版一刷，頁 97。

〔註 312〕丁成泉輯注《中國山水田園詩集成》湖北教育出版社 2003 年 10 月一版一刷，頁 30。

的。漢賦之誇大則形貌失源，六朝詩人模山範水雖有誇大卻不失眞，所運用的技巧都只爲求肖似，且寧可情意表達退居其次，亦先求景貌巧似，像謝靈運之所以讓人感覺山水詩帶個玄理尾巴，就是因爲詩人總是待山水景貌完全描繪出後，才聊備一格地寫自我心中的塊壘感懷。

然而物貌難盡，陸機云：「其爲物也多姿，其爲體也屢遷。」〔註313〕在藝術反映上，能窮形盡相，進而又能巧構形似之言是極不容易的。朱彤〈美學——深入自然形象吧〉云：

> 熟悉各種形色情狀的竹子，才能截長補短，「焦心苦思，參訂比擬」，進行藝術的概括和虛構。對於花竹的形象說來，自然運動不是別的，就是在自然環境時刻變動的條件下，它們生命的具體存在形式。花開花謝，其間的差距直如嬰兒之於老人。我們倘不區別「一點點」，那裡談得上什麼藝術反映？又從何鑑定「形式美」？〔註314〕

雖然談的是花竹形象，對自然山水又何嘗不是如此？倘謝靈運等這些山水詩人不能區別「連巖覺路塞，密竹使徑迷」（〈登石門最高頂〉）是主觀迷塞，或是客觀景物造成迷塞感受，又如何能表達出一幅孤峰長林深邃迴繞的景象！謝瞻（382？～421）若不解鴻燕來去間的季節行蹤，又如何寫得出「風至授寒服，霜降休百工。繁林收陽彩，密苑解華叢。巢幕無留燕，遵渚有來鴻。輕霞冠秋日，迅商薄情穹。」的詩句！〔註315〕謝朓若無感於山雲與迴谿、藤蔓與樣枝甚至鶴與鼠都是上下屬帶的同一意象，又如何寫得出〈遊敬亭山〉「茲山亙百里，

〔註313〕陸機〈文賦〉載鬱沅、張明高編《魏晉南北朝文論選》北京：人民文學出版社1996年10月一版1999年1月一刷，頁147。

〔註314〕朱彤〈美學——深入自然形象吧〉載《山水與美學》台北：丹青圖書公司1987年1月，頁24。

〔註315〕謝瞻〈九日從宋公戲馬臺集送孔令詩〉:「風至授寒服，霜降休百工。繁林收陽彩，密苑解華叢。巢幕無留燕，遵渚有來鴻。輕霞冠秋日，迅商薄情穹。聖心眷嘉節，揚鑾戾行宮。四筵霑芳醴，中堂起絲桐。扶光迫西汜，歡餘宴有窮。逝矣將歸客，養素克有終。臨流怨莫從，歡心歎飛蓬。」載清・沈德潛《古詩源・卷十一・宋詩》台北：世界書局1999年1月二版二刷，頁157。

合沓與雲齊。隱淪既已託，靈異居然棲。上干蔽白日，下屬帶迴谿。交藤荒且蔓，樛枝聳復低。獨鶴方朝唳，饑鼯此夜啼。」〔註 316〕的詩句！精巧的描寫來自於細膩的觀照。

除了詩風如此，文章亦然。如吳均（469～520）〈與宋元思書〉寫富陽至桐廬景色：

> 水皆縹碧，千丈見底；游魚細石，直視無礙。急湍甚箭，猛浪若奔。夾岸高山，皆生寒樹。負勢競上，互相軒邈，争高直指，千百成峰。〔註 317〕

對山光水色的描繪，不唯寫出了景致面貌，且極盡工筆妍麗。吳均描繪山水缺乏深刻的思想性，但風格清新秀逸，有相當的藝術成就，當時影響力頗大，號稱「吳均體」，文士競相傚效，亦可見文壇但求形象巧妙之風尚。

六朝詩人對形象之美覺知敏銳，對表達形象美的言意象關係掌握精準，方能達「窮形盡相，巧構形似」之境。

（二）因方借巧，即勢會奇

自六朝純文學的觀念得到啓發後，文學的表現技巧，修辭的講究，使得先前未被看重的《楚辭》中的山水，也有意識地被吟諷。《文心雕龍・辨騷》曰《楚辭》可使「吟諷者銜其山川」、「論山水則循聲而得貌」、「山川無極，情理實勞」。〔註 318〕許多《楚辭》舊句被六朝文人沿用，又開創了新的奇巧之境。此即《文心雕龍・物色》所謂「因方借巧，即勢會奇」者。李曰剛《文心雕龍斠詮》云：

> 文章變化之法，古人有不易其意，而別造新語，或規摹其意而形容之者。有翻意者，有點化成句者，有用意造語不嫌雷

〔註 316〕丁成泉輯注《中國山水田園詩集成》湖北教育出版社 2003 年 10 月一版一刷，頁 35。

〔註 317〕《魏晉南朝文學史參考資料》頁 626，北京大學中國文學史教研室選注 1992 年 3 月。

〔註 318〕《文心雕龍・卷一・辨騷》台北：世界書局 1984 年 4 月五版，頁 14。

同者。而且文詩賦詞得相通變，學者措意于此，其于劉氏所謂「因方借巧，即勢會奇」，可以知所從事矣。〔註 319〕

六朝詩借古人之方變化成巧者概有三類：

1. 不易其意，別造新語

例如謝靈運〈夜宿石門詩〉其末「美人竟不來，陽阿徒晞髮」之句，取《楚辭・九歌・少司命》「與汝沐兮咸池，晞汝髮兮陽之阿。望美人兮未來，臨風怳兮浩歌。」之句，借以表達孤獨高傲、睥睨一世的心情，言如此佳景無人共賞，徒然獨遊。如此借用，則〈九歌〉本身的浪漫直接溢於言表。：

鮑照（414～466？）〈擬古〉其七：

河畔草未黃，胡雁已矯翼。秋蛩挾户吟，寒婦成夜織。
去歲征人還，流傳舊相識。聞君上隴時，東望久歎息。
宿昔改衣帶，朝旦異容色。念此憂如何，夜長愁更多。
明鏡塵匣中，瑤琴生網羅。〔註 320〕

其中「宿昔改衣帶」乃襲用古詩十九首〈行行重行行〉「相去日已遠，衣帶日已緩」句，表達思婦想像其夫因懷鄉而消瘦憔悴情景。

2. 規摹其意，匯集形容

鮑照〈擬行路難〉其一

奉君金卮之美酒，瑇瑁玉匣之彫琴。
七采芙蓉之羽帳，九華蒲萄之錦衾。
紅顏零落歲將暮，寒花宛轉時欲沈。
願君裁悲且減思，聽我抵節行路吟。
不見柏梁銅雀上，寧聞古時清吹音？〔註 321〕

柏梁、銅爵均古代臺閣之名，漢武帝元鼎二年造柏梁臺，傳君臣在此

〔註 319〕李曰剛《文心雕龍斠詮》台北：國立編譯館中華叢書編審委員會 1982 年 5 月，頁 1909。

〔註 320〕清・丁福保編《全漢三國晉南北朝詩・全宋詩・卷四》台北：世界書局 1962 年 4 月初版，頁 694。

〔註 321〕清・丁福保編《全漢三國晉南北朝詩・全宋詩・卷四》台北：世界書局 1962 年 4 月初版，頁 677。

聯句賦詩而創句句用韻之體，或疑其僞託。而銅爵臺爲建安十五年曹操所建，爲歌舞宴樂之所，落成時曹植作〈銅爵臺賦〉。〔註 322〕「不見柏梁銅雀上，寧聞古時清吹音」之句將兩個不同時代築物並題，表達歌聲易逝，應慷慨高吟傾吐不平。

又如鮑照〈代春日行〉：

> 獻歲發，吾將行。春山茂，春日明。園中鳥，多嘉聲。
> 梅始發，柳始青。汎舟艫，齊櫂驚。奏采菱，歌鹿鳴。
> 微風起，波微生。絃亦發，酒亦傾。入蓮池，折桂枝。
> 芳袖動，芬葉披。兩相思，兩不知。〔註 323〕

〈采菱〉之歌屬樂府清商曲辭江南弄，表現吳楚之地士人女子采菱時歌以相和，繁華流蕩之風。而〈鹿鳴〉乃《詩經・小雅》之宴客詩，二者滙集成句，搭配春日蓮池風物，形成歡愉詩篇。

3. 翻新其意，點化成句

同樣鮑照〈代春日行〉起句，「獻歲發，吾將行。春山茂，春日明」，脫胎於《楚辭・招魂》：「獻歲發春兮，汩吾南征。」《楚辭・涉江》：「忽乎吾將行兮。」原《楚辭》乃傷感之句，詩人襲用其句，翻新其意，發展出輕俊爽利的篇章。

又如謝脁〈江上曲〉：

〔註 322〕「銅爵臺新成，太祖悉將諸子登臺，使各爲賦。植援筆立成，可觀，太祖甚異之。」《三國志注・魏書・任城王陳蕭王傳》台北：鼎文書局 1900 年 2 月六版，頁 557。其賦未見於《曹子建集》而《三國志注》其注曰：陰澹《魏紀》載植賦曰：「從明后而嬉游兮，登層臺以娛情。見太府之廣開兮，觀聖德之所營。建高門之嵯峨兮，浮雙闕乎太清。立中天之華觀兮，連飛閣乎西城。臨漳水之長流兮，望園果之滋榮。 仰春風之和穆兮，聽百鳥之悲鳴。天雲垣其既立兮，家願得而獲逞。揚仁化於宇內兮，盡肅恭於上京。惟桓文之爲盛兮，豈足方乎聖明！休矣美矣！惠澤遠揚。翼佐我皇家兮，寧彼四方。同天地之規量兮，齊日月之暉光。永貴尊而無極兮，等年壽於東王。」

〔註 323〕清・沈德潛《古詩源・卷十一・宋詩》台北：世界書局 1999 年 1 月二版二刷，頁 162。

易陽春草出，踟躕日已暮。蓮葉尚田田，淇水不可渡。
願子淹桂舟，時同千里路。千里既相許，桂舟復容與。
江上可採菱，清歌共南楚。〔註 324〕

易陽指易水北岸，淇水則位於河南林臨淇鎮，皆屬北方，故二地名非實指，乃因邯鄲、襄國、易陽之麗人，於晚春早夏往往相與雜遝遊冶，故以易陽表現春景暢然。淇水則在齊梁時往往用以表示男女之間的愛情，如齊王融〈古意〉「巫山彩雲沒，淇上綠楊稀」，故此處「淇水不可渡」〔註 325〕乃表愛情未可得之意。〔註 326〕表面寫景，實則輻射義涵更廣。

4. 不避雷同，襲用成句

鮑照〈擬行路難〉其五有「朔風蕭條白雲飛，胡笳哀急邊氣寒。聽此愁人兮奈何！登山遠望得留顧。」之句，其中「愁人兮奈何」乃襲《楚辭・九歌・大司命》句：「愁人兮奈何，願若今兮無虧。」完全不避雷同。謝朓〈江上曲〉中「蓮葉尚田田」之句，則襲漢樂府相和歌〈江南〉成句而加以化用。

雖然襲用成句，但成篇搭配，卻能別有奇巧，清・丁福保《八代詩精華錄箋注》云：「鮑詩於去陳言之法尤嚴，只一熟字不用，又取眞境，沈響驚奇，無平緩實弱鈍懈之筆。」〔註 327〕陳言不用，偶一用之，竟毫無因襲痕跡，正可看出六朝寫景之法多變化，誠所謂「妙得規摹變化之訣，自成化腐爲新之功」。〔註 328〕

〔註 324〕清・沈德潛《古詩源・卷十二・齊詩》台北：世界書局 1999 年 1 月二版二刷，頁 174。

〔註 325〕王融〈古意〉二首之一：「遊禽暮知反，行人獨不歸。坐銷芳草氣，空度明月輝。嚬容入朝鏡，思淚點春衣。巫山彩雲沒，淇上綠條稀。待君竟不至，秋雁雙雙飛。」載清・丁福保編《全漢三國晉南北朝詩・全齊詩・卷二》台北：世界書局 1962 年 4 月初版，頁 788。

〔註 326〕參閱北京大學中國文學史教研室選注《魏晉南北朝文學史參考資料・齊代詩文：謝朓》台北：里仁書局 1992 年 3 月，頁 518。

〔註 327〕《八代詩精華錄箋註・下・南北朝詩菁華錄箋註》上海文月書局 1931 年排印本，頁 9。

〔註 328〕李曰剛《文心雕龍斠詮》台北：國立編譯館中華叢書編審委員會 1982

王夢鷗〈魏晉南北朝文學之發展〉云：「因方借巧，即勢會奇，至謝靈運乃大開此一法門」，〔註329〕自此文學作品，內意外象，以理入情者隨在可見。內意外象皆發奇巧，這已是六朝文學了不起的成就，其模山範水之精緻采鬱，遠出詩騷，即便帶用詩騷成句，卻是句舊意新。

（三）游心竄句，鎔裁警策

文辭刻意雕麗，約自曹植起始。《文心雕龍．情采》曰：「聖賢書辭，總稱文章，非采而何？」詩文若無采，則猶有體而無神，故曹植講究詩的造詞煉句，鍾嶸《詩品》將之比爲「譬人倫之有周孔」的崇高地位，〔註330〕所創造出來的佳句，如「高臺多悲風、朝日照北林」（〈雜詩〉），見詩人重視起調之工，「遊魚潛綠水，翔鳥薄天雲」（〈情詩〉）顯示精心煉字所創造的耀目華采，「潛魚躍清波，好鳥鳴高枝」（〈應曹丕作〉）把對句之美表現得精工雋永，「飄颻放志意，千秋長若斯」（〈應曹丕作〉）又使得詩意深長，餘味不絕。自此而後，辭采的鍛鍊在文章美學上成爲重要的指標意義。

李澤厚《美的歷程．魏晉風度》云：

> 他（曹植）是在有意識地講究做詩，大不同於以前了。正是這一點，使他能作爲創始代表，將後世詩詞與難以句摘的漢魏古詩劃了一條界線。這一點具有美學上的重大意義。其實，如果從作品的藝術成就說，曹植的眾多詩作也許還抵不上曹丕的一首〈燕歌行〉，王船山便曾稱譽〈燕歌行〉是「傾情傾度，傾色傾聲，古今無兩」。但由於〈燕歌行〉畢竟像衝口而出的民歌式的作品，所謂「殆天授非人力」（《薑齋詩話》），在當時的審美觀念中，就反被認爲「率

年 5 月，頁 1909。

〔註329〕王夢鷗〈魏晉南北朝文學之發展〉載《中國文學史論文選續編》台灣學生書局，1985 年 2 月初版，頁 220。

〔註330〕梁．鍾嶸撰，成琳、程章燦注譯《詩品．卷上．魏陳思王植》台北：三民書局 2003 年 5 月初版一刷，頁 37。

皆鄙質如偶語」(《詩品》),遠不及曹植講究字句,「詞采華茂」。〔註 331〕

「詞采華茂」既被認定是品文的標準,詩人遂在辭采藻飾上不斷用功夫。雖說「文采所以飾言,辯麗本於情性」(《文心雕龍・情采》),既是文風潮流若此,文人不論情性若何,亦皆趨之若鶩地雕琢文句。甚至有佳句而無佳篇者,亦多被頌詠。如謝朓詩中多有精警之句,被《詩品》稱「意銳而才弱」,正因銳意創佳句,如珍珠雖串不起鍊,卻明麗耀目。其「大江流日夜,客心悲未央」正是這樣的精警之句。

六朝山水詩人所創造的佳句,有以情志之質而鎔裁警句者,有以事義爲質者,更有以宮商文采創句者。

1. **以情志為質鎔裁警句者**

六朝摩寫自然景物詩文,最以意境情志見長者爲陶淵明。其詩恬淡眞醇,甚至文字淡乎近於口語,然平淡之中偶有雋永之句卻耐人尋味之極,如「縱浪大化中,不喜亦不懼」(〈神釋〉),直寫出《南華經》脫略得失之境。寫景之語亦時見疏淡遠濶之境,如「平疇交遠風,良苗亦懷新」(〈癸卯歲始春懷古田〉)。或見悠然神韻,如「山氣日夕佳,飛鳥相與還」(〈飲酒〉之五)。或見秀奇,如「春水滿四澤,夏雲多奇峰,秋月揚明暉,冬嶺秀孤松。」(〈四時〉)。〔註 332〕唯陶淵明警句乃脫然秀出,非刻意爲之。

有意游心竄句,鎔裁警句者爲謝靈運,他雖多雕鏤文句,詩中亦多見情志秀出耐人尋味之處,如「昏旦變氣候,山水含清暉,清暉能

〔註 331〕李澤厚《美的歷程・魏晉風度》台北:三民書局 2000 年 11 月初版二刷,頁 111。

〔註 332〕清・陶澍注:「此顧凱之神情詩。……然凱詩首尾不類,獨此警絕。……或雖顧作,淵明摘出四句,可謂善擇。……許彥周詩話曰,此乃顧長康詩,誤入彭澤集。」云云。見《陶靖節集注・卷四》台北:世界書局 1999 年 2 月二版一刷,頁 72。其中「夏雲多奇峰」又爲懷素草書靈感來源,懷素答顏眞卿書法有何自得,曰:「貧道觀夏雲多奇峰,輒常師之,夏雲因風變化,乃無常勢,又無壁圻之路,一一自然。」

娛人，游子憺忘歸」（石壁精舍還湖中作）之句，以情志爲質，無濃妝艷抹之色，顯得雅淡素淨，清雋疏朗。

其後謝朓「天際識歸舟，雲中辨江樹」（〈之宣城出新林浦向板橋〉），蒼茫遼濶的天際已把下句的旅思引出。表面是寫景，實則詩人情志亦已呼出。誠所謂「既隨物以宛轉，亦與心而徘徊」者（《文心雕龍・物色》）。

2. 以事義為質鎔裁警句者

詩人賞山玩水時，亦不少動態描寫，不但寫出了詩人怡情之趣，亦將山水景致摩繪出，如陶詩「采菊東籬下，悠然見南山」（〈飲酒〉之五），不僅寫出了作者望見南山時那種不自意的悠然，而且也寫出高大的南山與籬前菊花相映的天趣。「晨興理荒穢，帶月荷鋤歸」（〈歸園田居〉之三）寫出與日月同行雖辛勞卻自在的田園生活。謝靈運「山行窮登頓，水涉盡洄沿」（〈過始寧墅〉）寫跋山涉水的辛苦旅遊，也寫山水迂繞的景致。

3. 以辭采為文鎔裁警句者

六朝辭章之美在詩歌史中特別顯得亮麗，以謝靈運的山水詩而言，可謂「名章迥句，處處間起」（鍾嶸《詩品》），以其善於遣詞造句的奇才，和力圖變新的企圖心，創造了許多膾炙人口的佳句美詞，把山水形貌聲色的美逼眞、生動地傳達出來，例如「白雲抱幽石，綠筱媚清漣」（〈過始寧墅〉）見其敏銳的觀察，精細的刻劃，張俊傑《山水繪畫思想之發展・魏晉南北朝》云其「字裡行間即可看出他對自然的領受，亦可看出咬文嚼字的情形。他的詩文中，沖淡自然的情緻較陶淵明有所不及，但敏銳的觀察，與細心的刻畫是超過陶淵明的」。〔註 333〕「池塘生春草，園柳變鳴禽」之句更是被目爲奇句天成，清王夫之《薑齋詩話》云：「『池塘生春草』、『蝴蝶飛南園』、

〔註 333〕張俊傑《山水繪畫思想之發展・魏晉南北朝——山水繪畫思想的成熟與山水畫的建立》台北：國立歷史博物館 2005 年 9 月，頁 71。

『明月照積雪』，皆心中目中與相融浹，一出語時，即得珠圓玉潤，要亦各視其所懷來而與景相迎者也。」〔註334〕韋鳳娟稱「強烈的自我意識與對山水忘我的靜照態度，往往並存於謝詩之中。在很多情況下二者難以協調融滙，這就造成了篇什的割裂。」〔註335〕所謂篇什的割裂正指「名章迥句，處處間起」的辭采，著意的描摩，使得不及謀篇，而佳句已出，正是謝靈運山水詩最大特點。

謝莊〈北宅祕園〉「夕天霽晚氣，輕霞澄暮陰」、「綠池翻素景，秋槐響寒音」，亦見雕麗之痕。〔註336〕

而謝朓「餘霞散成綺，澄江靜如練」、「魚戲新荷動，鳥散餘花落」、「天際識歸舟，雲間辨江樹」等，更是氣象壯濶，隱然一深情遠眺之人躍於畫面。置於唐詩實難分辨是六朝光景或大唐韻致。

這些鮮活警遒之句，使得山水景色鮮明欲活，雖然謝朓被鍾嶸評作「善自發詩端，而末篇多躓，此意銳而才弱也」，然正因這些名章佳句處間起，使山水之美在文字中如「上林春花，遠近瞻望，無處不發」，〔註337〕整個時代的美感絡繹奔會。

這三類游心竄句的內涵，以辭采最能顯現六朝特點。《顏氏家訓·文章》云：

> 文章之體，標舉興會，發引性靈，使人矜伐，故忽於持操，果於進取。今文士，此患彌切，一事愜當，一句清巧，神厲九霄，志凌千載，自吟自賞，不覺更有旁人。〔註338〕

〔註334〕清·王夫之《薑齋詩話》，戴鴻森《薑齋詩話箋》台北：木鐸出版社1982年4月初版，頁50。

〔註335〕韋鳳娟《靈境詩心——中國古代山水詩史·山水詩的形成》江蘇：鳳凰出版社2004年4月一版，頁111。

〔註336〕丁成泉輯注《中國山水田園詩集成》湖北教育出版社2003年10月一版一刷，頁29。

〔註337〕袁昂〈古今書評〉評蕭子雲語。載《歷代書法論文選·上》華正書局1997年4月，頁70。

〔註338〕《顏氏家訓·卷四·文章》台灣古籍出版社1996年8月初版一刷，頁192。

這種一句清巧則神厲九霄，自吟自賞而志得意滿，正是六朝詩人雕章琢句的現象。但另一方面，文人競馳文采，文藝表現逐漸輕內容而重形式，形式技巧出現成熟進而轉到纖麗的現象。許多作家群的出現，如曹魏時的鄴宮西園之會，西晉竹林七賢之會，賈謐二十四友之會，東晉蘭亭曲水之會，雞籠山西邸之會，梁簡文帝玉臺之會等集體文風遞變，顯示出由慷慨而靡麗的明顯過程。

晉宋以來詩歌的對仗與梁「永明體」對聲律講究結合起來，讓詩歌具有新的風貌，《文心雕龍》大量有系統地研究修辭，更助長了形式聲律雕鏤之風。由於技巧的發展，詩歌克服了語言描寫靜態景物的困難，詩人所崇尚的靡麗色采可從自然景物中汲取靈感，而山水的綺麗風光也藉由詩人精細雕繪準確呈現。

四、情景交融的主觀寄情

六朝山水文學之所以跨越前代，除了創作之豐、修辭之精、意象之美以外，更重要的是，由大量的山水詩文中，透視出文人心靈之美。文人筆下的景物與心靈的情懷意念相疊合，使是山水詩文往往情中有景、景中有情。甚至在景物的敘寫中，景物呈現的是表面華美，而眞正值得玩味的卻是隱藏在文字背後的創作情懷。

陸機〈文賦〉中，與儒家「詩言志」的觀念相對地提出了「詩緣情而綺靡，賦體物而瀏亮」的看法。詩緣情而生，作者感官與外境相接觸，乃詩文所由生發，故詩人之感與風物面貌，在詩文中無所遺漏。由「物」到「情」，由「情」到「物」，二者往復，循環感染，從而達到主觀與客觀的完美統一，這便是〈文賦〉中所謂「情曈曨而彌鮮，物昭晰而互進」，〔註 339〕創作構思與藝術想像的核心所在。「緣情」與「體物」是必須在統一的狀況下，才能將客觀的景物形貌和作家主觀的情感交織融合在一起。

〔註 339〕郁沅、張明高編《魏晉南北朝文論選・陸機附札》北京：人民文學出版社 1999 年 1 月一刷，頁 158。

南齊蕭子顯（489～537）〈南齊書文學傳論〉云：「文章者，蓋情性之風標，神明之律呂也。」〔註 340〕〈自序〉云：「風動春朝，月明秋夜，早雁初鶯，開花落葉，有來斯應，每不能已。」〔註 341〕可知情景相生發乃自然而然。緣情見景，發爲吟詠，或觸景生情，吞吐胸懷，均爲寫景文學中必然的表現。無論主動感應或被動興象，作家之思想感情皆爲作品中最關鍵的因素。所謂「會景而生心，體物而得神」乃能有靈通之句，而達到「體物惟妙，功在密附」的效果。

六朝山水詩中，最耐人尋味的部分，就在於景與情的相生互進。或依景生情的被動描寫，或寫物附意的主動興情，或情景相依違不自意而成篇者，都是山水文學中極珍貴的部分。

（一）主動感應，情景相附

寫景附意，不論是以情爲主，或以景爲主，皆因作者以一主觀情意與自然山水相應，乃成篇章。大要有兩種情況，一爲寫景時，附筆透露作者的心情，一爲寫個人心情時，附筆寫景。

1. 寫景附意

以山水詩最早成名者爲謝靈運，其詩以用辭構篇麗典工巧名世，然而其詩若無內心一股鬱憤之氣作爲底蘊，固難成篇。林文月〈謝靈運的詩〉云：

> 康樂終身一我，悲哉！悲哉！『晞髮陽阿』傲倪一世！」的確是千古精評。……人間雖喧擾，然而此時此地卻只有一個孤獨的詩人伴著鳥鳴木落的大自然，世事與他似已無任何關聯。雖則「陽阿晞髮」有傲倪一世的氣概，但是其中所透露出來孤寂冷落之情，卻使人不忍卒讀！〔註 342〕

〔註 340〕蕭子顯《南齊書．文學傳論》載郁沅、張明高編《魏晉南北朝文論選》北京：人民文學出版社 1999 年 1 月一刷，頁 340。

〔註 341〕蕭子顯〈自序〉載郁沅、張明高編《魏晉南北朝文論選》北京：人民文學出版社 1999 年 1 月一刷，頁 342。

〔註 342〕林文月〈謝靈運的詩〉載《中國文學史論文選續編》台灣學生書局，1985 年 2 月初版，頁 294。

謝詩中常不自覺地流露著孤芳自賞、知音者稀的落寞之情，往往藉由山水佳景透露出。如〈晚出西射堂〉

步出西城門。遙望城西岑。連障疊巘崿。青翠杳深沈。
曉霜楓葉丹。夕曛嵐氣陰。節往感不淺。感來念已深。
羈雌戀舊侶。迷鳥懷故林。含情尚勞愛。如何離賞心。
撫鏡華緇鬢。攬帶緩促衿。安排徒空言。幽獨賴鳴琴。〔註 343〕

前六句所描之景雖爲客觀寫景，卻透出一種蕭颯暗淡的氣氛，中六句表面寫禽物戀舊侶、懷故林，實則寫一己的落寞之情，最後四句則明寫自幽獨之狀。雖則情景分寫，先景後情，中段總有情景疊合之處。其他詩作亦多有此種安排。

根據史傳的記載，謝靈運每回出遊時，總是被同儕門生奴僕簇擁著，表面的熱鬧不能帶給詩人心靈的安慰，其以東晉貴族孫服事新朝，而心生憤鬱之氣，遂使他逃向自然而「洩爲山水詩」（白居易〈讀謝靈運詩〉）。〔註 344〕

《文心雕龍・明詩》云：「人稟七情，應物斯感，感物吟志，莫非自然。」自然映入文人眼簾，觸物感心，七情得以吟發爲文，故〈物色〉篇云：「山林皐壤，實文思之奧府。」藉著山林皐壤，詩人的情意可密附於章句，與山水並洩。如謝靈運〈歲暮〉一詩中「明月照積雪，朔風勁且哀」，北風原只有狂猛野勁，並無哀意，用此「哀」字，是作者寫物附意，不僅寫出了北風的強勁，也無意間透露出詩人的蒼涼心境。

2. 附筆寫景

另一類型則如陶淵明。其〈始作鎭軍參軍經曲阿作〉「望雲慚高鳥，臨水愧游魚」的慚與愧，〈丙辰歲八月中於下潠田舍穫〉「鬱

〔註 343〕清・丁福保編《全漢三國晉南北朝詩・全宋詩・卷三》台北：世界書局 1962 年 4 月初版，頁 638。

〔註 344〕白居易〈讀謝靈運詩〉：「洩爲山水詩，逸韻諧奇趣。大必籠天海，細不遺草樹。」載《四庫全書薈要・集部》別集類第一七册，台北：世界書局 1988 年 2 月初版，頁 364－76。

鬱荒山裏，猿聲閑且哀。悲風愛靜夜，林鳥喜晨開」的鬱、哀、悲、喜，（陶淵明歸園田居）「羈鳥戀舊林，池魚思故淵」、「曖曖遠人村，依依墟里煙」的戀、思、依依等，皆作者將個人所興之意灌注於景物中，寫情時乃附筆寫景。故其詩滿是作者的心情，景物反成次要的了。

謝詩於寫景中，附上一己的心緒，成就了景物的精緻；陶詩於表達心緒時，簡筆鈎勒景物，以景物烘托了詩人的情意。

庾信（513～581）〈寒園即目〉:「寒園星散居，搖落小村墟。遊仙半壁畫，隱士一床書。子月泉心動，陽爻地氣舒。雪花深數尺，冰床厚尺餘。蒼鷹斜望雉，白鷺下觀魚。更想東都外，群公別二疏。」〔註 345〕表面上看來寫寒園即目所見之景，實則以雉、魚爲喻，擔心隨時有被鷹和鷺吃掉的危險。劉文中《鮑照和庾信》認爲「庾信晚年的歸隱思想，應當從懼怕政治環境的險惡找到解釋。」〔註 346〕其時詩人在北周的統治下，不免想到漢代疏廣、疏受的退隱是可以理解的。而〈入彭城館〉「鴟飛傷楚戰，雞鳴悲漢圍」〔註 347〕鴟飛、雞鳴本無傷悲之情，純爲詩人附入自己的情懷。寫景之中隱含個人情致，使景中有情，近乎謝詩的寫景附意。

謝朓「風雲有鳥路，江漢限無梁。常恐鷹隼擊，時菊委嚴霜。」亦以鷹隼爲喻，寫對環境的不安，以景帶出個人情志，「大江流日夜，客心悲未央」（〈暫使下都夜發新林至京邑贈西府同僚〉）更直接將悲切情志融入大江水流而成警句。袁行霈《中國文學史・永明體與齊梁詩壇》認爲謝朓繼承了謝靈運山水詩的細緻、清新的特點，「通過山水景物的描寫來抒發情感意趣，達到了情景交融的地步。從而避免了

〔註 345〕丁成泉輯注《中國山水田園詩集成》湖北教育出版社 2003 年 10 月一版一刷，頁 109。

〔註 346〕劉文中《鮑照和庾信》台北：群玉堂出版事業股份有限公司 1991 年 12 月版，頁 108。

〔註 347〕清・丁福保編《全漢三國晉南北朝詩・全北周詩・卷二》台北：世界書局 1962 年 4 月初版，頁 1576。

大謝詩的晦澀、平板及情景割裂之弊，同時還擺脫了玄言的成分，形成一種清新流麗的風格。」〔註 348〕將謝詩寫景附意的手法發揮到極致。

劉琨〈扶風歌〉「朝發廣莫門，暮宿丹水山。左手彎繁弱，右手揮龍淵。顧瞻望宮闕，俯仰御飛軒。據鞍長歎息，淚下如流泉。繫馬長松下，發鞍高岳頭。烈烈悲風起，泠泠澗水流。揮手長相謝，哽咽不能言。……」〔註 349〕悲涼酸楚中，帶筆寫景，詩中唯見詩人淚如泉流，不見悲風澗水，此以情帶景，近乎陶詩的附筆寫景。

此二種當以謝詩類型寫景較爲精緻，儘管詩人有鬱憤的表達，但「洩爲山水詩，逸韻諧奇趣。大必籠天海，細不遺草樹。」〔註 350〕而成精緻細膩的山水詩；陶詩類型則以抒寫個人心緒意念爲詩文主體，山水景物雖有描寫，卻是作爲映襯心緒的作用。

（二）被動起興，情隨物遷

六朝文士形成一種美感風度，與江南風物之美大有關聯，美麗的景致使文士興起美感情懷，或情傷，或欣然，都隨景色而浮動。景物優美，心馳神蕩；景色蒼涼，心緒寥落；往往情隨景遷，隨物宛轉。

如謝朓〈新亭渚別范零陵雲〉：

洞庭張樂地，瀟湘帝子遊。雲去蒼梧野，水還江漢流。
停驂我悵望，輟棹子夷猶。廣平聽方籍，茂陵將見求。

〔註 348〕袁行霈《中國文學史・永明體與齊梁詩壇》台北：五南圖書出版公司 2003 年 1 月一版一刷，頁 479。

〔註 349〕《魏晉南朝文學史參考資料》北京大學中國文學史教研室選注 1992 年 3 月，頁 294。

〔註 350〕白居易〈讀謝靈運詩〉：「吾聞達士道，窮通順冥數。通乃朝廷來，窮即江湖去。謝公才廓落，與世不相遇。壯士鬱不用，須有所洩處，洩爲山水詩，逸韻諧奇趣。大必籠天海，細不遺草樹。豈惟玩景物，亦欲攄心素。往往即事中，未能忘興諭。因知康樂作，不獨在章句。」載《四庫全書薈要・集部》別集類第一七冊，台北：世界書局 1988 年 2 月初版，頁 364－76。

心事俱已矣，江上徒離憂。〔註 351〕

初寫洞庭樂地，句中猶有開闊之意，下聯「雲去蒼梧野，水還江漢流」爲全詩秀句，雲則去，水則還，詩人悵望雲水去來，隨之呈現心緒不定的憂愁，而逐步鋪出末句的憂傷。其〈和王中丞聞琴〉：

涼風吹月露，圓景動清陰。蕙風入懷抱，聞君此夜琴。
蕭瑟滿林聽，輕鳴響澗音。無爲澹容與，蹉跎江海心。〔註 352〕

亦由清景無限的視覺、爽朗和暢的觸感，轉入蕭瑟的琴音，最後以不負佳景作結，雖無大起大落之筆，卻是情隨景致遞變，層次分明。

又如庾信〈入彭城館〉：

襄君前建國，項氏昔稜威。鵾飛傷楚戰，雞鳴悲漢圍。
年代殊氓俗，風雲更盛衰。水流浮磬動，山喧雙翟飛。
夏餘花欲盡，秋近鷰將稀。槐庭垂綠穗，蓮浦落紅衣。
徒知日云暮，不見舞雩歸。〔註 353〕

前六句感嘆史事，其調蕭颯慷慨，氣象遼闊。下文「水流浮磬動，山喧雙翟飛」隨即寫出浮動無定之景，「夏餘花欲盡，秋近燕將稀」更是一種無可回還的自然景象，心緒隨之逐層暗淡，雖有綠穗、紅衣的豔景，卻是「徒知日雲霧，不見舞雩歸」無可奈何的感懷。從風雲盛衰、古風難存的大歷史下筆，最後以個人的幽幽哀嘆收筆，傳達出詩人隨景遞變的心緒。

此類情景的相附，實由景物引發詩人起興，隨著景物的視聽描寫，創作者的心緒描寫亦起伏跌宕，這種依外緣而興內情者，實即陸機〈文賦〉所謂「詩緣情而綺靡，賦體物而瀏亮」。外物的美引起了詩人對詩歌形式美的追求，「其爲物也多姿，其爲體也屢遷，其會意也尚巧，其遣言也貴妍」(〈文賦〉)，重視藝術的形式美，實乃因六朝

〔註 351〕清・沈德潛《古詩源・卷十二・齊詩》台北：世界書局 1999 年 1 月二版二刷，頁 176。

〔註 352〕清・沈德潛《古詩源・卷十二・齊詩》台北：世界書局 1999 年 1 月二版二刷，頁 181。

〔註 353〕清・丁福保編《全漢三國晉南北朝詩・全北周詩・卷二》台北：世界書局 1962 年 4 月初版，頁 1576。

大環境由北地的烽煙大地，轉進明山秀水的江南，文人的山水敘寫也由「飄颻放志意」〔註354〕的慷慨，到「抱景自愁怨」〔註355〕的婉轉，六朝文士總能以刻畫山水的實境，帶引出心靈之虛境。

（三）入興貴閑，心物徘徊

除了情景相附、情隨物遷的主觀寄情方式，詩人以山水詩表達主觀情意時更有心物相與徘徊的方式呈現。情景相附或情隨物遷，都是情景分敘，而心物徘徊則分不清是景或是情，情景完全相融爲一。六朝文士中最擅融情入景或融景入情者爲陶淵明。

其〈擬古〉九首之三：

仲春遘時雨，始雷發東隅。眾蟄各潛駭，草木從橫舒。
翩翩新來燕，雙雙入我廬。先巢故尚在，相將還舊居。
自從分別來，門庭日荒蕪。我心固匪石，君情定何如。
〔註356〕

草木縱橫舒展，亦即詩人心境之舒展。全詩從春雷驚蟄寫到燕還舊居，筆調輕快自如，即使末四句寫到恐門庭荒蕪，亦無滯澀負擔。

其〈歸園田居〉五首之二：

野外罕人事，窮巷寡輪鞅。白日掩荊扉，虛室絕塵想。
時復墟曲中，被草共來往。相見無雜言，但道桑麻長。
桑麻日已長，我土日已廣。常恐霜霰至，零落同草莽。
〔註357〕

詩中無論桑麻長或草零落，均如陶淵明一貫筆調，輕靈無礙，毫無情感負擔。所以詩中寫景乃因景物緣時而入眼簾，寫情乃因心境緣時而有是懷。情與景依時而遇，自然成篇。詩末雖有「零落」之懼的表達，

〔註354〕曹植〈公讌〉句，載清・丁福保編《全漢三國晉南北朝詩・全三國詩・卷二》台北：世界書局1962年4月初版，頁160。

〔註355〕王微〈雜詩〉句，載清・丁福保編《全漢三國晉南北朝詩・全宋詩・卷五》台北：世界書局1962年4月初版，頁719。

〔註356〕《陶靖節集注・卷四》台北：世界書局1999年2月二版一刷，頁55。

〔註357〕《陶靖節集注・卷二》台北：世界書局1999年2月二版一刷，頁16。

然正因恐如草莽的零落，當及時走回自己的人生軌道，守拙歸耕，不負生命，故所寫仍是悠然自適的情懷。

其著名的〈飲酒〉之五：「採菊東籬下，悠然見南山。」正是採菊者以悠然的心境，不期而見南山，既無對自然美景的渴望，亦無起伏的心緒企慾抒發，一片閒心與山水自然遇合，萬象森羅，觸於目而寓之文，隨筆起興成篇，所謂「名山遇賦客，何異士遇知己」〔註 358〕（董其昌《畫禪室隨筆》），若非置其心於悠然閒曠之域，即便好景當前，恐亦失之，視而不見。有此閒心，雖好景當前，亦不刻意捕捉，一切詩境實乃「無意於佳乃佳」（蘇東坡〈論書〉）的狀況下完成，爲眞正逍遙無待的境界。

再如「此事眞復樂，聊用忘華簪。遙遙望白雲，懷古一何深。」（〈和郭主簿二首〉其一）白雲與懷古何涉？其二「芳菊開林耀，青松冠巖列。懷此貞秀姿，卓爲霜下傑。銜觴念幽人，千載撫爾訣。」〔註 359〕芳菊與青松秀姿又與幽人何干？陶淵明在懷古懷幽人之際，正巧目遇白雲，又不自意捕捉到松菊之姿，遂串成意象，是忽然而會，猝然而解的詩境。

與此相近者，如嵇康〈贈兄秀才入軍〉第十四首：

> 息徒蘭圃，秣馬華山。流磻平皐，垂綸長川。目送歸鴻，手揮五弦。俯仰自得，遊心泰玄。嘉彼釣叟，得魚忘筌。郢人逝矣，誰可盡言。〔註 360〕

華山秣馬，長川垂釣，佳山水中一名士正手揮琴弦，目送歸鴻。詩雖非以山水爲主題，但自然景物烘襯出一神情悠然、理想人格具足的魏晉名士，於時鴻正歸，於時詩人巧目遇，落筆之先，匠意之始，有不

〔註 358〕董其昌《畫禪室隨筆・卷三・評詩》句曰：「大都詩以山川爲境，山川亦以詩爲境，名山遇賦客，何異士遇知己，一入品題，情貌都盡。」載王德毅主編《叢書集成三編・三一冊》，台北：新文豐出版公司 1997 年 3 月台一版，頁 406。

〔註 359〕《陶靖節集注・卷二》台北：世界書局 1999 年 2 月二版一刷，頁 25。

〔註 360〕《嵇中散集》台北：三民書局 1998 年 5 月，頁 15。

可知之神理存焉，如此好景、如此好人物、如此自得之閒事，不期而遇合而成篇，過此，即無因緣。

朱彤〈美學——深入自然形象吧〉云：

> 自然形象在化學、物理、生理運動中所顯示的獨特風貌，從動態而非靜態的比喻意義上，不妨也可以看作「生命」或「生機」吧。〔註 361〕

山水在瞬間呈現的風貌，唯有心物相與徘徊，隨緣宛轉，方得充滿生機之文。紀曉嵐評《文心雕龍・物色》:「隨物宛轉，與心徘徊八字，極盡流連之趣，會此，方無死句。」〔註 362〕正得此意。

總之，六朝詩客觀寫景的技巧，爲山水詩創造無限風貌，固爲文學史上一大進展，然若無詩人美感心靈呼應自然，若無詩人主觀情懷寄寓山水，則與漢賦之成就差別無幾。正因六朝詩人豐富的心靈、敏銳的觸感，才使得山水藉精巧的辭采呈現豐富的面貌外，也把創作者的心境、生命情調，一併表露無遺。故讀山水詩，不僅覽物賞景，更品味詩人的心靈。

〔註 361〕朱彤〈美學——深入自然形象吧〉載《山水與美學》台北：丹青圖書公司 1987 年 1 月，頁 25。

〔註 362〕《文心雕龍・卷十・物色》台北：世界書局 1984 年 4 月五版，頁 162。